LA FAUSTIN

CORBEIL. — TYP. ET STÉR. CRÉTÉ.

EDMOND DE GONCOURT

LA FAUSTIN

QUATORZIÈME MILLE

PARIS

G. CHARPENTIER, ÉDITEUR

13, RUE DE GRENELLE-SAINT-GERMAIN, 13

1882

A

J. DE NITTIS

PRÉFACE

Aujourd'hui, lorsqu'un historien se prépare à écrire un livre sur une femme du passé, il fait appel à tous les détenteurs de l'intime de la vie de cette femme, à tous les possesseurs de petits morceaux de papier, où se trouve raconté un peu de l'histoire de l'âme de la morte.

Pourquoi, à l'heure actuelle, un romancier (qui n'est au fond qu'un historien des gens qui n'ont pas d'histoire), pourquoi ne se servirait-il pas de cette méthode, en ne recourant plus à d'incomplets fragments de lettres

et de journaux, mais en s'adressant à des
souvenirs vivants, peut-être tout prêts à venir
à lui? Je m'explique : je veux faire un roman
qui sera simplement une étude psychologique
et physiologique de jeune fille, grandie et
élevée dans la serre chaude d'une capitale, un
roman bâti sur des *documents humains* (1). Eh
bien, au moment de me mettre à ce travail, je
trouve que les livres écrits sur les femmes par
les hommes, manquent, manquent...... de la
collaboration féminine, — et je serais désireux
de l'avoir cette collaboration, et non pas d'une
seule femme, mais d'un très grand nombre.
Oui, j'aurais l'ambition de composer mon
roman avec un rien de l'aide et de la confiance des femmes, qui me font l'honneur

---

(1) Cette expression très blaguée dans le moment, j'en ré-
clame la paternité, la regardant, cette expression, comme la for-
mule définissant le mieux et le plus significativement le mode
nouveau de travail de l'école qui a succédé au romantisme:
l'école du *document humain.*

de me lire. D'aventures, il est bien entendu
que je n'en ai nul besoin ; mais les impressions de petite fille et de toute petite fille, mais
des détails sur l'éveil simultané de l'intelligence et de la coquetterie, mais des confidences sur l'être nouveau créé chez l'ado-
lescente par la première communion, mais
des aveux sur les perversions de la musique,
mais des épanchements sur les sensations
d'une jeune fille, les premières fois qu'elle
va dans le monde, mais des analyses d'un
sentiment dans de l'amour qui s'ignore, mais
le dévoilement d'émotions délicates et de
pudeurs raffinées, enfin, toute l'inconnue
féminilité du tréfond de la femme, que les
maris et même les amants passent leur vie
à ignorer....., voilà ce que je demande.

Et je m'adresse à mes lectrices de tous
les pays, réclamant d'elles, en ces heures
vides de désœuvrement, où le passé remonte

en elles, dans de la tristesse ou du bonheur, de mettre sur du papier un peu de leur pensée en train de se ressouvenir, et cela fait, de le jeter anonymement à l'adresse de mon éditeur.

EDMOND DE GONCOURT.

Auteuil, 15 octobre 1831.

LA FAUSTIN

I

Il faisait nuit sous un ciel étoilé, au-dessus d'une mer phosphorescente.

Dans le creux d'une falaise, battue par la molle lamentation de l'Océan, gisaient, étendues à terre, des silhouettes d'êtres, aux corps sans formes, aux visages sans traits.

On percevait vaguement deux femmes : l'une couchée tout de son long sur le dos, les bras repliés en couronne au-dessus de la tête, et les yeux aux étoiles ; l'autre tendrement ramassée et pelotonnée aux pieds de la première, qu'elle tenait appuyés contre la chaleur de son corps.

A quelques pas des deux femmes, étaient assis sur le sol, et le dos accoté l'un à l'autre, trois hommes obscurs, dont les figures, une seconde, s'entrevoyaient dans l'éclair d'un cigare.

De temps en temps, la brise de la mer, soulevant les flasques vêtements des femmes immobiles et comme endormies, faisait courir sur le modelage des deux corps, un moment dessiné par le puissant souffle, de petites vaguettes d'étoffes.

Et dans le grand spectacle noir du ciel et de la mer, et dans le rythme de la vague paresseuse, et dans la tiédeur de l'heure, et dans la langueur des âmes, la conversation entre ces hommes et ces femmes était morte.

Soudainement s'éleva parmi le silence et l'ombre, à propos d'un nom d'homme prononcé, il y avait plus d'un quart d'heure, la voix de la femme couchée tout de son long, une voix qui était comme un ressouvenir passionné qui parlerait tout haut dans un rêve.

— Non... entre nous, il n'y avait eu encore qu'un baiser... un baiser, je me le rappelle, donné dans ma loge, sur la pointe du pied, pardessus le paravent derrière lequel je m'habillais... Il partait dans la soirée pour sa légation...

Ces Anglais, quand ils sont mal, ils le sont tout'
à fait... mais lorsqu'ils sont bien... puis il avait
de sa mère, qui était Française.... Ce n'est que
trois mois après que j'allais à Bruxelles, dans
une tournée théâtrale... Il m'avait fait retenir
une chambre dans un hôtel, l'hôtel de Flandres.
... Oui, c'est bien celui-là... Cette nuit, ah ! cette
nuit est inoubliable... L'amour, bien sûr, n'est
pas fait de l'amoureux tout seul.... N'aimons-
nous pas quelquefois un homme pour les cir-
constances dans lesquelles nous l'avons aimé ?...
Allez, c'était bien étrange, cet hôtel... il sortait
des murs une musique d'un doux, d'un doux
ineffable... et ses baisers me couraient sur la
peau avec des ondes sonores m'y faisant presque
des chatouillements... des ondes sonores qui
sortaient de dessous l'oreiller... et il y avait des
ouragans lointains d'harmonie qui semblaient
m'emporter dans ses bras au ciel... et je sentais
je ne sais quoi de divin, mêlé à ses caresses....
J'ai toujours gardé de cette première nuit, c'est
bête ce que vais dire, le souvenir d'amours
comme on se figure que peuvent être les amours
des anges... Oui, cet hôtel de Flandres est con-
tigu à l'église Saint-Jacques, et l'orgue, je l'ai su
le lendemain, est encastré dans le mur contre

lequel était notre lit. Enfin je ne sais pas comment cela s'est fait, mais ce qu'il y a de certain, c'est qu'il est le seul homme que j'aie aimé d'amour... lui ! ».

— « Ma Faustin adorée, si vous ménagiez un peu la jalousie du patron ? » dit une voix d'homme dans laquelle, sous l'intonation blagueuse, on sentait un cœur blessé.

— « Mon ami, répondit la femme, sereinement ironique, l'air de la mer vous fait perdre le sens des choses et des positions... Vous, un boursier si *pratique*... Restez donc l'homme de Paris que vous êtes, et avec tant d'intelligence... Nous sommes un ménage, n'est-ce pas ; nous ne sommes pas des amants, nous ! »

Et la Faustin, détournant un peu la tête, jeta un regard à l'horizon, où la déchiqueture de petits nuages ténébreux semblait plaquer dans le bas du ciel, au-dessus de la ligne pâlement lumineuse de l'Océan, une interminable frise de Chimères découpées dans de l'ébène ; — puis elle reprit ses confidences, sollicitée par la belle nuit amoureuse.

— « Il y a une suite à cet épisode.... William m'emmenait, à quelque temps de là, dans un château en Écosse... Je ne sais plus dans quel

comté, et je n'ai jamais voulu le *ressavoir*. Ce
souvenir, je l'aime dans le vague, l'effacement,
l'espèce de somnambulisme où j'ai vécu ce
temps... Un château à l'état de ruine, au milieu
d'un parc qui s'était rapproché d'année en année... et qui faisait une habitation dans une forêt... et des verdures, des verdures pâles, comme
il doit y en avoir dans les Limbes, secouées
par de grands vents mélancoliques d'automne...
Oh ! mais, il y avait une chose tout à fait charmante en ce château... une troupe de paons
blancs, qui venaient, avec le crépuscule, se per-
cher sur les escaliers, les perrons, les fenêtres...
Non, vous ne pouvez avoir une idée de l'effet
dans la nuit tombante, et dans la vieille pierre,
et dans la mousse des murs, de ces grands et
immobiles oiseaux tout blancs... Et à l'heure où
la lune se levait, on aurait dit, dans toutes les
embrasures des fenêtres, de blanches âmes de
trépassées, habillées du satin d'une robe de
mariée.... C'est singulier, dans les féeries je
n'ai jamais vu un décor pareil à celui-là !...
Elle était bizarre tout de même cette existence...
Par moments, il me semblait n'être pas parfaitement assurée que j'étais bien vivante... Ça ne
fait rien, c'est le meilleur mois de ma vie.... Du

temps sans durée, des journées où il n'y avait pas d'heures.... »

— « Et des nuits *chouette*, » — lança la femme étalée aux pieds de la Faustin.

Un petit coup de talon de bottine fut la réponse de la Faustin, sur la cheville de laquelle aussitôt la femme mit un baiser en riant, et en disant : « Allons, petite sœur, laisse-nous un brin folichonner. »

— « C'est vrai, voilà assez longtemps, ma bonne Juliette, que tu nous *vends ton piano*, ce soir, » — jeta une jeune et gaie voix d'homme.

— « Aussi est-ce fini, mon cher ! — fit la Faustin en se levant de terre par un ressaut nerveux du corps — et je crois le moment venu d'aller prendre son thé. »

— « Chère madame, — dit l'homme qui était resté silencieux jusque-là, — à quand décidément, au Théâtre-Français, votre début dans *Phèdre ?*... Le journal tient à l'annoncer dès maintenant. »

— « Dans deux mois, je crois, dix semaines au plus. »

— « Mesdames, fit l'homme en s'inclinant, — et pas de commissions pour Carsonac ? »

— « Merci, aucune, répondit la sœur de la

Faustin, mon homme chéri me possédera après-demain. »

— « Adieu, Blancheron, adieu, mon petit Luzy... Oui, je retourne de ce pas au Havre, pour le train de nuit. »

La Faustin avait pris le bras de sa sœur, et, suivie des deux amis, elle gravissait dans Sainte-Adresse une petite ruelle montueuse, la rue de Bellevue, se dirigeant vers un chalet en pierre, à la construction toute neuve.

II

Sur un guéridon, entre deux sacs de bonbons, l'un portant l'étiquette de Boissier, l'autre l'éti-quette de Siraudin, étaient posés un plat de perdrix aux choux et une salade sentant le vinaigre.

Dans le boudoir, où l'on déjeunait, des mor-ceaux d'habillements de femmes traînaient sur le divan, qui faisait le tour de la pièce, et dans des coins, des vitrines de Boule modernes laissaient apercevoir un fouillis de porcelaines et de choses d'un grand prix, mêlées à des ob-

jets de deux sous, semblables à celui-ci : un
bocal dans lequel un Deburau en verre filé,
représenté le serre-tête noir aux tempes, perdait
à tout moment l'équilibre, sous le coup de
queue indolent d'un gros poisson rouge, éternellement tournoyant.

Derrière la pendule, une petite merveille du
siècle dernier, figurant la statuette qu'anime
l'adoration amoureuse d'un Pygmalion, age-
nouillé à ses pieds sur le marbre blanc, se voyait,
fichée dans la glace, la carte d'un acteur
du Palais-Royal : un décrassoir en ivoire, où
les dents cassées du peigne, les lentes de la
tête, les poux écrasés, étaient un chef-d'œuvre de laborieuse imitation sur le lisse carton.

Une porte entre-bâillée donnait à deviner,
dans de l'ombre suspecte, un cabinet de toilette qui n'était pas encore fait, des serviettes
frippées, de vieilles moitiés de citrons desséchées ; et de ce cabinet, les parfums, à base de
musc, faisaient irruption dans l'odeur de choux
et de bouts de cigarettes éteintes de la salle à
manger.

Trois femmes assises, l'une sur une chaise,
l'autre sur un pouf, la dernière sur un escabeau,

tassées et serrées aux côtés de la sœur de la
Faustin, mangeaient de la perdrix, tout en cueil-
lant, du bout des doigts, une feuille de barbe de
capucin dans le saladier, ou un bonbon au fond
d'un des deux sacs. Et la tétonnière de la troupe, débraillée dans sa robe mal ragrafée, pour
se gaver plus à l'aise, avait ôté son corset, posé
sur l'angle d'un meuble.

Cette femme était la grosse *Moumoute*, une
ancienne lorette à aspirations bourgeoises, et
qui avait fini par épouser un chef d'orchestre
du boulevard du Crime, une femme de quarante
ans, ayant conservé, dans la pléthore de la graisse, de doux yeux d'enfant.

La plus jeune, une fillette de dix-sept à dix-
huit ans, avait le nez friand, du vice et de l'intelligence de Paris sur un minois fûté, des bottines qui *reniflaient* l'eau, une tenue de petite
rouleuse du quartier latin, une voix éraillée, une
conversation agrémentée de termes médicaux.
Elle vivait encore, pour le moment, en tradui-
sant du Darwin à l'usage des revues et des journaux, et répondait au nom enfantin de Lillette.

La troisième, une femme de vingt-six ans,
une femme silencieuse, aux impatiences frémissantes du corps, à la tiède pâleur que rosaient

à tout moment des animations passagères du
sang, au bleu foncé de la prunelle se repandant
dans le blanc de l'œil comme du crépuscule, à
la coiffure bouffante montrant de délicats mo-
delages des tempes, et des oreilles ciselées en
des contours transparents. Elle était vêtue de la
toilette qu'elle portait toute la journée chez elle
et chez les autres, une robe de chambre de piqué
blanc, où les épaules étaient enveloppées d'un petit châle de crépon de Chine sang de bœuf, noué
par derrière à l'enfant : toilette où rayonnait sa
pâle et vivace beauté, et sur laquelle, le matin,
dans sa voiture découverte, elle avait jeté une
fourure. Après avoir fait du *dressage* pendant
quelques années pour les femmes de la société,
Joséphine se trouvait aujourd'hui entretenue par
un grand marchand de chevaux des Champs-
Élysées.

Et autour du guéridon allait et venait, se reposant d'un genou familier sur le rebord du
pouf, une petite bonne enceinte, au visage mi-
nable d'une figure du moyen âge, après les
grandes famines. Elle avait aux pommettes du
rouge volé à sa maîtresse, et une égratignure
lui balafrait en travers la physionomie. Coiffée
d'un zest de bonnet envolé en haut de la tête, et

traînant ses pas las dans des babouches algérien-
nes, elle jurait et faisait claquer la porte, à l'ordre ou au coup de sonnette, qui la poussaient à
chaque instant dans l'antichambre.

— « Ça se soutient, la pièce ? hasarda la grosse
mangeuse, entre deux bouchées.

— « Oui, oui, » répondit la maîtresse de la
maison.

— « Nous sommes toujours dans les cinq
mille... il m'a dit ça... hier.., le nouveau régisseur.. j'avais couru après lui dans les coulisses, »
—chanta la voix flûtée d'un petit garçon de sept
ans, à moitié caché par un mantelet de dentelles de Chantilly.

Couché sur un coin du divan, la tête en bas,
les jambes croisées en l'air, il se faisait les ongles
avec une lime minuscule. Le col droit, un mouchoir passé entre sa chemise et son gilet, tout
chez le bambin, depuis la semelle immaculée de
ses bottines jusqu'à la raie correcte du milieu de
sa tête, sentait le rassis d'un vieux gandin, d'un
vieux gommeux. Petit bonhomme déjà entré
dans la vie de ce monde, prenant part à ses conversations, écoutant ses confessions, et témoin
de ses débats d'affaires et de toutes sortes. Misérable enfant, amené comme un joli petit animal

dans les soupers de cabinet, et qu'on oubliait, et
qu'à moitié réveillé, un garçon de café ramenait, au petit jour, à sa mère.

— « Vois-tu, *Moumoute* », reprit la mère,
« avec l'effet de lumière électrique sur l'empoisonnée au quatrième acte, les cent représentations, c'est comme si nous les tenions. »

— « Et la reprise de l'autre, quand passe-
t-elle au Châtelet ? »

— « La semaine prochaine... et voilà 700 fr.
qu'il va me devoir... oui, il me donne genti-
ment 500 fr. pour les premières, et 200 fr. pour
les reprises... Ça ne fait rien, cette existence
avec ce Machabée, ce n'est pas drôle... Au fond,
mes bichettes, j'étais née pour épouser un La-
ruette, et tenir en province une table d'hôte de
cabots... Tiens, j'ai envie de partir pour Turin,
— dit-elle, en se lançant tout à coup à travers le
boudoir, puis, au milieu de son bondissement,
se retournant soudainement par une brusque
vire-volte vers ses amies, elle ajouta en bran-
dissant sa fourchette au bout de laquelle il y avait
une bouchée de perdrix : « Je *ferais* peut-être le
Roi ! »

Et aussitôt : — « Lillette, rougis ou fiche ton
camp ! »

— « J'aime mieux rougir, » dit Lillette avec une candeur d'effronterie vraiment prometteuse.

La sœur de la Faustin vint se rasseoir à sa place, où mélancoliquement elle se passa, quatre ou cinq fois, par derrière la main sur le cou : « Hein, cette vilaine chose lugubre, qu'a *Moumoute*, là où j'ai la main... oui la bosse de quarante ans ; il me semble, certains jours, que ça me pousse dix ans avant l'âge... Mais, la Mal-Fichue, on sonne ! »

— « Madame... le médecin des eaux de Hombourg ! », fit la bonne entre-bâillant la porte du boudoir.

— « Dis-lui : « *Ouste* pour l'Allemagne ! » — lança la maîtresse de maison, en tapant du dos d'une de ses mains dans le creux de l'autre. »

— « Tiens, voilà Ragache, » dit la sœur de la Faustin à un monsieur apparaissant derrière la bonne, et marchant les jambes pliées, avec des gestes implorant le silence, des quatre points cardinaux.

— « Ragache, Ragache, Ragache, » ce fut comme un écho sur trois modulations différentes, dans la bouche des trois femmes.

Ragache était un quadragénaire gastralgique,

qui disait des drôleries avec des traits convulsés,
et s'extrayait péniblement et douloureusement,
du talon de ses bottes, des paradoxes, des calem-
bours, des mots sans queue ni tête, des imita-
tions d'acteurs, de l'esprit au forceps. Ragache
avait été baptisé dans la maison : *la gastrite de
Bobèche.*

— « Chut... chut... chut... — faisait Ragache
en s'avançant dans le boudoir comme sur une
scène de théâtre. — Il s'est répandu dans la capitale... que le nommé Ponsard est pour le
moment en train de lutiner Titania...... *Qué
chef-d'œuvre*, mes enfants, va naître de cette
flirtation... Favorisons le mystère... et parlons
piano, pianissimo... Chut... chut... »

Puis subitement les sourcils de Ragache de-
vinrent circonflexes, sa bouche se dessina en un
O immense, sur lequel se colla gourmandement
un doigt de pitre, et se contournant dans une
pose d'adoration devant la grosse femme dont la
gorge prenait l'air : « Oh ! les petites *phâmes*,
les petites *phâmes*, et voire même les grosses...
Moumoute, Moumoute... un feuilleton de deux
cent cinquante lignes... pas une de plus... et un
seul.., l'écrire sur ton blanc pupitre qui pal-
pite... Parle, ordonne... ; pour cela que te faut-

il ?... veux-tu que je foule aux pieds les principes de 89... là devant toi... dis... Madame, ça me paraît cependant assez *topique*... Non, tu ne veux pas, *Moumoute*, tu refuses ma flamme... Eh bien flûte, » — et il fit signe, comme on se mouche, d'arroser le parquet de ses larmes. — « On eut, on a la chair faible, mais on est en même temps pourri d'aspirations vertueuses... L'abbé Poiloup fut mon maître... et je ne te l'envoie pas dire : Catholicisme et Markowski, c'est ma devise », — jeta Ragache dans une intonation à la Grassot.

— « Eh, l'ahuri de Vichy ! laisse-nous donc un peu en repos, tu nous courbatures l'entendement ! As-tu bientôt fini tes *épates* pour les bourgeois de province ? » lui cria Lillette qui avait une antipathie pour l'homme.

— « Tais-toi, tais-toi, petite élève du pensionnat de *la Génération spontanée.* »

— « Madame... Madame... l'expéditeur des asperges d'Aranjuez à la Halle de Paris.

— « Où diable ai-je pu connaître ce particulier, » murmura, en fouillant dans le lointain de ses souvenirs voyageurs, la sœur de la Faustin. « Eh bien, cette fois, *ouste* pour l'Espagne. »

— « Oh ! l'Espagne, — fit Ragache en levant en l'air les yeux blancs d'un hypnotique, — pays de soleil, de poésie, du Cid, et d'amoureuses qui rotent ! »

Carsonac, le maître du logis, le populaire auteur du *Crime de Puidarieux*, occupé à boutonner son paletot sur un habit noir, fit son entrée, venant de l'intérieur de l'appartement.

Un gros homme ventru, aux cheveux gris coupés en brosse, aux moustaches teintes et hérissées aux deux coins de la bouche, à l'œil dormant, voilé d'une paupière plissée, d'où jaillissaient, quand il disait une méchanceté, des bluettes d'acier, c'était Carsonac, le type de l'homme gras à la graisse méchante.

— « Tiens ! vous déjeunez ici, pourquoi pas dans la salle à manger, dis donc, Bonne-Ame ? »

— « C'est plus intime, nous sommes bien mieux à nous, n'est-ce pas, les bichettes ? » répondit la maîtresse de Carsonac.

— « Parfaitement, je comprends... et puis vous avez sous la main le cabinet de toilette pour les indigestions et les attaques de nerfs... à la suite d'explications amicales... Oh ! ma fille, *caches-tu caches-tu*, » — grimaça Carsonac en s'adressant à la mangeuse sans corset, — « comme tu jouerais d'une manière nature les Gargamelle au théâtre. »

Et passant à une autre amie de sa maîtresse :
« Espèce de Sarah l'indolente, tu sais que
l'homme qui t'aime dans les gros prix, est sur le
point de se laisser pincer par la *Provençale*, je
suis heureux de t'en donner la première nouvelle. »

Joséphine, dont il s'était approché, sans lui répondre, avança la tête avec de lentes et sinueuses
inflexions du cou, et quand elle fut à la hauteur
du gras de son bras, elle le mordit, par-dessus
son paletot, de ses dents blanches.

— « Ça fait mal ça, c'est idiot ! »

La femme sourit légèrement de ses yeux profonds, et allumant un gros cigare, et se laissant
glisser de sa chaise à terre, son peignoir blanc et
son châle rouge répandus autour d'elle, elle entra en une immobilité dans laquelle tressail-
laient des lascivités de panthère repue.

— « Au fait, ma bonne-Ame, ça ne va pas du
tout, à ce qu'il paraît, au Théâtre-Français,
on assure qu'il s'y apprête le plus joli des
fours... »

— « Tu m'embêtes... tu sais, ma sœur, je
n'aime pas que tu y touches, » fit Bonne-Ame,
en appuyant sur les mots.

— « Et tu viens, toi ? » dit Carsonac, en se

2.

tournant vers Ragache, qu'il n'avait pas fait semblant d'apercevoir jusque-là.

— « Pour une baignoire à ta reprise ? »

— « Un strapontin dans un courant d'air, c'est
tout ce que j'ai à t'offrir ! »

Ragache, impassible, alla parler dans le dos
de Bonne-Ame, que ses amies entendirent lui
dire : « Ne fais pas attention : ce matin, il est
grincheux, mais si tu es gentil, tout à fait gentil,
pour la pièce, je t'en ferai faire une avec lui,
et tu sais, mon petit, quand il a commencé à
faire quelque chose avec quelqu'un, il ne veut
plus travailler qu'avec celui-là... Voudrais-tu un
petit verre de n'importe quoi ? »

Ragache piqua avec un tire-bouchon un abri-
cot à l'eau-de-vie dans un bocal, et mangeant à
même le fruit jaune, il s'écria : « *Stupendum !*
ainsi que s'exprime l'antiquité ; je me fais l'effet
de mordre dans la tunique de Mlle Duchesnois. »

— « Comprends pas ! » lança durement Carsonac.

Ragache, toujours impassible et sérieux comme
un âne qui boit dans un seau, se retira le dos
tourné à la porte, tout en faisant l'imitation d'un
Chinois qui joue du triangle, et en adressant ces
paroles à Carsonac comme adieu :

« Très illustre *carcassier*, as-tu réfléchi à ce que doit être le remords d'un crime chez un concierge... Songes-tu pour une de tes pièces, que la nuit, chaque coup de cordon doit réveiller sa conscience ! »

Ragache fut aussitôt remplacé par un long garçon blondasse et larveux, au crâne en pain de sucre d'un mystique, et tenant contre sa poitrine un chapeau gras, et tendant aux gens une main de somnambule, avec quelque chose dans toute sa personne de la silhouette obséquieuse du fils de Diafoirus.

Carsonac, rejetant d'un coup sec les doigts inertes qu'il avait pris, lui dit brutalement : « Vrai, Planchemol, tu devrais te faire drainer les mains.... tu as là dedans une humidité dont tu gratifies les autres ! »

Planchemol s'éloigna de Carsonac, avec les pas de l'effarement, et, cherchant un refuge auprès des femmes, il s'assit près de Bonne-Ame que ses amies entendirent aussitôt lui dire : « C'est ton ami intime maintenant, n'est-ce pas ? Eh bien, si tu obtiens de lui un feuilleton comme nous le désirons, je te ferai faire avec lui une pièce, et tu sais, mon petit, quand une fois... »

— « Monsieur, le petit jeune homme qui est

déjà venu trois fois pour parler à monsieur ! »

— « Faites-le entrer. »

— « Monsieur Gregelu », annonça la bonne.

Un débutant myope, doué de la double timidité des myopes et des débutants, pénétra dans la pièce, tout troublé par la vue du grand homme, et par le spectacle vague des attitudes abandonnées des quatre femmes.

— « Écoutez, jeune homme, — lui dit Carsonac sans lui offrir un siège, — toutes les idées de pièces qu'on me présente, je les trouve d'abord détestables. Trois mois, quatre mois se passent ; l'idée qu'on m'a proposée me revient, et, particularité bizarre, je la trouve alors excellente... Mais j'ai complètement oublié l'individu qui me l'a apportée, et la chose me paraît absolument de moi. Je vous préviens. »

Le petit jeune homme atterré se mit à chercher la porte.

— « Par ici, par ici, jeune homme ; par là, vous allez dans le cabinet de toilette de ces dames. »

— « Dis donc, Lillette, — fit au bout de quelques instants Carsonac, — « quand je te fais l'honneur de te confier des sexagénaires sérieux pour te reconduire chez ton papa, je te serais bien reconnaissant de t'asseoir plutôt sur la banquette du fiacre que sur les genoux de ces vieillards ! »

— « Oh ! là là, soyez tranquille, quand je m'assoirai sur les genoux de messieurs, ce ne sera pas sur les genoux d'un souscripteur au *Manuel des hommes affaiblis*, comme vous. »

— « Pas trop mal, petite, » laissa échapper Carsonac, presque égayé par le ferraillement d'une méchanceté à l'image de la sienne. »

Puis, interrompant le dialogue à voix basse de Planchemol avec sa maîtresse : « Eh ! Planchemol, as-tu fait de nouveau parler, dans une table de nuit, l'ombre de Mürger, t'a-t-il confié ses dernières cascades d'outre-tombe ? »

— « Oui, oui, en voilà une, mais je ne peux pas la dire devant ces dames. »

— « Merci, ils vont bien dans l'autre monde, si les dames qui sont là ne peuvent pas entendre ton mot ! »

Planchemol s'était approché tout près de Carsonac, et lui bava deux ou trois paroles dans l'oreille.

— « Jobard... c'est moi qui suis le père de cette ordure ! »

— « L'ancien domestique de monsieur fait

demander le certificat que monsieur lui a promis, » dit la bonne.

— « Prends-le sur la cheminée et donne-
le-lui. »

— « Tiens, vous l'avez renvoyé, pourquoi? »
dit bêtement Planchemol, cherchant à reprendre contenance en mettant un mot dans la conversation.

— « Un domestique excellent, fit Carsonac,
avec sa voix mauvaise... mais il sortait de
chez M. Ricord... et, en ouvrant, ne s'avisait-il
pas de dire bonjour aux amies de Bonne-
Ame! »

Du glauque passa dans l'azur de la prunelle
de Bonne-Ame, dont les lèvres remuèrent sans
rien dire, et qui, machinalement, renversant
deux ou trois gouttes qui se trouvaient dans le
fond de son verre, se mit à les étendre sur la
toile cirée, avec un doigt où brillait une bague
antique représentant une priapée.

L'évocateur de l'ombre de Murger était sorti,
et Carsonac, devant la cheminée, s'entortillait
le cou d'un foulard blanc.

— « Tu as quelque chose, Bonne-Ame? » ne
put s'empêcher de remarquer tout haut Carsonac, devant la concentration de sa maîtresse.

— « Rien... oh! rien...; seulement, c'est curieux... Il vient de me revenir à l'instant une bêtise... je n'y pensais plus du tout... Enfin, tu veux le savoir, ami? »

Et la maîtresse de Carsonac, avec une voix pénétrée et qui semblait lui sortir des entrailles, modula, comme une musique, ces paroles :

« J'ai fait cette nuit un songe étrange. J'étais dans un jardin... un jardin comme il y en a dans les rêves. J'ai vu s'approcher de moi une ombre blanche, que j'ai parfaitement reconnue pour être celle de Rose Chéri. En un instant elle était tout près de moi et m'a dit : Nous avons été amies sur la terre, pourquoi me fuis-tu? On est très heureux ici, et bientôt, bientôt tu y viendras... Derrière elle j'ai vu deux ou trois ombres chères, de personnes mortes ou qui vont mourir, et qui m'ont aussi parlé... Là-dessus, je me suis réveillée plutôt souriante qu'attristée... J'ai pensé, tant ce songe avait de réalité, que le bon Dieu avait permis à Rose Chéri de me prévenir pour que j'aie le temps de me préparer... Mais enveloppe-toi bien aujourd'hui, c'est le vent du nord-est... et avec la fluxion de poitrine que tu as eue, il y a deux ans. »

Carsonac devint sérieux, mit indéfiniment ses gants, les ôta, les remit dans sa poche, fit le mouvement de s'en aller, revint à la cheminée, enfin se décida à aller à la porte, l'ouvrit, la referma, la rouvrit, et, passant à demi la tête, penché sur un pied, jeta à sa maîtresse :

« — Tu ne m'as pas vu dans le jardin, derrière Rose Chéri, hein ? »

La femme, sans se retourner, fit de la nuque un *non* pas bien affirmatif, et, aussitôt qu'elle entendit les pas de son amant s'éloigner, elle partit d'un long éclat de rire strident, entrecoupé de phrases hachées :

« — Mes bichettes, riez donc avec moi... le voilà avec le *trac* pour huit bons jours... la sale vermine... avec cela qu'il a une venette de la mort... Ah ! cet homme... jamais on ne saura quelle dégoûtante cuisine il me contraint à faire de mon corps pour la réussite de ses machines... Elle est bonne... Ils disent, ces messieurs, qu'ils nous donnent de l'argent... Allez, cet argent est bien à nous ; la traite des blanches, ils la font tous les jours avec notre jeunesse, notre beauté. S'agit-il d'une subvention, d'une levée d'interdit de la censure, d'une faveur, d'une décoration, de n'importe quoi ?

Ils nous lancent aux culottes des puissances, des ministres, des secrétaires, des valets. Sans *Flamme-de-Punch*, croyez-vous que, Machin aurait eu le renouvellement de son privilège pendant dix ans, et croyez-vous que sans le *Cachalot*, Chose aurait eu la collaboration d'une Excellence... Ah! les vieux gâteux du ministère d'État, les jeunes scrofuleux du bureau de la Presse, les bons hommes embêtants du feuilleton dramatique, ce qu'il m'a été commandé d'en subir... Ne s'est-il pas mis dans la tête d'être officier de la Légion d'honneur? va-t-il falloir coucher pour ça! »

Et se levant et allant d'un bout à l'autre du petit salon, sur son parcours violent, il s'échappait de la maîtresse les confidences d'une de ces épouvantables haines, qui existent souvent dans ces couples mariés par des infamies, — par cela, que la langue du peuple appelle la connaissance à deux d'un cadavre — : ménages qui semblent être le côte à côte, rivé à un même boulet, de deux forçats prêts à s'entre-dévorer.

Peu à peu la tourmente coléreuse du visage de la maîtresse de Carsonac se rasséréna. A ses traits monta une douceur canaille. Et la

femme, se laissant tomber sur le divan, mollement étalée sur le dos, et la tête enfoncée dans
les coussins, se mit à dire avec un petit tour-
noiement de l'œil, qui le faisait délicieusement
trouble :

— « Mais, mes bichettes, chaque fois qu'il
m'impose un amant pour son entreprise com-
merciale... voici ma vengeance... j'en prends un
pour mon compte... un de mon goût, tout à fait
de mon goût. »

— « Oh oui, un petit officier, — soupira dans
un hoquet, la grosse *Moumoute*, oublieuse dans
ce moment de son mari et de son mariage, —
ces hommes-là sont charmants... on trouve toujours chez eux des biscuits, du chocolat, des
pantoufles en tapisseries, et une robe de chambre avec des pattes dans le dos. »

— « Qui parle ici d'officiers, reprit, avec un
mépris sifflant, la sœur de la Faustin, c'est bon
du temps où l'on fait des sinets à ses livres avec
des feuilles cueillies dans les vallées alpestres...
Non, les officiers, c'est des ingénus... ça manque de vice ! »

Et le terrible professeur de scepticisme, la
femme encore jeune, aux yeux bleus, aux cheveux blonds comme les blés, entra dans des dé-

veloppements cyniques, féroces, abominables,
crachant complaisamment, de sa bouche rose,
des crapauds, sur tout ce que les amoureux ne
voient pas dans l'amour, lorsquils aiment vraiment.

— « Madame, un monsieur avec un nom po-
lonais..... qui est croupier des jeux de Monaco ! »

— « Eh bien, cette dernière fois, « *ouste* »
pour l'Italie et la Pologne ! »

— « Et puis le copiste des prières de madame vient de me remettre pour elle ce petit
paquet. »

— « Oui, ce sont des prières auxquelles je
tiens... les prières de mes gros livres, et que
je peux comme cela emporter aux eaux, » —
laissa échapper avec un certain embarras la
maîtresse de Carsonac, en faisant disparaître le
paquet.

— « Tiens », dit Lillette, de son filet de voix
gouailleuse, en montrant le plafond avec un
geste de gamin : « tu crois encore au vieux de
là-haut, toi ?

— « Petite charogne ! » s'écria Bonne-Ame,
en s'élançant sur elle comme pour la battre :
« je puis être tout ce que je suis... mais ces bla-

gues-là, je te les défends ici, enfant de malheur !... Tu n'auras pas ma vieille robe de velours que je t'avais promise ! »

Un coup à casser la sonnette retentit dans
l'antichambre.

— « Bon Dieu de bois, Vierge de pierre ! ça
ne finira donc pas, les visites aujourd'hui ! »
jura la Mal-Fichue exaspérée, qui se décida enfin
à aller ouvrir.

— « Ça, je le connais, c'est le coup de sonnette de ma sœur, quand elle est dans ses grands
tra la la moraux, » murmura Bonne-Ame, sur
un ton, où il y avait comme un rien d'appréhension.

Presque aussitôt la Faustin apparut dans une
toilette noire de la plus grande distinction. Elle
regarda les trois femmes, qu'elle salua, pour
ainsi dire, des paupières, et dit simplement à sa
sœur : « Je viens te chercher. »

L'entrée de la Faustin avait amené un grand
silence gêné dans la compagnie, et la peu timide
Bonne-Ame, comme domptée par la brièveté
impérative de sa parole, décrochait son chapeau
avec des gestes éperdus de pantomime.

La Faustin s'était accoudée d'un coude à la
cheminée, où distraitement, elle tendait, par

derrière, la semelle d'une bottine à un foyer sans feu.

— « Ah, c'est ton corsage de Mme Grodesse, madame ma tante, — fit le gamin qui venait de se réveiller, — dis-moi, tata, dis-moi que c'est pour moi que tu l'as mis... ton gilet de jais; » — et il laissa pendre au bas du divan sa petite tête, aux yeux enamourés de *chic*, dans le moment tout brillants.

La tante ne répondit pas au neveu.

— « Mais j'ai soif, » dit tout à coup la Faustin,

— « Veux-tu du champagne ? » lui cria du cabinet de toilette, sa sœur.

— « Non. »

— « Qu'est-ce que tu veux boire ? »

Le regard de la Faustin alla aux bouteilles débouchées, de là inconsciemment à la fenêtre donnant sur le quai de la Mégisserie, s'arrêta soudain à quelque chose à la cantonade. Puis on la vit marcher à la table, prendre, dans le bric-à-brac des verres de toutes les époques, un gobelet de Venise aux spirales laiteuses, et elle dit à la bonne : « Tu vois l'homme là-bas, va me chercher un verre de coco, tu me l'apporteras en bas.... dans ma voiture.

— « Me voilà, je suis *d'attaque*, » s'écria la

sœur de la Faustin, se servant de l'expression avec laquelle une femme dit au théâtre : « Je suis prête. »

Et la Faustin sortit avec sa sœur.

— « Demain tu montes avec moi ? » — fit Joséphine, en retenant par la manche Bonne-Ame, au moment où elle passait devant elle.

— « Demain, pas possible, ma chère, on enterre le vieux régisseur... Il est convenable que j'aie l'air d'aller prier pour cette vieille rosse ! »

III

Dans l'escalier, qui se trouvait être l'escalier du théâtre, les deux femmes furent obligées de se ranger contre le mur, devant une dégringolade, une avalanche de figurants, aux souliers ferrés, sortant d'une répétition, et qui sautaient les marches, quatre par quatre, en rajustant leurs bourgerons.

— « Un moment, je suis à toi ! » fit Bonne-Ame, qui entra dans la loge du portier, et eut un colloque avec un groom en train de cirer paresseusement une botte, à côté d'un gros chien, qui venait de jouer tout dernièrement un rôle dans une pièce.

— « Et où m'emmènes-tu comme cela ? » demanda Bonne-Ame à sa sœur, au moment où celle-ci rendait son verre à la Mal-Fichue.

— « Je n'en sais rien... dis à Ravaud de gagner le boulevard. »

La voiture se mit à rouler.

— « Et voilà tout ce que tu me payes comme conversation ! » s'écria, au bout de quelques instants, la maîtresse de Carsonac.

— « Comme c'est ennuyeux... tout.., et comme tout... c'est toujours la même rengaine, — soupira la Faustin, en s'étirant nerveusement les bras : — « ce matin, je me suis levée... voulant faire des choses... pas les choses de tous les jours... quoi, le sais-je !... aller n'importe où, mais où est ce n'importe où, dis ?... Est-ce que les étalages des magasins de nouveautés... regarde... ça ne te paraît pas aujourd'hui tout gris ?.. C'est bête, ces fantaisies de cela, qui n'est pas sur le programme de la journée dans les journaux... Tu n'as donc pas, toi, certains jours, ces envies désordonnées, ces fringales de quelque chose d'inattendu, et qu'on ne sait pas, et qu'on voudrait qui arrivât... »

Alors, se renversant au fond de la voiture, de la bouche de la Faustin s'envolèrent ces rimes d'Alfred de Musset :

Que ne l'étouffais-tu cette flamme brûlante
Que ton sein palpitant ne pouvait contenir.

. . . .

Ne savais-tu donc pas, comédienne imprudente,
Que ces cris insensés qui te sortaient du cœur
De ta joue amaigrie augmentaient la pâleur.

. . . .

Et que c'est tenter Dieu que d'aimer la douleur.

— « Mais au fait, pourquoi la voiture ne marche-t-elle plus ? » dit la Faustin en se penchant à la portière. Et sa sœur la vit tout à coup sauter en bas, se glisser, malgré les cris des cochers, au milieu de l'encombrement de la chaussée, ramasser dans la crotte, à travers les ruades des chevaux, quelque chose qu'elle rapportait bientôt, en l'essuyant avec les dentelles de son mouchoir.

— « Oui, dit-elle, en reprenant place auprès de sa sœur, c'est un fer à cheval, ça porte bonheur... Voici le troisième ! »

Puis, la grande ennuyée de tout à l'heure, soudainement, transformée en une femme mettant de l'enlacement à chacun de ses gestes, de là caresse à chacune de ses paroles, se répandit en effusions câlines, en gaietés attendries.

« — Voyons, petite Maria, tu ne m'en veux pas de t'avoir enlevée à tes amies... C'est que, moi, j'ai besoin de toi... il y a des moments de ma vie... si tu n'étais pas là ! »

— « Dis-le tout de suite, je suis ton vice honnête ! »

— « C'est du passé bien vieux... Te rappelles-tu le confiseur : *A la Source des Douceurs*, rue Montesquieu... celui qui avait inventé, dans une pièce où Arnal mangeait des fraises à pleines mains, des fraises méringuées qui les imitaient si bien... tu étais déjà la plus brave... et c'était toi, qui allais chez lui changer les sous, que nous avions gagnés en chantant dans la cour des Fontaines... et quand, à la maison, il faisait faim, c'était toi qui chantais encore... et nous donnais le courage de chanter, nous aussi !... Et notre vie de grandes fillettes orphelines après... du passé comme ça, vécu ensemble, petite Maria, ça ne se jette pas au rancard comme une chemise sale. »

— « Oui, moi j'étais la brave et la pas commode.. et c'est toi cependant qui m'as toujours menée comme un pauvre mouton... pourquoi?...

ça tient peut-être à ce que tu as du talent, et que je n'en ai pas, moi! Oui, pas de talent, mais de l'esprit de conduite, voilà mon lot! » lança jovialement la sœur de la Faustin, « et de cet esprit j'en ai vraiment montré, hein, quand j'ai renoncé au théâtre, la veille de mon début? Quel *fil d'archal*, bon Dieu, j'aurais fait !... tandis que j'ai emmanché mon affaire autrement... et me voilà, la Providence aidant, avec le rang, dans la société, d'une espèce de bourgeoise corrompue, » — dit-elle, les mains sur ses cuisses, dans la pose de M. Bertin, en son portrait d'Ingres.

Le cocher s'était arrêté devant la Madeleine, attendant un ordre.

— « Et tu te souviens encore, petite Maria, que c'était toi, toujours toi, qui trouvais le jeu, le plaisir qui nous amusait? » reprenait la Faustin.

— « C'est que, dans ces temps primordiaux, nous étions bien facilement amusables. Depuis... »

— « Voyons, petite Maria, un peu d'imagination aujourd'hui !.., invente-nous quelque chose à faire... de pas ordinaire.

— « Les distractions de la journée à Paris,

côté innocent, je n'en connais pas d'autres, Juliette, que le tour du Lac, la descente dans la marmite des Invalides, l'ascension de la colonne Vendôme, la visite aux singes du Jardin des Plantes... par exemple, si c'est de l'autre côté, dont tu veux : parle, commande, fais-toi servir... peut-être dans ce genre ta sœur t'offrira de l'extraordinaire ! »

— « Est-ce que tu ne crois pas que, chez les anciens, il y avait plus d'imprévu que cela, dans la vie de tous les jours ? » laissa échapper la Faustin avec un profond découragement, en un affaissement de corps délicieux.

La sœur de la Faustin eut, dans un œil, une sorte de petite danse de Saint-Guy qui témoignait de son « Je m'en fiche pas mal ! » pour les aperçus rétrospectifs ; à la suite de quoi elle jeta brutalement dans la rêverie de la tragédienne : « Dis-donc, Juliette, est-ce que ça ne va pas au Théâtre-Français ? »

— « Mais non, il n'y a pas eu de répétition pour ainsi dire ; on s'est réuni une seule fois chez moi et ç'a été tout, » — repondait Juliette comme si elle se réveillait ; — je suis loin, c'est vrai, d'être en possession du rôle... surtout comme j'ai l'ambition de le jouer... Oh ! mais, excellent

parfait, admirable !... voilà la fin de notre journée trouvée... Ravaud, Ravaud... Aux Batignolles, rue de Lévis, 37. »

— « Aux Batignolles... qui vas-tu voir là ? »

— « Devine ! »

— « Un tireur de cartes, à un louis le grand
jeu ? ».

— « Non... donne ta langue aux chiens... Tu
ne trouveras pas. »

Subitement, sur la figure riante de la Faustin, descendit la ténébreuse absorption du travail de la pensée ; de l'ombre emplit ses yeux
demi-fermés ; sur son front, semblable au jeune
et mol front d'un enfant qui étudie sa leçon,
les protubérances au-dessus des sourcils sem-
blèrent se gonfler sous l'effort de l'attention ; le
long de ses tempes, de ses joues, il y eut le pâ-
lissement imperceptible que ferait le froid d'un
souffle ; et le dessin de paroles, parlées en dedans, courut mêlé au vague sourire de ses lèvres
entr'ouvertes.

Deux ou trois fois, la Faustin laissa, sans réponse, les interrogations de sa sœur.

— « Eh ! Juliette, nous voici devant
le 37 ! »

Les deux femmes descendirent.

— « Mon vieux Ravaud, ça sera peut-être long, dit la Faustin à son cocher. »

— « Tiens, pas de pipelet dans les loges de ces contrées ! » fit la sœur.

— « Oh !... on m'a expliqué très bien, où mon homme demeure. »

Les deux femmes commencèrent une ascension, au bout de laquelle elles débouchèrent sur un grand palier ; la Faustin compta les portes de la paroi de gauche, et s'arrêta à la septième.

Elle frappa.

Des pas pesants s'approchèrent de la porte, qui s'ouvrit de trois ou quatre centimètres de largeur, et dans l'étroit entre-bâillement, apparut un nez corbin, pareil au dos d'une serpette, surmonté de longs cheveux blancs, sur lesquels était posé un petit toquet, brodé de paillons dorés.

— « Ces dames se trompent sans doute ? » dit le vieillard en retournant peureusement la tête, et en adressant des *psit* bizarres dans l'intérieur de la chambre.

— « Non, vous êtes bien M. Athanassiadis, n'est-ce pas ? et voici un mot d'un de nos amis communs qui m'a adressée à vous ; »—et elle lui

mit dans la main la carte d'un illustre académicien.

— « Oh ! alors entrez, mesdames, — fit le
vieillard, après avoir jeté un regard sur la
carte, — mais glissez-vous comme ça... à cause
de mes petits amis. »

Les deux femmes pénétrèrent dans une haute
chambre, un ancien atelier de pauvre photo-
graphe, où il y avait tout un monde volant des
plus rares et des plus charmants oiseaux, en
pleine liberté.

— « Tiens, ces bestioles... c'est gentil tout
plein, s'écria la sœur, » — et presque aussitôt,
passant une main sur sa robe : — c'est seulement dommage qu'ils fassent caca sur vous, ces
petits malpaopres ! »

La chambre-atelier, tenue, en dépit des oi-
sillons, avec la propreté d'une chambre de
vieille fille, n'avait pour toute décoration que
trois bas-reliefs en plâtre du Parthénon, tenant
la place de la glace d'une cheminée, où s'en-
gageait le tuyau d'un petit poêle jetant une
rougeur sur le carreau ciré. Une longue planche, placée à une certaine hauteur, et chargée
de livres à reliures italiennes en vélin blanc,
courait le long des murs. Dans un coin, un

placard entr'ouvert laissait entrevoir des bocaux,
où nageaient, dans de l'huile, des conserves de
mangeailles, et un saladier débordant d'œufs.
Il n'y avait qu'un fauteuil de paille dans la
pièce, mais, en un renfoncement jouant l'alcôve, sur une planche posée dessus des tréteaux,
était étendu un petit matelas recouvert d'un tapis turc, où, la nuit, devait dormir le vieillard
tout habillé. Et la chambre sentait l'oiseau et
la pastille du sérail.

— « Mesdames, qu'est-ce que je puis pour
votre service ? » demanda le maître du logis, en
faisant asseoir les deux femmes sur son lit.

— « Voici, monsieur. » — C'était la Faustin
qui prenait la parole. — « Il existe, m'a dit
M. Sainte-Beuve, une autre Phèdre que celle
de Racine... et il m'a dit en même temps que
vous étiez l'homme qui pouviez le mieux m'en
donner l'intelligence... vous, un Grec... et qui
connaissez si bien la langue de la vieille Grèce...
Ce que je veux... je ne le sais vraiment pas
trop... Cependant je suis curieuse de vous entendre lire de cette Phèdre dans l'original...
Ça éveillera peut-être des idées chez moi...
Voilà... Je voudrais revenir de chez vous,
comme une Barbare d'autrefois... qui aurait

passé deux heures dans la Grèce de Périclès...
et avec un peu du bruit de la langue dans mon
oreille. »

Le vieillard se mit à traîner derrière lui son
fauteuil jusqu'à la planche des livres, rassembla,
autour de sa maigre et longue personne, le
flottement d'une robe de chambre en cotonnade, sous laquelle on sentait la superposition
de gilets de tricot et de grands bas de laine,
monta sur le fauteuil, et désignant le volume
du milieu de la rangée, prononça avec le ton
de vénération d'un custode de trésor abbatial,
vous indiquant sa grande relique : « Mesdames, le divin Homère ! » Puis, prenant à côté
un autre volume, il le descendit, en essuya pieu-
sement la poussière, de son coude, et, le posant
sur une petite table qu'il attira à lui, il l'ouvrit
soigneusement à une page, dont il lissa, un moment, les grandes marges avec la paume de ses
deux vieilles mains.

D'énormes bésicles solidement établies sur le
coupant de son nez, après s'être penché un moment sur le bouquin, Athanassiadis releva une
tête extasiée, et dit, les yeux au plafond :

« HIPPOLYTE.

« La scène se passe à Trézène devant le palais à l'entrée duquel on voit deux statues, l'une de Diane, l'autre de Vénus. »

Et, aussitôt, il attaqua les deux premiers vers de la tragédie grecque :

Πολλὴ μὲν ἐν βροτοῖσι κοὖκ ἀνώνυμος
Θεὰ κέκλημαι Κύπρις οὐρανοῦ τ' ἔσω (1).

— « Pardon, monsieur Athanassiadis, — interrompit la Faustin, — si vous preniez votre livre... j'ai ma voiture en bas... je vous emmènerais... vous dîneriez avec ma sœur et moi... je ferais défendre ma porte... Comme cela nous aurions toute une bonne soirée à nous. »

— « Oh ! madame, répondit le vieillard, si je le pouvais... sachant vous être agréable, ce serait avec un grand plaisir... Mais, du mois de novembre jusqu'à la fin de mai, je suis prisonnier dans cette chambre... et vous comprenez un peu le plaisir que j'ai à avoir autour de moi ces oiseaux... Tout ce long temps, il m'est absolument interdit de sortir... l'air de votre hiver me tuerait. »

La Faustin remarqua alors qu'il y avait du

(1) Je m'appelle Vénus, la Déesse au renom répandu parmi les mortels et dans le ciel.

papier collé sur toutes les jointures de la baie
vitrée.

Le vieillard se replongea dans la lecture, interrompant, par-ci par-là, le vieux grec du livre
par des phrases françaises, comme celles-ci :
« Votre Racine, madame, n'a pas tenu compte
de cela... Votre Racine, madame, n'a pas traduit cela... Votre Racine, madame, a mal traduit cela. »

— « Tu t'ennuies, petite Maria ? » dit à voix
basse, la Faustin à sa sœur.

— « Non, de temps en temps je ne déteste
pas les casse-tête chinois... puis je le trouve co-
casse, ton Athanassiadis ! »

Le jour était tombé. Le vieillard avait allumé
une petite lampe, et continuait sa lecture, mais
à chaque changement de personnage dans le
dialogue, son œil allait à un coucou, placé au-
dessus de la tête des deux femmes.

— « Est-ce que par hasard nous vous gêne-
rions, monsieur Athanassiadis ? » fit la Faustin,
après avoir remarqué le manège du bonhomme.

— « Non, non, mesdames... seulement j'ai
des habitudes de mon pays... je dîne plus tôt
que le beau monde de Paris... »

— « Ah! c'est l'heure où l'on vous apporte votre dîner... parfaitement, » — dit la Faustin avec cette adorable tyrannie de la femme qui veut satisfaire jusqu'au bout un de ses caprices ; — « monsieur Athanassiadis, il faut dîner... dîner comme si nous n'étions pas là... nous reprendrons après. »

— « C'est... c'est que, mesdames... on ne m'apporte pas mon dîner... je le fais moi-même... Oh! la cuisine ici n'est pas bien compliquée... je suis un peu de l'école du Vénitien Cornaro... des œufs, du poisson séché, des olives noires... tenez vous voyez, d'où vous êtes, le garde-manger de mon hivernage. »

La Faustin s'était levée, avait été au placard ; là, avec la curiosité d'une petite fille, elle sortait l'un après l'autre chacun des bocaux, les faisait un moment gaminement tournoyer dans la lumière, les refourrait dans l'ombre.

— « Oh! ces petits poissons, si secs, qu'ils ont l'air d'allumettes. »

— « Oui, ce sont des *tziros* .. ça se mange en buvant du *raki*. »

— « Jamais, jamais de viande ?... Monsieur Athanassiadis, c'est particulier, cela... Ah! des anchois.... c'est bon à savoir.. Et tous les jours vous mangez deux œufs sur le plat.., ça doit être bien ennuyeux à la longue. »

Tout en parlant, cherchant, regardant, la Faustin attachait sa traîne, retroussait avec des épingles sa jupe en « laveuse de vaisselle », et quand cela fut fait, du ton de joyeux commandement d'une femme dans une partie de campagne, elle jeta à la compagnie : « Et nous disons qu'aujourd'hui, c'est nous qui allons faire votre cuisine.. Vous ignorez certainement ce que c'est que l'omelette aux anchois... cette omelette pour la confection de laquelle je n'ai pas de rivale... Eh bien, vous allez en goûter une faite par ma blanche main... Eh ! la petite Maria, passe-moi la poêle que je vois là-bas... et vous, monsieur Athanassiadis, tout de suite du charbon là dedans ! »

— « Oh mesdames, mesdames... vous me confusionnez ! » glapissait Athanassiadis abasourdi.

— « Laisse-toi donc faire, mon vieux Palicare, ma sœur et moi nous ne sommes pas nées, avec un cuisinier déposé dans notre berceau royal ! » fit la maîtresse de Carsonac, de sa nature très facilement familière avec les gens.

— « Tant pis, j'en casse trois... des œufs... monsieur Athanassiadis, voyez comme je hache

les anchois... ni trop gros ni trop petits... et mon
secret je vous le confie... c'est de les faire gril-
ler un rien sur le feu... çà du cumin, n'est-ce
pas... va pour un soupçon de cumin. »

— « Oh ! mesdames, mesdames ! » continuait à gémir Athanassiadis.

— « Au large, mon vieux Palicare, tu nous
gênes dans nos opérations ! » fit la sœur.

— « Monsieur Athanassiadis.. attention.. vous
allez voir comme je la retourne... une, deux,
trois.. ça y est !... et a-t-elle une belle couleur
en dessous, et est-elle moelleuse dessus?.. Maintenant, la petite Maria, mettons le couvert de
monsieur. »

Et parmi le voletage et le gazouillement des
oiseaux, tenus, ce soir-là, en éveil, par le bruit,
le mouvement, le « va-et-vient » de la petite fête,
les deux sœurs, avec des gentillesses de soubret-
tes de théâtre, se mirent à servir le vieillard,
qui, ne se défendant plus que mollement, s'a-
bandonnait au charme de cette juvénile et caressante gaieté de femmes, faisant, une heure,
compagnie à ses vieilles années.

— « Eh bien, monsieur Athanassiadis, est-ce
réussi ?... êtes-vous content de votre cuisinière ?
—disait la Faustin, les traits animés d'une joie

d'enfant. — Et maintenant le second service...
les olives... Oh ! mais elles sont bonnes, celles-
là, » fit-elle, pendant qu'elle en croquait deux ou
trois. « Goûte-donc, petite Maria. »

— « Merci, je suis plus carnivore que cela,
moi ! »

— « Monsieur a fini... on dessert ! » — et la
Faustin, en une minute, balaya la petite table
de tout ce qu'elle portait, avec des grâces tour-
billonnantes.

— « Allons, soupira le vieil Athanassiadis, en
reprenant son Euripide, dans un de ces affaisse
ments souriants, que produit le bonheur chez la
vieillesse : « Tout ce que je sais de mon vieux grec,
je vais tâcher de vous le donner, mesdames ! »

— « Et ton cocher, Juliette ? »

— « Je l'avais parfaitement oublié... Rends-
moi le service de descendre... qu'il aille dîner
chez le premier marchand de vin, et qu'il re-
vienne. »

Quand la sœur remonta, elle trouva la Faustin, les coudes posés sur ses genoux écartés, sa
belle et nerveuse tête de tragédienne enfoncée
entre les deux paumes de ses mains, et buvant,
pour ainsi dire, les sonorités qui s'échappaient
de la bouche du vieillard grec. Quelquefois se

levant, tout en faisant signe à Athanassiadis de continuer, elle marchait, elle mimait le vers, qu'un mot de traduction française lui avait fait comprendre, puis venait se rasseoir.

Et Athanassiadis, arrivé à l'accusation posthume de Phèdre contre son beau-fils, se mettait à expliquer aux deux femmes, avec une intelligence qui surprit la Faustin, cette figure de fatalité bien autrement grande, bien autrement humaine, bien autrement *nature* dans son ressentiment amoureux, que la femme conventionnelle et théâtralement *sympathique*, peinte par le poète de la cour de Louis XIV ; et le commentateur donnait à la tragédienne moderne, la tentation d'accents nouveaux à introduire dans le rôle rajeuni, renouvelé, compris historiquement.

La lecture de la tragédie était terminée. Il était huit heures.

La Faustin se leva, après avoir discrètement roulé plusieurs pièces d'or dans un morceau de papier, et, de l'air et sur le ton d'une très grande dame, dit : « — Monsieur le professeur de grec, voilà bien des heures que nous vous avons prises... Je vous prie d'accepter cette faible rémunération de votre temps perdu. »

— « Non, madame », répondit le vieillard,
« d'abord vous m'avez fait à dîner... puis je
vous connais... je vous ai vue jouer souvent...
l'été... dans les mois où il m'est permis de sortir... et les Grecs, les modernes, comme les
anciens, vous doivent une certaine reconnaissance pour prêter votre talent à la résurrection
des grandes figures de leur histoire... non,
chère madame. »

Et le vieillard prononça ces paroles, de sa
voix chantonnante, où tremblait un peu d'émotion, et où la substitution du *ze* au *ch* mettait
comme une douceur enfantine.

— « Eh bien, je suis de votre avis, monsieur
Athanassiadis... je trouve que le plaisir de cette
soirée ne doit pas être payé avec de l'argent...
j'aimerais à me rappeler à vous autrement... je
voudrais vous savoir désirer une chose que moi
seule pourrais vous donner. »

— « Du moment, madame, que vous voulez
être si gracieuse pour le vieil homme... je vous
avouerai qu'il y a ici un produit de mon pays
que je ne puis me procurer... et je serais heureux d'y goûter encore une fois avant de mourir... c'est du miel de l'Hymète... peut-être
vous, madame, par les ambassades... »

— « Comment donc, le ministre plénipotentiaire de France en Grèce est de mes amis, il y aura. dans la première, valise de l'ambassade, une jarre de miel de l'Hymète... tout ce que les abeilles de votre patrie font de mieux... et encore une fois, monsieur Athanassiadis, adieu et merci. »

— « Il est vraiment touchant, le pauvre vieux bonhomme ! » dit la Faustin en s'asseyant près de sa sœur dans la voiture. Elle reprit : — « Au fond, une soirée qui ne sera pas perdue... Il me semble qu'il y a des voiles qui se déchirent dans la nuit de mon rôle. »

Au bout de quelques instants, la Faustin, l'expression de sa figure masquée par la nuit, ajouta, laissant tomber ses phrases une à une :

— « Mais ce rôle... ce rôle que les plus grandes passionnées des temps passés... n'ont abordé qu'avec un tremblement... ce rôle, pour le jouer... il ne faudrait pas être dans l'état de froideur d'âme où je suis... il serait nécessaire d'aimer follement, frénétiquement... et du cœur, et de la tête, et des sens.

— « Juliette, je t'offre un sujet... eh bien ! oui, un amant, quoi ! »

La Faustin, sans entendre, reprit :

— « Comprends-tu ? l'avoir quitté, m'aimant comme il m'aimait... car il m'aimait comme un fou... l'avoir quitté avec la promesse, qu'avant deux mois, il abandonnerait carrière, famille, patrie, pour vivre éternellement à mes côtés... Et rien de rien... aucune nouvelle de lui... depuis le jour où nous nous sommes dit : Au revoir... A toutes mes lettres, depuis des années, pas de réponse. »

— « Tu lui écris donc toujours ? »

— « Oui, oui... les jours où je suis désespérément triste. »

— « Mais, Juliette, bien sûr que le fond est percé de la boîte aux lettres de tes mélancolies ! »

La Faustin ne répondant plus à sa sœur, et toute enveloppée de silence, était emportée à travers des rues obscures, son visage douloureux, battu de la dentelle noire de son chapeau.

— « Tu viens souper avec moi ? » dit la maîtresse de Carsonac, au moment où la voiture s'arrêtait devant sa maison.

— Non.

— « Alors, c'est moi qui vais souper chez toi ! »

— « Non... laisse Juliette, ce soir, être seule..
toute à elle... »

IV

Créer un rôle, c'est-à-dire donner la vie extérieure de l'âme, donner la vie de la physionomie
et des gestes, donner la vie de la voix, à un personnage imprimé, à un cadavre du papier, une
rude besogne !

C'est d'abord une première sérieuse lecture,
lecture qui avait un côté curieux chez la Faustin : l'apparence d'une opération toute méca-
nique, et dans laquelle, le sens de ce qu'elle
lisait, ne semblait pas arriver à son cerveau.

Puis commence la véritable étude, suivie
presque aussitôt de découragement, d'un sentiment de défiance commun à tous les grands
talents, et qui leur fait se dire : « Non jamais,
je ne le pourrai jouer ce rôle, jamais ! »

Écoutez, sur ce premier moment de défail-
lance, la confidence faite à un de mes amis par
une de nos plus vaillantes actrices :

« Toute création à rendre me semble un

monde à soulever. J'ai des exagérations de sensations d'effroi tellement importunes, que j'espère et attends, en pareil cas, un tremblement de terre, un cataclysme qui me délivre de mon angoisse. Je maudis l'auteur, moi, la nature entière, et deviens stupide jusqu'au moment précis, où une simple lueur débrouille le chaos. »

Et la Faustin avait encore, contre elle, une mémoire ingrate et rebelle, et même l'inquiétante préoccupation d'en manquer, et le rôle de Phèdre, on le sait, est un rôle de sept cents vers.

Malgré tout, le rôle prenait possession d'elle, s'emparait de sa pensée, et presque inconsciemment la tragédienne entrait dans le travail de la composition, travaillant, dans le principe, de préférence au lit, qui lui donnait la concentration de l'attention.

Alors l'opération qui se fait dans une imagition d'écrivain, lentement échauffée : ce jaillissement du néant d'un embryon de personnage, sa formation successive, son relief final de créature vivante, son existence enfin, l'actrice sentait se faire cette opération mieux que dans son esprit, elle la sentait se faire dans sa personne. Elle cessait d'être elle, au milieu

de l'intime et secrète jouissance que l'acteur
éprouve à être un autre que lui-même. Une
nouvelle femme, créée par le labeur de son cerveau, entrait dans sa peau, l'en chassait, lui
prenait sa vie.

Et, ici, je ne puis résister à la tentation de
donner, sur cette vie en partie double, un autre
morceau de la lettre citée plus haut :

« ... A partir du jour où le rôle m'est confié,
nous vivons ensemble. Je pourrais même ajouter qu'il me possède et *m'habite*. Il me prend
certainement plus que je ne lui donne. Aussi
m'arrive-t-il presque toujours de prendre, chez
moi comme ailleurs, le ton, la physionomie,
l'allure générale que je veux lui donner, et
cela inconsciemment. Impressionnée comme je
le suis en pareil cas, je ne saurais être d'humeur gaie, étant aux prises avec un *moi* la-
mentable ou terrible qui s'impose à mon esprit, pas plus que mes humeurs noires ne
résistent à un autre *moi* qui raille, rit et éclate
à mon oreille. Voilà qui est dit, me suis-je fait
comprendre ? En pareil cas, je *suis deux*.
C'est tout le secret de mon travail. Je pense et
vis le rôle. Il est *vécu* quand je le livre au public. »

5.

Maintenant, chose curieuse, les tragédiens et les tragédiennes, ainsi que les comédiens et les comédiennes, et encore les acteurs et les actrices de drames modernes, n'ont pas le secours de modèles contemporains. La colère d'Achille et l'amour de Phèdre ne sont ni une colère ni un amour qu'on coudoie dans nos rues ou dans nos salons. Il faut donc que l'imagination de ces artistes se meuve dans le sublime, qui est au fond du surnaturel, atteigne par une intuition bien extraordinaire à un au delà des sentiments humains, qu'il leur est commandé de rendre réel. Et qui est-ce qui trouve cela? ce sont des femmes sans éducation comme la Faustin, des ignorantes absolues des époques qu'elles représentent, et de l'histoire des héroïnes et des grandes reines qu'elles incarnent : des femmes qui disent à l'ami qui les fait répéter : « Raconte-moi donc un peu ce que c'était que ce M. Thésée, » et qui ne l'écoutent pas, reprises par l'empoignement de leur rôle. Et ce sont pourtant ces femmes qui recréent cette humanité d'une manière si illusionnante, et avec des accents, des attitudes, des gestes, tels que ne pourraient en imaginer les lettrés, les sculpteurs, les peintres les plus nourris de l'anti-

quité. Interrogez-vous les gens du métier, leur
demandez-vous comment un pareil miracle
peut se faire? ils vous répondent par ce seul
mot : « L'instinct, l'instinct! » — et c'est en effet
la seule explication de cette faculté de somnambule lucide, de *voyante* du grand passé.

Du corps de la tragédienne, déjà à l'heure
actuelle un peu pénétrée de son rôle, et s'essayant à le dire, se levaient spontanément, et
d'une façon toute naturelle, de beaux et d'amples gestes, des gestes de statue antique, que
pas plus que les mouvements de sa physionomie, elle n'étudiait dans une glace, — intime-
ment persuadée qu'elle était, — que le vrai
comédien, sans avoir besoin de s'en rendre
compte, porte en lui le sentiment de la justesse
de son jeu.

La glace, selon l'expression d'une grande artiste retirée du théâtre, est la ressource de ceux
et de celles qui *pensent bas*, des acteurs et des
actrices à ficelles, et qui tiennent un registre de
tous les procédés artificiels connus à l'effet de
produire le sentiment, sans qu'ils y arrivent
jamais.

Toutefois, dans la traduction des mouvements
de l'âme par la pantomime, trouver et bien

trouver est peu de chose. Là, où le goût et l'art
ont à se montrer, c'est dans le choix, le resserrement, l'élagage de la gesticulation, qu'il faut
tout le temps pacifier, tranquilliser, éteindre,
renfermer dans ce *tout juste*, que les anciens
manuels de théâtre prêchent en recommandant
de jouer « les mains dans les poches ». La so-
briété, voilà le caractère des créations scéniques
parfaites, et qui ont pour idéal d'apporter sur
les planches une figure dont la vie dramatique, ainsi que dans un tableau de maître,
se détache de la demi-teinte et du repos des
couleurs, seulement en quelques places lumineuses.

Mais, peut-être plus que la mimique, la grande
difficulté d'un rôle, c'est l'accord de la voix de
l'acteur avec le sentiment exprimé par l'auteur,
l'arrivée à la sonorité juste, à la vocalisation
exacte de l'intention dramatique. De là, des efforts et des recherches, et des reprises d'un
vers, d'un hémistiche, que la Faustin faisait
sonner de toutes les façons, en élançant le son,
le précipitant, le ralentissant, le faisant passer
par les infinies modulations d'une voix assouplie
et brisée — et cela des centaines de fois.

Un jour, dans un après-midi de courses, où,

pour se tenir compagnie, la tragédienne avait
emmené dans son coupé le petit Luzy, elle répétait : « Lui, ma joie, mon honneur, ma
gloire » ! une phrase de la *Czarine* de M. Scribe,
qu'elle devait dire dans une matinée du faubourg Saint-Germain, elle répétait cette phrase
une heure et demie, enfin jusqu'à l'instant où
elle trouvait tout à coup la musique voulue par
son oreille.

V

— « Écoute... tous deux, le père et le fils, —
le fils, un tout jeune homme, — devaient aller
passer la soirée, ainsi qu'ils le faisaient tous les
soirs, chez une vieille amie de la famille... Le
fils, un peu enrhumé ce soir-là, se refuse à quitter le coin de son feu. »

Le récit était coupé, à tout moment, par le
bruit d'une porte battante qui livrait passage à
un commis, disant un mot à l'oreille du narrateur, ou lui présentant une lettre qu'il signait
debout sur un coin de la cheminée.

— « Je te disais donc que le fils était resté au
coin de son feu... Dans l'escalier, le père s'aper-

çoit qu'il a oublié son mouchoir... il remonte, dit à son fils d'aller lui chercher ce mouchoir dans sa chambre... et, assis dans le fauteuil du jeune homme, il se chauffe un moment les pieds à la cheminée.... Ses regards, par hasard, et peut-être avec la vague curiosité de l'emploi que son fils pouvait faire de sa soirée solitaire, se portent sur la petite table où il était en train d'écrire... Il aperçoit un état de frais imprimé des Pompes funèbres, la compagnie officielle, és un état de frais, avec vignettes sur bois pour chaque classe, d'une compagnie rivale, puis, entre les deux brochurettes, la rédaction appliquée d'un convoi de première classe, pris aux deux compagnies, et conciliant, avec une sage économie, le décorum dû à la haute position financière du défunt... Le père n'a aucun doute, c'est de son enterrement qu'il s'agit, et dont son prévoyant fils fait l'occupation de ses malaises. Le fils rentre avec le mouchoir... Ah ! si c'eût été un père dans la moyenne des pères ordinaires... mais non, ce père-là ne dit rien à sa progéniture... la quitte souriant... s'en va à sa soirée, où il raconte la chose à quelques intimes... et spirituellement, et avec des détails gais. »

— « Fichtre ! voilà de l'héroïsme de la vie intime, du vrai et sans pose, et comme les *Conciones* de l'antiquité ne nous en offrent pas beaucoup, » jeta dans une bouffée de cigare, l'écouteur du récit.

— « Aussi était-ce un véritable homme de Bourse, reprit Blancheron, il avait le scepticisme carré et souriant qui est notre force à nous. »

Puis, au bout d'un silence, le boursier ajouta, en prononçant lentement ces mots : « Et dire qu'un monsieur, si admirablement équilibré, a été tué comme un lapin par un grain de plomb derrière l'oreille, sur l'annonce du mariage d'une petite fille qu'il entretenait ! »

Ces paroles dites, Blancheron tomba dans une rêverie profonde.

Blancheron, un *coulissier*, et un des plus fiers *estomacs* de la Bourse, était de ces natures énergiques, aux traits massifs, au masque opiniâtre, à la santé de peuple, portant dans toute sa personne, ce quelque chose de durement impérieux, qui marque et signe les conquérants de l'argent, petits ou grands, et qui ne sont pas de race juive. Dans son teint de bilieux-sanguin, commençait à se glisser une teinte oli-

vàtre, ce reflet métallique de l'or sous la peau,
si curieux à observer alors, dans le gaz bleuâ-
tre du soir; sur les figures des gens de la petite Bourse du boulévard. Blancheron avait le
tempérament *haussier*, c'est-à-dire une confiance
insolente dans la providence de la cote, une
heureuse prédisposition de la cervelle à croire
à l'arrangement et à la réussite des événe-
ments, d'ici-bas, — et cela en ces années où
tout réussissait à la France.

Habillé des vêtements amples d'un gros fer-
mier anglais, l'homme ue Bourse affichait,
pour les choses de l'art et de la littérature, un
mépris presque brutal, qu'il étendait aux hommes de ces professions; et dans toute cette existence donnée à l'*alea* de l'argent, et, sans faste
extérieur, il n'avait laissé pénétrer qu'une distraction, lui dévorant les deux cent mille francs
qu'il gagnait : la maîtresse.

Le *remisier* Luzy formait le contraste le plus
parfait avec Blancheron. Un joli et élégant petit homme, et coureur de lorettes, et frotté aux
peintres et aux hommes de lettres, et *dilettante*
de musique : un garçon auquel les affaires venaient comme amenées par le charme qui se
dégageait de lui, et possédant, au milieu de tout

cela, un fonds de lazzaronisme, et un yacht sur
la Méditerranée, dans lequel il disparaissait de
la Bourse pendant trois mois, trois mois où, par
une chance singulière, deux années, il avait
évité les grands sinistres légendaires. Intelligent, habile, finaud, un des malins *crayons* de
la coulisse, Luzy n'avait pas le grand flair de
Blancheron, et surtout sa puissante impertur-
babilité dans les coups de chien de la baisse,
se contentant modestement de graviter dans la
sphère des opérations de son ami.

De sa rêverie qu'il promenait d'un bout à
l'autre du cabinet, sa courte pipe d'écume de
mer aux dents, et avec le pas appuyé d'un
marin, marchant les jambes écartées sur son
tillac, Blancheron sortit tout à coup par ces
paroles :

— « Eh bien, vrai, nom de Dieu, je me sens
tout aussi fort que ce vieux bougre de père...
et pour les machines de sentimentalité humaine
et pour la souffrance physique, et pour les
écroulements de liquidation... je suis l'homme
qui s'en fout, tu le sais toi..., dis-moi alors
pourquoi dans cette chair que tu m'as vu, aux
journées de juin, donner à couper et à taillader
comme si elle n'était pas à moi... un mot, un

6

geste, un rien de cette sacrée femme, m'y fait
plus mal que ne m'en a fait le bistouri du chirurgien... Oui, mon cher, cette grosse nature-
là, car on ne peut certes pas dire de moi que
je suis un nerveux, » — cria-t-il dans un éclat
de rire hautain — «, oui, moi, je souffre de
la façon dont Juliette ouvre tout doucement
la porte, quand elle rentre... 'Son tour de
clef..., son pas même que j'entends venir, ce
pas qui semble le même aux autres... c'est tout
plein pour moi de choses douloureuses.... Ah!
cette Phèdre! ça a fait repousser chez elle
un tas de sentiments jeunets, amoureux, poé-
tiques, au milieu desquels mon prosaïque individu... »

Et allant et venant, parmi les phrases heur-
tées de sa rude lamentation, Blancheron jetait,
par la porte battante, des ordres, pour la bataille de l'argent de la journée.

— « Comment est-on?... La prime de deux
sous pour demain?... A-t-on les soixante mille
pour Templier?... Hein? vous dites qu'on est
à 70.75... Achetez-moi quatre-vingt-dix mille,
et leste!... Vous, prenez-moi du dix sous fin prochain, et vendez moitié dont un. » Et dans son
humeur massacrante, crossant à la fin un com-

mis · « Et *c'te* réponse, ce sera-t-il pour demain, foutre? » jeta Blancheron. Puis, revenant à Luzy :

— « Non, tu ne peux savoir, mon cher, le *sens dessus dessous* que met un cochon de rôle dans la caboche d'une femelle de théâtre... elle n'a jamais eu un sentiment bien passionné pour moi, c'est entendu... et elle ne se cachait pas pour me le faire entendre... mais, au fond, elle m'appartenait, elle était mienne... et cela par l'habitude, par des années de ménage, par la domination qu'une femme est toujours fière d'exercer sur un homme... et sur un vilain chien de ma nature. Mille tonnerres! C'est le diable les femmes chez lesquelles un amour mort se réveille... tous les jours, je la sens se retirer de moi, se reprendre... et comme s'en aller de mes bras... Si c'était plus d'argent qu'elle voulait, on s'arrangerait pour lui en gagner, et on en gagnerait... mais contre ce fantôme tout à coup remonté dans son cœur... contre ce William Rayne, dont elle n'est pas même certaine de l'existence, que veux-tu qu'on fasse! »

— « Va, mon cher, fit Luzy, c'est l'affaire encore d'un mois, quand *Phèdre* aura été jouée, la tragédienne rentrera dans son assiette bour-

geoîse, et tu retrouveras la Juliette d'autrefois.
En attendant, elle est toujours ta maîtresse,
n'est-ce pas?

— « En effet, elle est ma maîtresse, dit
Blancheron sérieux, mais son amour pour moi,
vois-tu, c'est celui d'une femme honnête qui
n'aime pas son mari, et, c'est stupide, ça ne me
suffit plus ! »

VI

Dans la salle emballée sous d'immenses
bandes de toile écrue : la pleine nuit — une
nuit dans laquelle il n'y a de lumineux que les
petits carrés de feu, produits par la lumière du
jour, passant à travers les rideaux rouges de la
vitre des troisièmes loges, et le scintillement de
saphir du lustre, pareil à un faisceau de sta-
lactites, pendant dans les froides ténèbres, à la
voûte d'un glacier.

Ça, et encore un peu de pâleur blême sur les
cariatides des avant-scènes, sur les mythologies
effacées du plafond, et sur le manche d'une
contre-basse, émergeant au-dessus de la rampe,
du noir profond de l'orchestre, voilà tout ce

qu'on voit dans la salle vide, où, sur le rebord
du balcon de la première galerie, se promène
solitairement un chat blanc.

Sur la scène éclairée par deux quinquets à
réflecteur placés dans les coulisses, il fait presque le sombre de la salle, avec dans les frises
et les trouées des échafaudages, des lueurs
bleuissantes, comme il s'en trouve dans la char-
pente d'un clocher d'église en construction,
sous un clair de lune.

Là dedans des hommes en paletot et en chapeau rond, aux apparences de plumitifs beso-
gneux, et des femmes en tenue de « brûleuse de
maison », les mains enfoncées dans de vieux
manchons : des espèces de larves bourgeoises se
mouvant dans une sorte d'obscurité fantastique.

Et de temps en temps, dans le vide et la mort
de la grande salle, frappée d'un vivant soleil sur
son toit, vibre le roulement sourd de voitures,
dont la sonorité tressautante a l'air de passer et
peser dessus, ainsi que le feraient des charre-
tées de moellons sur des catacombes.

Le Théâtre-Français, — privilège qu'obtien-
nent seules pour les pièces de l'ancien répertoire les célébrités dramatiques — le Théâtre-
Français avait accordé à la grande tragédienne

de l'Odéon, sa salle pour une douzaine de répétitions, avant celle de la pièce à l'étude, et c'était ce jour-là, la première répétition de *Phèdre*.

Les chaufferettes traditionnelles et monumentales de la maison de Molière ont été chargées et apportées sous les pieds des actrices, assises dans les bergères Louis XV du décor de la pièce qu'on doit jouer le soir.

Le souffleur a pris place à gauche du théâtre, à une petite table, sur laquelle on a apporté une lampe; le vieux régisseur Davesne est à côté de lui, tournant le dos à un grand bâton au manche de velours rouge, accroché à un clou entre deux portants de coulisse.

Le directeur est installé à droite sur un canapé.

Dans le fond de la scène est suspendue, à moitié remontée, une immense cheminée en bois sculpté d'un drame du moyen âge; et l'Hippolyte de Racine, très enrhumé et emmitouflé dans un cache-nez jusqu'au bout du nez, parcourt les planches, en battant la semelle.

— « Nous commençons, hein ?... Sommes-nous complets ? » dit la voix du directeur.

En ce moment Théramène, mis en retard par

un rhumatisme, et appuyé sur une canne, arrive en clopinant, et en commentant tout haut une ordonnance de médecin, qu'il tient ouverte à la main.

— « Voyons, décidément, y sommes-nous? » reprend le directeur.

— « Non, fait quelqu'un, il manque encore OEnone. »

— « C'est vraiment insupportable... On veut avoir des répétitions *cousues*... et c'est toujours comme cela... Commençons tout de même, ça la fera peut-être venir, d'autant plus qu'elle est en retard d'une bonne demi-heure. »

Et l'on commence dans l'éclairage gris de la scène, emplie comme d'un brouillard matutineux, et où l'on ne voit de blanc que le faux col des acteurs, et où les actrices jouent avec des visages d'ombre et des mains de lumière.

Arrive la scène 11e.

— « Monsieur Davesne? » lance la voix du directeur.

Et pendant que le souffleur prononce tout haut:

« Hélas! Seigneur, quel trouble au mien peut être égal?
La reine touche presque à son terme fatal.
En vain à l'observer jour et nuit je m'attache;

Le vieux Davesne, avec sa barbe blanche,
son veston vert, son pantalon jaune, ses chaussons de lisière par-dessus ses souliers, mime
pudibondement, en des gestes resserrés et frileux qui se gracieusent, le récit de la confidente
à Hippolyte.

— « La voilà ! la voilà ! » crie-t-on de la coulisse.

— « Quel saligot de fiacre ! Ah ! mes enfants,
ne prenez jamais un vieux cocher ! » fait OEnone,
un type de la menteuse au théâtre, tout en dé-
faisant les brides de son chapeau ; et aussitôt elle
donne à la Faustin les répliques de la scène III.

C'est curieux, bien curieux, et chez les artistes les mieux doués, et chez les acteurs les plus
illustres, la naissance d'un rôle. Il faut voir la
manière inintelligente, enfantine, avec laquelle
ils commencent à le dire, ce rôle ! et l'ânonne-
ment et la recherche niaise de l'intonation et
du geste, et comme ce n'est que par une infiltra-
tion, lente, lente, lente, que la création de l'auteur les pénètre, les emplit, et déborde enfin de
leurs êtres enfiévrés, mais seulement tout à la
fin, dans un jaillissement de génie. Mlle Mars
disait : « Ce rôle, je ne l'ai point encore assez
vomi ! » C'était avouer tout ce qu'il fallait à la

consciencieuse artiste de temps, de travail, de
tâtonnements pour arriver à la perfection, à l'i-
déal d'un rôle. Et cette poursuite du mieux,
cette perpétuelle contention de la cervelle, cette
inquiétude morale jusqu'au jour de la première
représentation, donnent aux femmes une nervosité non encore décrite, une nervosité dont la
peur se traduit chez elles, dans leurs rapports
avec les gens de théâtre, par l'affectation d'une
humilité excessive, qu'on sent toute prête à se
rebeller dans un mouvement d'orgueilleuse colère. C'est ainsi que la Faustin, à une observation du directeur, lui disait avec une condes-
cendance qui étonnait : « Oh ! si c'est votre
sentiment, assurément je me trompe ! » — Mais
la phrase obséquieuse était dite de la voix la
plus rêche, et comme par une femme qui va égra-
tigner. Il y a encore une particularité à noter
chez les actrices, dans cette période de l'incu-
bation d'un rôle, et surtout dans le labeur aga-
çant et contrariant des répétitions, elles sont
comme enveloppées d'austérité, de froideur,
d'*insexualité*. Elles semblent avoir déposé les
grâces aimables de leur nature qu'elles apportent à toutes les choses de la vie ; elles n'ont
positivement plus le sourire, et elles se mon-

trent avec le sérieux d'hommes traitant une
affaire.

— « Ça ne va pas, mais ça ne va pas du tout,
aujourd'hui, » dit le directeur, en se frictionnant
vivement les cuisses de ses deux mains ; « pour
l'amour de Dieu, mesdames et messieurs, un
peu de *vigousse* donc ! »

Il faisait un de ces jours, comme il en fait dans
le climat Paris, un de ces jours où, sans qu'on
sache pourquoi, l'activité et le ressort du Parisien sont comme endormis, un de ces jours *veu-
les*, dans lesquels tout ce qui travaille de l'intelligence est sans entrain, et où l'air excitant,
capiteux, endiablé de la capitale, semble lour-
dement rouler des bouffées de paresse.

Et là répétition ne marchait pas, et la Faustin, à tout moment, au milieu de ce qu'elle répétait, avait des petits clappements de lèvres
stridents, et Hippolyte se plaignait « d'avoir
mal à la voix » et annonçait qu'il ne pourrait
pas jouer le soir, et Théramène scandait ses hémistiches par des gémissements douloureux, et
le souffleur somnolait ; et dans les interruptions
du texte de Racine, on entendait, un long temps,
le souffle du lampiste dans les verres du lustre
descendu, et qu'il nettoyait, et dont le tournoie-

ment, entre ses mains, faisait le joli petit cliquetis d'un collier de pierreries au cou d'une valseuse.

Le chat blanc lui-même, fatigué de sa promenade sur le rebord du balcon, était allé se glisser dans l'entre-bâillement de la veste d'un machiniste, endormi plié en deux sur un X en bois, le menton dans la poitrine.

— « Tout cela, voyez-vous, fit le directeur en se levant impatienté, c'est de la mauvaise, mauvaise besogne.., non, il n'y a pas à *creuser* aujourd'hui… Tout le monde est *à la mollesse*… ce qu'il y a à faire, c'est de remettre à un autre jour.

Et la répétition était abandonnée au milieu du bruit de pas sonores, et la Faustin, ayant encore dans les yeux de la lumière des quinquets, tombait place du Palais-Royal, prise un moment de cette hésitation, qui vous fait demander, en sortant de ces endroits de nuit, si vous êtes dans du vrai jour ou dans du jour de rêve.

VII

— « Ma sœur est levée ? » — jetait un matin
la maîtresse de Carsonac à la femelle — facto-
tum de sa sœur.

— « Non, pas encore... madame est en train
de lire ses journaux... Madame, à ce qu'il paraît, n'a jamais eu une si belle *presse*... C'est à
propos du bénéfice d'hier, vous savez ? »

— « Ah ! ma brave Guénegaud, ma sœur est
heureuse d'avoir à son service une femme comme vous... la mienne, n'ai-je pas été obligée de
la ficher à la porte ! Mademoiselle, qui va être
mère, recevait dix francs des fournisseurs, pour
les avertir toutes les fois qu'il entrait de l'argent
à la maison... et la petite poison, vous ne savez
pas ce qu'elle m'a dit, après que je lui ai donné
ses huit jours : « Au revoir, madame, au coin de
« la borne, où on vous crachera dans la main ! »...
Et vos douleurs, vous n'en souffrez plus, ma
bonne Guénegaud ? »

— « La santé va très bien ! » fit Guénegaud

d'un ton froid, et comme en garde contre les amabilités de la sœur de sa maîtresse.

Guénegaud, une femme de cinquante ans, à la carrure hommasse, et qui, sous un pince-nez toujours à cheval sur son nez, étalait les traits d'un robuste avoué de campagne en bonnet de linge, Guénegaud, en dépit de sa torve physionomie d'un homme de loi, crayonné par Daumier, était attachée aux intérêts de sa maîtresse par une de ces espèces de religion, que certaines natures rustaudes du peuple éprouvent pour des maîtres vivant dans une gloire de demi-dieux.

— « Alors on peut entrer, n'est-ce pas? »

Guénegaud s'inclina et ouvrit la porte.

La Faustin était dans son lit, tout recouvert de journaux de théâtre dépliés, sentant encore l'encre d'imprimerie, amoncelés ici par place, dévalant là, le long de la fine toile de Hollande, et, au bout de deux ou trois temps d'arrêt d'une seconde, chutant l'un après l'autre sur le tapis, avec le bruit de feuilles sèches. La tragédienne, la tête soulevée sur deux oreillers, ses bruns cheveux dénoués et épandus autour de son visage, reposé, souriant, animé d'un bonheur rose, avait les genoux relevés en façon de pupitre

7

pour sa lecture ; et dans l'effort qu'elle venait de
faire, en coupant du dos d'une main impatiente
un journal louangeur, la patte d'une des épau-
lettes de sa chemise s'était cassée, et laissait voir
nus, une épaule et un bout de sein.

— « Toi, d'aussi bonne heure... Qu'est-ce qui
t'amène ? »

— « Je vais te dire ça... et tu es contente de
tes journalistes ? »

— « Tous plus caressants l'un que l'autre...
et c'est une attente de mon début dans Phèdre,
à... me rendre fière... mais raconte-moi ta ma-
chinette. »

— « Nous donnons après-demain un grand
dîner... un dîner d'affaires, tu as compris... il
y a d'abord en jeu une adaptation de la dernière
pièce de Carsonac pour Vienne... Oh ! tu sais,
sa pièce : c'est jeune et ça a du cœur... Nous
aurons un succès là-bas... Puis pas mal de poli-
tesses diplomatiques... et encore un tas d'engre-
nages de machines... Toi, il a quelque chose à
te demander, je ne sais quel petit service de
recommandation... tu n'ignores pas du reste
l'importance qu'il attache à t'avoir... pardié, il
ne t'aime pas !.. mais qu'est-ce qu'il aime...
crois-tu que c'est moi... Oh ! oh ! voilà du nou-

veau, merci... j'espère que la province se conduit d'une manière distinguée à ton égard. »

Et la sœur examinait, posé sur un petit bonheur du jour, un rameau d'or, un rameau de
laurier, portant sur chacune de ses feuilles le
nom d'un rôle, avec cette inscription :

THÉATRE-FRANÇAIS DE ROUEN
A JULIETTE FAUSTIN
SES ADMIRATEURS

— « Oui, ça vient d'arriver ces jours-ci... une
surprise... pour cette série de représentations
que j'ai données, cet été, pendant mon congé,
mais vraiment, ma petite Maria, tu tiens beaucoup à ce que j'aille à ce dîner ?... c'est que ton
monde... vois-tu... il me dégoûte un peu. »

— « Moi aussi !.. après, nous t'inviterons qui
tu voudras... Je n'ai pas besoin de te dire que
l'invitation est également pour Blancheron. »

— « Oh ! il ne viendra pas... lui ! il prétend
que vous êtes la maison de Paris, d'où l'on sort
toujours avec mal à l'estomac après dîner. »

— « Voyons, est-ce si mauvais que cela, Juliette ? »

— « Tu sais, il est l'homme qui a ses idées

sur la nourriture... tu ne l'en feras pas revenir...
Mais je n'y pensais plus, je me suis engagée à
donner à dîner justement, ce jour-là, à un de ses
amis... tu le connais, tu t'es trouvée à Sainte-
Adresse avec lui, c'est le petit Luzy... une partie de spectacle arrangée... Bah! je les laisserai
aller tout seuls... et j'irai te retrouver aussitôt
qu'ils seront partis... Et est-il toujours aussi
foncièrement méchant, ton Carsonac? »

— Que veux-tu?... cet homme avec son commencement d'affection nerveuse, et le bifteck
saignant qu'il a toujours dans le dos... oui, un
traitement russe... puis pas une minute de sommeil... le pauvre chéri passe toute sa nuit à se
promener dans sa chambre, comme un vrai
chat-tigre... en fumant des cigares et en buvant
des petits verres... ça ne prédispose pas, cela, à
la charité chrétienne. Après tout, on s'y fait très
bien, je te le promets, à la vie d'*agrichement*...
et ça me manquerait peut-être, si tout à coup il
allait devenir un imbécile bonasse... et, sais-tu,
il est menacé que ça lui arrive!... C'est promis,
n'est-ce pas, pour la soirée, je compte sur toi...
Mais tu es gentille comme tout ce matin! »

Et en jouant et en batifolant, les lèvres de Maria, dans un murmure qui disait: « Ta peau,

une peau douce comme la rampe d'un escalier
de Mont de Piété » coururent sur l'épaule de la
Faustin, qui coupa brusquement les tendresses
de sa sœur par ces mots : « Finis, tu sais que je
n'aime pas ces jeux-là. »

VIII

A dix heures, lorsque la Faustin arriva chez
Carsonac, le dîner n'était point encore fini. Pendant que, dans l'antichambre, elle ôtait sa sortie
de bal, elle entendit un bruit de voix, et quand
elle entra dans la salle à manger, sa sœur, la figure allumée de colère et de chambertin, et levée tout debout, les mains appuyées sur la table,
lançait à son amant, au travers des vingt-cinq
convives : « Vieux cocu ! »

Puis la femme battit l'air de ses bras, et des
crispations nerveuses coururent ondulantes le
long de tous ses membres.

Le bataillon des amies, *Moumoute* en tête, prenant la femme sous les aisselles, l'entraîna dans
le cabinet de toilette, où, pendant quelque temps,
l'injure « cochon » alterna avec de petits cris

étouffés, auxquels succédèrent des larmes, un
déluge de larmes.

— « Lillette, qu'est-ce qu'il y a donc ? » dit la
Faustin, au moment où la jeune fille passait
devant elle pour rejoindre ses amies.

— « Il y a... ce qu'il y a toujours... Au premier service, Bonne-Ame a été d'une gaieté de
tous les diables... au second, elle a fait de l'œil
hystérique à tous les hommes... à l'entremets,
elle s'est disputée avec Carsonac... et au dessert
les pleurs et les sanglots... c'est la marche ! »

Carsonac, lui, silencieux, froid, la graisse
blême, mangeait sa honte et sa rage, le nez dans
son assiette, puis se levait, et passait dans son
cabinet de travail, suivi de ses familiers intimes,
de l'élite de la société masculine de l'endroit.

Dans le grand salon complètement vide et éclairé à giorno, seule, se voyait une femme entourée
de deux fillettes, presque des enfants, amenées là
par la bizarrerie des relations de Paris, et que la
femme avait enlevées de la salle à manger, pour
les sauver des gros mots. Cette femme, une to-
quée, mais une femme parfaitement honnête,
montée debout sur le grand divan circulaire
du milieu, amusait ses petites camarades, en
se laissant tomber raide à plat, tout de son

haut, avec un cri d'agonie de cinquième acte.

Quelques hommes, les comparses du dîner, étaient restés tranquillement à table, et causaient en arrosant la conversation d'alcool.

Le croupier des jeux de Monaco s'entretenait avec le chef d'orchestre, le mari de *Moumoute*, de la difficulté de l'élevage des sansonnets. Le médecin des eaux de Hombourg, muet comme un diplomate, se versait, toutes les dix minutes, un petit verre, et, par la même occasion, un autre petit verre à son voisin, un acteur, un maniaque de parfums, qui le buvait, le nez dans son collet d'habit, où il avait fait coudre des gousses de vanille. Un grand garçon fade, dont la position dans le monde consistait à avoir de *bonnes collaborations*, énumérait les vertus domestiques des épouses de ses collaborateurs, à un compositeur musical jouant l'air fou, sous un toupet en escalade. L'adaptateur viennois disait des drôleries au *Timbre proportionnel*, une femme égarée au milieu des hommes, une mère de danseuse, ainsi surnommée, à cause de la phrase qu'elle avait à la bouche, lorsque quelque abonné de l'Opéra poussait de trop près sa fille, au foyer de la danse : — « Allons, monsieur le marquis, voulez-vous en finir !... j'ai justement sur moi un tim-

bre proportionnel!» Un Scandinave, qui croyait
avoir écrit une pièce en français, et chez lequel
tout se démontait : la canne, la lorgnette de spectacle, le porte-cigare, était en train de montrer,
dans le double fond de sa montre, des miniatures
polissonnes à un directeur de théâtre, mal en
point dans le moment, et cherchant à connaître le prix juste dont l'auteur injouable voulait
payer sa gloire. Et, de l'autre côté de l'étranger,
surveillant la conversation, était le *luminariste*
du théâtre, le principal créancier du directeur,
et qui faisait saisir par un huissier la recette
de tous les soirs, et ne laissait au pauvre diable
la faculté de voir ses auteurs que le dimanche.

Enfin, l'expéditeur des asperges d'Aranjuez,
avec la verve et l'*humour* des coureurs d'univers,
racontait à la tablée cette histoire de sa nouvelle
patrie d'adoption.

— « Un matin, à Tolède, j'étais allé porter
mes douze piastres, le petit loyer que je payais
chaque mois... Ma propriétaire, il faut vous dire,
se trouvait être une vieille grandesse d'Espagne... Maison tombée... Elle avait deux filles,
une fille aînée aux sourcils noirs comme du
charbon... une commanderesse de Saint-Jacques... un ordre cloîtré, supprimé par la révolu-

tion espagnole, mais dont elle continuait à porter le costume... Vous la voyez d'ici avec son
capuchon, sa longue robe blanche et la grande
croix rouge, haute comme elle... L'autre fille,
plus jeune et mariée, était la mère d'un petit
garçon de cinq à six ans... l'héritier du nom...
le dernier marquis de la famille... l'enfant le
plus gâté de la création, et à l'envi par les trois
femmes... Et c'étaient, chez ce petit bonhomme,
des caprices, des exigences d'une tyrannie... Il
n'y a pas de jeunesses ici, n'est-ce pas ? — fit le
narrateur, en parcourant des yeux la salle à
manger. — Ce jour-là, ne s'était-il pas mis en
tête de voir... ce qu'aucune femme ne montre,
et, moins que toute autre femme, une reli-
gieuse !... La mère, dans tous ses états, le me-
nace de le fouetter. Là-dessus mon gamin pris
de rage, et secoué d'un tremblement nerveux, se
met à crier, comme si on l'écorchait : « *Quiero,*
« *quiero ver el culo de mi tia !* » et cela revenant au
milieu de pleurs colères, dans un essoufflement
anhélant. La mère lui met la main sur la bouche... le crapaud la mord... et le voilà, tout à
coup, se roulant à terre, dans des convulsions,
avec toujours sa sacrée phrase entre ses dents
serrées... Une porte s'ouvre, et l'aïeule, à la

figure austère, apparaît... elle regarde un moment l'enfant crachant de l'écume, dit : « Le
dernier marquis de la famille se meurt, le lais-
serez-vous mourir, ma fille (1)? » La commanderesse de Saint-Jacques était en train de lire un
livre de prières, en des lignes de statue, et
comme si ce que criait l'enfant n'arrivait pas à
ses oreilles. Ah ! le regard de la commanderesse
à cette interpellation de la mère, ce qu'il y avait
dedans, qui pourra le dire, messieurs !.... La
commanderesse a pris l'enfant par la main, et
est sortie avec lui... Une seconde après, le dernier marquis, passant tout effaré entre nos jambes, s'enfuyait dans l'escalier, comme s'il avait
entrevu le diable. »

Dans le cabinet de Carsonac, les hommes
sérieux, les auteurs dramatiques, fumaient re-
croquevillés et pelotonnés sur eux-mêmes, et
taciturnes, ainsi que des gens entourés de voleurs d'idées. Seulement, de temps en temps,
le plus gai de la bande se levait, allait tour à
tour à chacun d'eux, lui frottait un moment la
tête à l'instar d'un vieux polichinelle, puis, bien
content, venait se rasseoir à sa place. Au fond,

(1) « El último marqués de la familia muere. ¿Le dejará Vᵈ
morir, hija mia? »

tout au fond de la pièce obscurée, deux hommes cependant causaient à voix basse, deux hommes dont l'un complètement perdu dans la fumée de son cigare et qui semblait une voix n'appartenant plus à un corps, répétait à l'autre avec une conviction morne : « C'est pas mal, mais y faudrait des coupures. »

Au moment, où Carsonac, prenant discrètement son chapeau, s'apprêtait à sortir, il était rejoint entre deux portières par le directeur de théâtre.

— « Rien à faire avec le Scandinave, il ne veut lâcher que 20,000 francs ! »

— « Imbécile ! prends son manuscrit et ses 20,000 francs... ce sont les costumes et les décors... Je vais te faire une pièce sur le même temps... et aussitôt après son *four*, tu me joueras. »

Et Carsonac avait la main sur le bouton de la porte de l'antichambre, quand il se sentit arrêté par l'expéditeur des asperges d'Aranjuez.

— « Carsonac, j'ai un intérêt dans un éléphant débarqué à Carthagène. »

— « Eh bien, qu'est-ce que ça me fait ? »

— « Peut-être pourrais-tu l'utiliser dans ta prochaine pièce... mon proboscidien ? »

— « Je n'en sais rien, mais rien du tout, répondit Carsonac, dont l'œil eut une flammèche qui s'éteignit aussitôt. »

— « Fais pas le malin… tu en grilles de mon éléphant… mais tu sais qu'on ne me refait pas moi… et tu ne l'auras, que si je suis de la pièce. »

— « Eh bien, eh bien, c'est fait… et expédie nous-le, grande vitesse. »

La Faustin, après être restée quelques instants avec sa sœur dans le cabinet de toilette, était revenue dans le grand salon, près de la femme saltimbanque et des deux jeunes filles. L'une au regard velouté sous de lourdes paupières turques, et dans une robe blanche sur laquelle se détachait le rouge d'un collier de corail, avait cette candeur, cette ingénuité, cette expansion aimante à l'égard de tous et de toutes, des fillettes très renfermées, allant une fois par hasard dans le monde. Et elle contait sa première passion de couvent, ses amours avec un lézard. Il avait l'œil doux et ami de l'homme. Il était toujours dans elle, et, quand elle jouait du piano, il passait la tête par l'ouverture de son corsage pour être tout près de la musique. Une camarade jalouse l'avait écrasé, et, ses

petits boyaux derrière lui, il s'était traîné à
ses pieds pour mourir sur son amie. Elle lui
avait creusé une petite tombe sur laquelle elle
avait mis une petite croix. Elle ne voulait plus
aller à la messe. Elle n'avait plus plaisir à
prier. Sa religion, c'était fini. Le bon Dieu était
par trop injuste.

Bonne-Ame, remise de sa crise de nerfs,
avait aventuré, par la porte entre-bâillée du cabinet de toilette, un visage tout blanc de
poudre de riz, se livrant à une reconnaissance
des personnages qui étaient encore là. Puis elle
s'était risquée dehors, et vaguait par les pièces
de l'appartement, avec des yeux étranges et
qui semblaient rire, et une bouche qui demeurait sérieuse. Elle allait fantasque, mettant
sous le nez des hommes son délicat profil, son
petit nez pur, sa bouche si joliment découpée,
et les frisons coquins de son front qui donnaient une grâce mutine et affolée à sa pâle
physionomie.

Créature de caprice chez laquelle semblait
battre le pouls de la folie, nature mouvante,
détraquée, indevinable, et arrivée à cette heure
maladive et délirante de la vie des femmes
d'amour, qui ont fait le matin la découverte de

leur première ride, Bonne-Ame, parmi le vague
de ce restant d'ivresse, voulue, cherchée, pour
noyer la pensée entêtée, continuait à promener
de l'un à l'autre son masque d'enchantement
et son sourire plein d'une obscure nuit. Et dans
l'ironie qu'elle jetait à celui-ci, il y avait comme
l'intonation mouillée d'une larme, et dans la
tendresse qu'elle laissait tomber sur celui-là, le
strident *brrr* qui venait à sa suite, faisait de
cette tendresse une blague, et encore le mot
cynique qu'elle décochait à ce dernier, était parfois dit avec le brisement nerveux d'une voix
de petite fille fouettée. Et ondulante et serpen-
tante et attouchante, la folle, en son travail
d'allumeuse d'hommes, dans un enlacement
souple, aussitôt délié, faisait compter les battements de son cœur, un moment écrasé, sur la
poitrine d'un invité qu'elle frôlait ; ou bien, ren-
versée et perdue dans l'ombre d'un grand fauteuil, livrait aux baisers le rose de son pied,
traversant les jours de soie blanche de son
bas.

Tout à coup, au milieu du cercle d'adoration
qui s'était formé autour d'elle, Bonne-Ame partit d'un éclat de rire tout spécial, et par lequel
s'annonçait l'exécution à grand orchestre d'un

amant, exécution à laquelle elle aimait à asso‑
cier le public.

— « Au fait, savez-vous comment je l'appelle
maintenant Gargouillard ? »

Gargouillard, déjà ainsi baptisé par son
amante, était le tout dernier tenant officiel de
Bonne-Ame, un amant de cœur de trois semaines.

— « Je l'appelle le *Commandeur des
Croyants*... Ce surnom, n'est-ce pas, va bien à
son innocence cornichonne ? »

Et elle se renversa dans une hilarité qui lui
secoua tout le corps et reprit aussitôt : « Mais
quelqu'un l'a-t-il vu depuis qu'il s'est cassé une
dent de devant... Ce n'est plus une bouche,
on dirait une chatière. »

Et de rire de plus belle.

— « Il écrit très bien, mon amant... C'est un
styliste ! »

Bonne-Ame sortit de sa poche deux ou trois
lettres de Gargouillard, qu'elle baisa l'une après
l'autre, au milieu de singeries tout à fait amu‑
santes.

— « Tant pis, je vais vous livrer ses expan-
sions intimes... Vous savez, Gargouillard est un
homme ponctuel... Il vous écrit : « Il faut que
« vous m'apparteniez à sept heures trois

« quarts... » non, décidément ses lettres sont
bêtes... on dirait qu'il écrit du nez. »

Et Bonne-Ame se mit à terminer chacune de
ses phrases par un *gnia gnia* enfantin.

— « Mon Dieu, a-t-il l'air assez bête quand il
me contemple amoureusement, *gnia gnia*... mais
avec tout cela, il ne me procure aucune émotion, *gnia gnia*... c'est dommage que nous ne
soyons pas en été ; pour le rendre ridicule, je
lui ferais porter des hannetons dans une boîte,
gnia gnia... Décidément je n'ai pas de goût pour
les hommes *expirés*... Et pas moyen de le mettre à la porte... Ne lui ai-je pas dit que Carsonac
était jaloux. » — Et Bonne-Ame de rire, de rire,
de rire. — « Ça a raté... J'avais oublié de prévenir Carsonac, et il l'a invité à dîner... Que voulez-vous... il aura son mois comme un domestique, *gnia gnia gnia*. »

Dans le cabinet du maître de la maison, les
auteurs dramatiques continuaient à fumer dans
le silence des Orientaux.

— « Mais au fait, qu'est devenu Carsonac ? »
hasarda cependant l'un d'eux.

— « Carsonac !... Il est allé prendre connaissance de la recette de ce soir... S'il ne faisait pas
cette petite promenade de digestion... » « Eh

bien, 4,500 ? » — jeta le parleur à Carsonac
qui rentrait dans le même instant.

— « Aujourd'hui c'est la veille du terme, la
recette baisse toujours ce jour-là, » répondit
Carsonac soucieux : « Mais ma belle-sœur n'est
pas avec vous ?... Où diable est-elle ? »

— « Elle est dans le grand salon... elle a passé
toute la soirée avec les gamines. »

Carsonac alla à la Faustin, et, la ramenant
dans le cabinet, lui dit dans le trajet : — « Bonne-
Ame ne t'a pas présenté le petit de Blainville
ce soir !... la *faignante*.., elle ne travaille donc
plus pour la maison... En deux mots : voici la
chose... nous ne voulons pas de la Maréscot...
elle n'a pas d'action sur le public... mais elle
est soutenue par Marville et les autres, enfin
par tout le ministère d'État qu'elle a incendié...
et qui veut nous forcer à retirer le rôle à Blanche
Tonnerieux... Plus souvent! que je leur ai dit...
Mais tu comprends la kyrielle d'embêtements
qui va nous tomber sur les reins... J'ai donc
invité le petit de Blainville... un de tes amoureux... J'aurais bien lâché sur lui Bonne-Ame,
mais il ne peut pas même la voir en peinture...
le petit a l'oreille de l'Excellence... on dit même,
cela entre nous, que c'est un de ses bâtards...

rends-moi le service de le monter... Il faut qu'il
soit là bas notre contre-mine... mets-y de la chaleur, nein ?... et ne crains pas d'enflammer un
peu l'enfant... ça ne te coûte rien, ça lui fera
plaisir et ça nous servira. »

Et, présentant le jeune homme à la Faustin,
il leur fit faire place sur un bout du divan de
son cabinet, écoutant leur entretien sans avoir
l'air d'y prêter l'oreille.

Quelques instants après, dans le cabinet de
Carsonac, le dernier cigare mourait aux lèvres
du dernier fumeur. Alors les hommes de là-de-
dans donnèrent quelques signes de vie, remuèrent un rien, et de vagues monosyllabes s'échap-
pèrent de leurs bouches. L'un d'eux même se
leva, et, pour se dégourdir les jambes, fit, en
chantonnant, le tour de la pièce.

— « Mais tu *steppes*, ma vieille.... parfaitement... tu steppes, » dit l'un des auteurs dramatiques.

Premier auteur dramatique. — « Qu'est-ce que
c'est que ça ? »

Deuxième auteur dramatique. — « Ça, c'est la
marche des gens qui commencent à être attaqués
de la moelle épinière... Oh ! tu n'en es encore
qu'à la seconde période, à l'*ataxie locomotrice*,

au manque de coordination de la force musculaire. »

TROISIÈME AUTEUR DRAMATIQUE. — « Tiens, tiens,
mon bottier... qui par parenthèse a l'air d'un
croque-mort... la dernière fois que je lui ai
payé sa facture, m'a fait remarquer... et cela
avec un sourire narquois... que j'usais maintenant mes bottines complètement au bout du
pied... Diable, serait-ce un symptôme ? »

QUATRIÈME AUTEUR DRAMATIQUE. — « Faudra
que j'étudie les miennes... de chaussures. »

CINQUIÈME AUTEUR DRAMATIQUE. — « Est-ce que,
vous autres, vous éprouvez quelquefois ce sen-
timent-là... c'est quand vous marchez sur du
pavé, pardieu... de croire marcher sur un tapis
mou, mou mou ? »

SIXIÈME AUTEUR DRAMATIQUE. — « Pas moi... mais
il y a des jours, c'est drôle... drôle pas tant que
ça... où les nerfs qui vous font *pérambuler*... ça
me paraît comme des ficelles de marionnettes
qui seraient détendues par l'humidité.., et cela
avec quelque chose se passant derrière la nuque
que je ne puis définir... puis dans mon lit, je n'ai
pas toujours la conscience de la place où sont
mes jambes... Oh, oh ! si c'était le commencement de la fin, hein, Carsonac ?

— « Toi *crevichonner*... être à moi parfaitement indifférent... c'est, moi mourir qui ferait de la peine à moi, » répondit avec sa méchanceté de Jocrisse nègre, Carsonac, en train depuis le commencement de la conversation, de se passer les mains sur les jambes, et semblant y ressentir tous les phénomènes décrits par ses amis.

Et chacun s'interrogeant, se tâtant, s'auscultant, racontait aux autres, avec des forfanteries sous lesquelles on sentait la peur, et comme un homme qui chante la nuit pour étourdir ses craintes, racontait les symptômes, observés sur lui, de cette maladie qui est la terreur, la pensée fixe, la conversation d'après dîner de ce monde à l'existence nerveuse et assaillie de tentations sensuelles. Et peu à peu le dire, sortant de la phraséologie vague, arrivait aux *arthropathies*, à la *sclérose systématique des cordons postérieurs de la moelle*, au *ramollissement rouge*, aux *attaques apoplectiformes*, à la *trémulation épileptoïde* des muscles de la face, qui servent à la parole... aux mots épouvantants, aux termes qui sonnent dans l'oreille comme un glas de mort, et qui donnaient à la petite fête, la joyeuseté d'une conférence de clinique, au-dessus d'un sujet étalé sur une dalle.

— « Merci, je m'en vais, — dit la Faustin, qui venait d'accomplir du reste assez froidement sa mission, — vous êtes vraiment par trop lugubres pour moi, messieurs ! »

Dans la salle à manger, la Faustin trouva sa sœur occupée à arranger coquettement sur sa tête une résille espagnole, et qui lui dit : « Rosaline veut absolument te voir... elle a besoin de te consulter pour un changement à son entrée du cinquième acte... Tu ne voudrais pas lui refuser cela... Tiens, prends cette capeline.. »

Et les deux femmes sortirent ensemble.

IX

En cette maison, machinée comme l'hôtel à la loge n° 23, du conte d'Hoffmann, les deux femmes descendirent un étage, et un tour de clef donné par Bonne-Ame les introduisit dans un corridor intérieur de théâtre, où des messieurs disaient des douceurs à des têtes de femmes enveloppées jusqu'au cou des rideaux de leurs loges, et sortant des portes avec de faux airs de la « Frileuse » d'Houdon — et ce, pendant qu'on les habillait par derrière.

Rosaline était encore en scène. Dans la loge vide, il n'y avait que le petit garçon de la maîtresse de Carsonac.

Profitant de l'absence de l'actrice et de l'habilleuse, le gamin assis à la table-toilette, et entouré de l'éponge à blanc, et de la patte de lièvre, et du pot de rouge, et du crayon à sourcils, était consciencieusement en train de se « faire une tête « de vieux », tout en buvant, entre chaque *fion* de son maquillage, une gorgée dans un verre, où il avait versé la moitié d'un rouleau de sirop de groseille, posé en travers de l'ouverture du pot à l'eau.

— « Comment ici, et à cette heure, c'est encore toi, canaille d'enfant ! » dit la mère, en le jetant à bas de sa chaise, et lui débarbouillant rudement la figure avec son mouchoir. « Victorin, cria-t-elle à un homme de service qui passait..., prends-moi ce moutard et remets-le à Zélie, avec l'ordre de le flanquer sous la toile sans barguigner... Tiens, — ajouta Bonne-Ame, en regardant à sa montre — le

tableau dure plus longtemps qu'à l'ordinaire.
Au fait, j'ai deux ou trois mots à dire... je te
laisse un moment, et je te ramène Rosaline. »

La Faustin, un peu malingre ce jour-là, s'é
tait laissée tomber sur le pauvre canapé au bois
de noyer, et parmi la chaleur torride, l'atmosphère stupéfiante de bain maure de la petite
pièce, et dans le congestionnement somnolent,
que produisent ces recoins sans air et tout enflammés de gaz des fonds de théâtre, elle entendait, ainsi que des paroles dites très loin d'elle,
les bribes d'une conversation tenue par une longue créature efflanquée, à la porte de la loge.

— « Oui, disait la créature, oui de huit heures
à cinq heures, travailler à l'atelier des costumes,
et encore de six heures à une heure du matin, faire
mon métier d'habilleuse..., et pour tout cela,
quarante francs par mois... et voilà trois mois
que le directeur ne m'a payée..., et je n'ai aujourd'hui que mon café au lait dans le ventre...
Et l'on veut que j'aie du cœur à mettre ces *sou-
peuses aux truffes* dans du velours et de la dentelle. »

En même temps que les oreilles de la Faustin percevaient vaguement les propos de l'habilleuse, ses yeux ensommeillés voyaient s'en-

foncer, dans des contours et des couleurs de rêve,
le mobilier brouillé de la loge : le petit poêle de
faïence blanche dont le tuyau allait se perdre
dans un jour de souffrance, la table de toilette
en bois blanc peinte en noir, une vraie table à
écriture de clerc d'huissier, la grande glace flan-
quée de deux becs de gaz aveuglants, et où se
détachait, sur un immense carton, le nom du
tireur de cartes CLAUDIUS, au milieu de quatre
têtes d'amours joufflus, dont les souffles gravés
à l'image des vents cardinaux des anciennes cartes, portaient : *Bonheur, Santé, Succès, Fortune.*

Et, par la porte entre-bâillée, les allants et les
venants du corridor, marchant sur des appels
invisibles, à quelque chose de lointain, d'où s'é-
chappait un grand murmure, pareil à une cla-
meur d'horizon, ne semblaient plus à la femme
qu'une agitation automatique, que le remuement d'une maison de fous, où se faisaient, d'un
air raisonnable, des choses incompréhensibles.

La Faustin se décida à secouer l'envahisse-
ment de cette léthargie, avec le cauchemar de
paroles et de visions qui s'y mêlait, la femme
fit un effort, et, sortant douloureusement de sa
paresse physique, elle balaya de la main le
canapé, amena à elle un morceau de papier

imprimé, un fragment de journal qu'elle se mit
à lire.

Ce journal était écrit dans la langue qu'elle
avait apprise en Écosse, au milieu de baisers
lui fermant la bouche, quand elle prononçait
mal.

Tout à coup la Faustin se leva, comme soudainement réveillée, fit des yeux une inspection
rapide de la loge, qu'elle fouilla dans tous les
recoins, puis avec une force nerveuse qu'on
n'aurait jamais attendue de son être délicat, se
mit à bousculer et à déplacer tous les meubles.
Le canapé était scellé au mur. Aussitôt elle prit
des allumettes, et, couchée tout de son long sur
le plancher, à la lueur de la flammèche enfoncée
dessous d'une main, elle remuait les saletés et
les toiles d'araignée de l'autre.

— « Es-tu folle ? Qu'est-ce que tu fais là ? »
dit sa sœur, la surprenant quand elle rentra
suivie de Rosaline et de l'habilleuse.

La Faustin se releva d'un bond, et jeta à Rosaline :

— « D'où vient ce papier ? »

— « Ce papier, je ne sais pas, moi !... Ah si,
si maintenant... c'est un journal anglais qui
enveloppait un petit gilet de tricot de soie.... »

ces gilets comme une toile d'araignée.... et qu'on m'a envoyé de Londres, ces jours-ci. »

— « Mais le nom du journal... ce nom, dites-le-moi... la date au moins, si on pouvait la connaître... est-ce d'hier, est-ce d'il y a des années.... Ah ! ces choses qu'on apprend, sans savoir quand elles se sont passées.... et ce morceau qui manque en bas... là, tenez, là. » Et, s'adressant à l'habilleuse : « Deux louis pour vous, si vous me trouvez ce morceau... vous voyez bien ? »

— « Mon Dieu, deux louis ! dit la femme efflanquée, dans un effondrement de toute sa personne : « Dire que j'ai allumé le poêle avec ! »

— « Mais qu'est-ce qu'il y a donc dans ce journal ? » fit la sœur de la Faustin.

— « Rien..., non rien... une autre fois je serai toute à vous... vous me donnez ce morceau de papier, Rosaline... n'est-ce pas ? »

Et sans entendre et sans répondre, la Faustin sortit du théâtre, se lança dans l'escalier. Là, se sentant seule, sous le quinquet du premier étage, au risque de tomber, et penchée de tout le corps sur la rampe, elle étudiait la déchirure d'en bas, qui, après le nom de William, coupait la troisième lettre d'un nom de famille, ressemblant à celui de son ancien amant.

Arrivée en bas, la Faustin fit signe à son cocher de la suivre, et elle se mit à marcher sur le quai noir, avec cette marche hagarde et suspendue d'une femme qui, dans la nuit, va se jeter à la Seine, faisant retourner les rares passants qui la suivaient un instant de l'œil. Et sous chaque bec de gaz, elle tendait à la lumière vacillante son morceau de papier énigmatique, croyant chaque fois lui arracher son secret.

— « Mais je suis vraiment folle, ce soir.... C'est si simple de savoir ce que je veux, » s'écria-t-elle, un moment tout haut ; et elle remonta dans sa voiture, qui l'emporta au grand trot.

Aussitôt rentrée, la Faustin s'assit à son petit secrétaire, écrivit une lettre, se déshabilla toute seule, et, déshabillée, au lieu d'entrer dans son lit, se mit à marcher dans sa chambre un temps, un long temps, dont elle n'eut pas conscience.

La nuit, la Faustin rêva l'article qu'elle avait lu : une chasse au tigre donnée par le vice-roi des Indes, une chasse dans laquelle il y avait un blessé qu'elle voyait tantôt avec la figure de

William Rayne, tantôt avec la figure d'un homme inconnu.

Le lendemain, le feu de sa maîtresse allumé, Guénegaud penchée sur la cheminée et épelant entre ses dents : « Monsieur, monsieur.... le premier secrétaire de l'ambassade anglaise, » et ajoutant tout haut : « Ah ! c'est une lettre qu'il faut faire porter, madame ? » La Faustin se dressa sur son séant, et tenant un moment ses coudes nus dans ses mains, resta sans répondre, puis dit à Guénegaud :

— « Jette au feu la lettre et le morceau de journal qui est à côté d'elle. »

Et, retombant sur l'oreiller, et, comme parlant au mur : « Non, une certitude quelconque... je n'en veux pas... j'en ai peur... j'aime mieux continuer à vivre dans l'ignorance... à toujours pouvoir espérer. »

Mais, depuis ce jour, tout en ne voulant pas savoir, l'imagination de la Faustin ne revit plus William qu'entouré du romanesque d'un héros de Méry, et sa blanche chair d'Anglais déchirée par l'étreinte du féroce.

X

— « Nous reprenons la grande scène d'amour du second acte, » disait le directeur à la fin de la troisième répétition.

L'ACTRICE.

Le voici...

LE METTEUR EN SCÈNE. « C'est bien, oui, très bien... si vous vouliez cependant que nous recommencions... vous savez... il y a chez vous une appréhension de la vue d'Hippolyte... et en même temps vous êtes attirée vers lui par une force supérieure... La scène demande, je crois, à être attaquée plus profondément. »

L'ACTRICE.

Le voici : vers mon cœur tout mon sang se retire.
J'oublie, en le voyant, ce que je viens lui dire.
. . . .
On dit qu'un prompt départ vous éloigne de nous,
Seigneur. A vos douleurs je viens joindre mes larmes ;
Je vous viens pour un fils expliquer mes alarmes.

LE METTEUR EN SCÈNE. « Ça y est... la petite note d'hypocrisie féminine de ces vers. »

L'Actrice.

Mon fils n'a plus de père. . . . .

Le Metteur en scène. « Très important
« mon fils n'a plus de père... » et demandant à
être dit dans un sentiment, pour ainsi dire,
sous-entendu. »

L'Actrice.

. . . . et le jour n'est pas loin
Qui de ma mort encor doit le rendre témoin.
Déjà mille nnemis attaquent son enfance :
Vous seul ouvez contre eux embrasser sa défense.
Mais. . . . .

Le Metteur en scène (qui avait l'habitude de
parler pour lui-même, et que la Faustin, la plu-
part du temps, ne semblait pas entendre). —
— « Ici la contre-partie de la scène et abaissement de la voix au mais. »

L'Actrice.

Mais un secret remords agite mes esprits :
Je crains d'avoir fermé votre oreille à ses cris.
Je tremble que sur lui votre juste colère
Ne poursuive bientôt une odieuse mère.

Le Metteur en scène. « A toi, Hippolyte, —
Louis XIV. »

LE DIRECTEUR (accoudé debout sur la rampe du petit escalier de bois blanc, jeté pendant les répétitions, de la salle à la scène, et qui frappe de sa canne sur les marches, quand la tirade languit). — « Pardon, vous connaissez l'effet introduit par M*** Clairon, le léger frémissement de tout son corps, au moment où le son de la voix d'Hippolyte frappe son oreille ? »

L'ACTRICE.

Quand vous me haïriez.....

« Non, ce n'est pas cela, ce n'est pas cela...., attendez... je le tiens... non, — et, après avoir violemment et coléreusement tiré de ses deux mains la pointe de son corsage, — la Faustin s'adressant au metteur en scène : « Comment le liriez-vous, vous ? »

LE METTEUR EN SCÈNE. « Je désire ne pas le dire... je voudrais que ce fût vous... et dans l'intonation que je sens.... Tenez, dites-nous-le, dans le sans-gêne de votre prose de tous les jours... maintenant remettez l'inflexion dans le noble... mais c'est parfait ! »

LE DIRECTEUR. « Oh ! avec vous... il n'y a qu'à vous indiquer une chose, pour que vous dépassiez de beaucoup ce qu'on vous demande. »

L'Actrice.

> Quand vous me haïriez, je ne m'en plaindrais pas,
> Seigneur : vous m'avez vue attachée à vous nuire ;
> Dans le fond de mon cœur.....

Le Metteur en scène. « Donnez à « dans le fond de mon cœur » un peu plus de valeur..... et maintenant jusqu'à la fin du couplet enflons le rythme. »

L'Actrice.

> Dans le fond de mon cœur vous ne pouviez pas lire.
> A votre inimitié j'ai pris soin de m'offrir :
> Aux bords que j'habitais je n'ai pu vous souffrir ;
> En public, en secret, contre vous déclarée,
> J'ai voulu par des mers en être séparée ;
> J'ai même défendu par une expresse loi,
> Qu'on osât prononcer votre nom devant moi.
> Si.....

Le Metteur en scène. « Un rien d'abaissement dans le ton. »

L'Actrice.

> Si pourtant à l'offense on mesure la peine,
> Si la haine peut seule attirer votre haine,
> Jamais femme. . . . .

Le Metteur en scène. « Une, deux.... et faites sonner le derniers vers. »

L'Actrice.

> . . . . ne fut plus digne de pitié,

Et moins digne, seigneur, de votre inimitié.

. . . .

Ah! seigneur! que le ciel. . . . .

LE METTEUR EN SCÈNE. « Détachez, détachez le mot ciel qui a une signification ici... et puis, nous entrons dans la note de l'attendrissement.

L'ACTRICE.

Ah! Seigneur! que le ciel, j'ose ici l'attester,
De cette loi commune a voulu m'excepter!
Qu'un soin bien différent me trouble et me dévore!

« Me dévore, me dévore, me dévore, recommença la Faustin, qui, à la troisième fois, s'écria : « Ah! le voilà, je l'ai attrapé, je crois, avec l'appuiement demandé à la dernière répétition. »

. . . .

On ne voit pas deux fois le rivage des morts,
Seigneur : puisque Thésée a vu les sombres bords,
En vain vous espérez qu'un dieu vous le renvoie;
Et l'avare Achéron ne lâche pas sa proie.
Que dis-je! il n'est point mort, puisqu'il respire en vous.
Toujours devant mes yeux je crois voir mon époux :
— Je le vois, je lui parle.....

LE DIRECTEUR. « Oh! très bien, très bien... c'est cherché dans un semblant d'hallucination.

L'ACTRICE :

.....et mon cœur... je m'égare,
Seigneur; ma folle ardeur malgré moi se déclare.

LE METTEUR EN SCÈNE. « Un peu plus de relief à « malgré moi ». Malgré moi, c'est Vénus
à la cantonade, la redoutée et la redoutable
Vénus, et, dans un entrain de gaieté, le metteur en scène ajouta :

Dis-moi, Vénus, quel plaisir trouves-tu
A faire ainsi cascader... cascader la vertu ?

L'ACTRICE.

Oui, prince, je languis, je brûle pour Thésée ;
Je l'aime, non point tel que l'ont vu les enfers,
Volage adorateur de mille objets divers,
Qui va du dieu des morts déshonorer la couche ;
Mais fidèle, mais fier, et même un peu farouche,
Charmant...

LE METTEUR EN SCÈNE. « Fidèle, parfaitement
souligné... puis la chose est enlevée avec la modulation de la femme emballée. »

LE DIRECTEUR. « C'est aussi bien que le disait
Rachel.., et elle le disait bien... et même peut-
être le « un peu farouche » a, dans votre bouche, un contournement de grâce encore plus
adorable. »

L'ACTRICE.

Charmant, jeune, traînant tous les cœurs après soi,
Tel qu'on dépeint nos dieux, ou tel que je vous voi.

LE METTEUR EN SCÈNE. « Un peu plus d'exaltation dans l'accent amoureux... et mettez-vous encore plus en communication avec l'homme aimé, s'il est possible. »

L'ACTRICE.

> Il avait votre port, vos yeux, votre langage ;
> Cette noble pudeur colorait son visage,
> Lorsque de notre Crète il traversa les flots,
> Digne sujet des vœux des filles de Minos.
> Que faisiez-vous alors ? Pourquoi, sans Hippolyte,
> Des héros de la Grèce assembla-t-il l'élite ?

LE DIRECTEUR. « Voulez-vous me permettre une petite observation... Qu'on perçoive toujours à travers votre diction, la structure de nos grands vers symétriques, balancés sur deux rimes jumelles et deux hémistiches égaux. »

L'ACTRICE.

> Pourquoi, trop jeune encor, ne pûtes-vous alors
> Entrer dans le vaisseau qui le mit sur nos bords ?
> Par vous aurait péri le monstre de la Crète,
> Malgré tous les détours de sa vaste retraite :

« Après » — jetait au souffleur la Faustin, manquant de mémoire, et taquinée par quelque chose dans le récit, qu'elle n'avouait pas.

Elle reprenait :

> Pour en développer l'embarras incertain,
> Ma sœur du fil fatal eût armé votre main.
> Mais non : dans ce dessein, je l'aurais devancée ;
> L'amour m'en eût d'abord inspiré la pensée :

C'est moi, prince, c'est moi dont l'utile secours
Vous eût du labyrinthe enseigné les détours.
Que de soins m'eût coûtés cette tête charmante !
Un fil n'eût point assez rassuré votre amante :
Compagne du péril qu'il vous fallait chercher,
Moi-même devant vous j'aurais voulu marcher ;
Et Phèdre, au labyrinthe avec vous descendue,
Se serait avec vous retrouvée ou perdue.

LE DIRECTEUR. « Tout à fait merveilleux... et ce dernier vers a l'air de sortir de l'autre amoureux de Didon. »

L'ACTRICE.

Et sur quoi jugez-vous que j'en perds la mémoire ?

LE METTEUR EN SCÈNE. « Est-ce que ça ne ferait pas bien là, un petit mouvement de recul de toute votre personne ? »

L'ACTRICE.

Prince, aurais-je perdu tout le soin de ma gloir

..... Ah cruel ! tu m'as trop entendue !
Je t'en ai dit assez pour te tirer d'erreur.
Hé bien ! connais donc Phèdre et toute sa fureur :
J'aime. Ne pense pas qu'au moment que je t'aime,
Innocente à mes yeux, je m'approuve moi-même.

LE DIRECTEUR. « Ici une indication plus accentuée de la souffrance morale. »

L'ACTRICE.

Ni que du fol amour qui trouble ma raison
Ma lâche complaisance ait nourri le poison ;
Objet infortuné des vengeances célestes,
Je m'abhorre encore plus que tu ne me détestes.
Les dieux m'en sont témoins, ces Dieux qui dans mon flanc.

LE METTEUR EN SCÈNE. « Donner plus de relief au mot Dieux, ce mot qui revient deux fois
avec intention dans le même vers. »

LE DIRECTEUR. « Oui, oui, faites sonner le
mot Dieux... qu'on ne sente pas dans cette
scène la folie physique... point d'hystérie... ne
soyons pas l'actrice trop dirigée par le public...
vous avez un talent au-dessus de cela... jouons
en victime de la fatalité, en femme succom-
bant sous la vengeance des Dieux... C'est la
tradition, la grande tradition du Théâtre-
Français.

L'ACTRICE.

Les Dieux m'en sont témoins, ces Dieux qui dans mon flanc
Ont allumé le feu fatal à tout mon sang ;
Ces Dieux qui se sont fait une gloire cruelle
De séduire le cœur d'une faible mortelle..
Toi-même en ton esprit rappelle le passé :
C'est peu de t'avoir fui, cruel, je t'ai chassé.

Ici, la Faustin coupait sa tirade par des
phrases adressées à Hippolyte, dans l'intona-

tion du mouvement dramatique : « Ne me regardez donc pas ainsi... ayez l'air d'un homme
embêté de mon amour et qui détourne la tête...
sans cela, je n'aurai aucune raison de vous
dire tout à l'heure : « Si tes yeux un moment
pouvaient me regarder. »

> J'ai voulu te paraître odieuse, inhumaine ;
> Pour mieux te résister, j'ai recherché ta haine.
> De quoi m'ont profité mes inutiles soins ?
> Tu me haïssais plus, je ne t'aimais pas moins.

LE METTEUR EN SCÈNE. « Le « je ne t'aimais
pas moins », d'une voix plus mouillée, hein ? »

L'ACTRICE.

> Tes malheurs te prêtaient encor de nouveaux charmes,
> J'ai langui, j'ai séché dans les feux, dans les larmes :
> Il suffit de tes yeux pour t'en persuader,
> Si tes yeux un moment pouvaient me regarder.
> Que dis-je ! cet aveu que je te viens de faire,
> Cet aveu si honteux, le crois-tu volontaire ?
> Tremblante pour un fils que je n'osais trahir,
> Je te venais prier.....

LE DIRECTEUR. « Disjoignez donc, ma chère,
le « je te » comme le « que je te veux faire » de
tout à l'heure... la réunion mangée de ces deux,
de ces trois monosyllabes, ça ne fait pas bien...
ça a quelque chose de populacier. »

> ...Je te venois prier de ne le point haïr :
> Faibles projets d'un cœur trop plein de ce qu'il aime !

Hélas ! je ne t'ai pu parler que de toi-même !
Venge-toi, punis-moi d'un odieux amour :
Digne fils d'un héros qui t'a donné le jour,
Délivre l'univers d'un monstre qui t'irrite.
La veuve de Thésée ose aimer Hyppolyte !

Le Directeur. « Oui, là, il faut absolument un peu de Pasiphaé. »

L'Actrice.

Voilà mon cœur : c'est à que ta main doit frapper,
Impatient déjà d'expier son offense,
Au-devant de ton bras je le sens qui s'avance.
Frappe.....

Le Metteur en scène. « Premier dénoû-ment... et d'ici jusqu'à la fin du couplet en *rin-forzando*. »

L'Actrice.

Frappe ; ou si tu le crois indigne de tes coups,
Si ta haine m'envie un supplice si doux,
Ou si d'un sang trop vil, ta main serait trempée.
Au défaut de ton bras prête-moi ton épée ;
Donne.

Et la Faustin, apostrophant Hippolyte, lui disait sur un ton agressif : « Mais je ne peux pas cependant aller chercher votre épée sous votre tunique... le geste est pour moi horrible-ment difficile... il faut que par votre position... vous me fournissiez un mouvement qui ne soit

ni un mouvement commun ni un mouvement
canaille. »

XI

Dans l'étude de ce rôle de Phèdre, dans la
possession de son cerveau par la tragédie, dans
l'effort de son intelligence à faire jaillir de ses
entrailles la passion de la grande hystérique lé-
gendaire, la flamme brûlant la femme de Thésée — phénomène plus commun qu'on ne le
croit au théâtre — s'était allumée dans le corps
de la Faustin.

A l'heure présente, elle s'étonnait des pleines
sensations que lui apportaient les choses cha-
touillant les sens, du plaisir pénétrant que lui
donnait l'odeur d'une fleur respirée à pleines
narines dans le creux de sa main, et les yeux
à demi fermés, les cils battant, avec dans l'o-
reille quelque chose du bruissement que gar-
dent au fond d'eux les coquillages de la mer,
la Faustin demeurait des temps infinis, toute
enfoncée en des rêvasseries ardentes, des bouil-
lonnements de cervelle qui ne sont pas de la pensée, tandis que son corps abandonné et sa chair

amoureuse étaient secoués par de petits tressautements sensuels. Un furieux besoin d'aimer,
qui s'était d'abord retourné vers le souvenir
de William Rayne, demeurait en elle, déchaîné, et sans objet, et prêt à tomber sur n'importe qui. Au milieu du calme et de l'habitude
bourgeoise de sa liaison avec Blancheron, à l'image de certaines femmes mariées restées longtemps sages, la tragédienne se sentait mordue
de la soudaine et irrésistible envie de l'adultère
avec un inconnu fourni par l'Occasion.

Au moment de jouer, la Faustin se trouvait
enfin dans l'état d'une femme qui, après une
lecture voluptueuse, couchée sur un banc de
parc, le long d'une grande route, parmi les
chaudes haleines d'un vent d'orage, et au milieu de pigeons roucoulants et de plantes
pâmées, appelle tout bas de ses vœux un passant téméraire.

XII

Cette espèce d'enflammement physique était
en quelque sorte encouragé par la complaisance

de sa rêverie, le revenez-y de sa réflexion, la
complicité de son cerveau. L'idée habitait l'artiste, que s'il ne lui était pas accordé par le
hasard d'avoir son être remué par une passion,
un caprice fougueux, une passade tempêtueuse,
par une brusque révolution dans le train train
de son existence amoureuse, elle ne trouverait
pas la tendresse, l'ardeur, la flamme, enfin les
moyens dramatiques qu'exigeait le rôle de feu
de Racine. Même, elle en était arrivée à se demander si sa vie calme, tranquille, apaisée, sa
vie pour ainsi dire de femme mariée, n'avait
pas apporté un assoupissement à ses facultés,
une détente nerveuse à son jeu, un tempérament à la hardiesse de ses tentatives, et si, dans
ses dernières créations, elle avait montré et la
puissance, et les qualités maîtresses, et l'originalité qu'on était en droit d'attendre d'elle. Elle
se reportait aux années de ses débuts, aux
années de misère, d'amours changeantes, d'une
vie fouettée, surmenée, traversée de drames de
cœur, et toujours dans l'émotion aiguë de la passion ; et elle retrouvait, en ces années miséra-
bles et fiévreuses, ses plus éclatants succès, ses
triomphes les plus incontestés, les créations
dont elle se souvenait avec le plus d'orgueil. En

même temps qu'elle était sollicitée par ces pensées, sans qu'elle le voulût, revenaient à son esprit toutes sortes de théories cyniques exposées
par sa sœur sur l'hygiène de la femme à talents,
et sur l'espèce de masculinité de l'artiste —
femelle du chant et de la déclamation, de
l'artiste aux développements des organes vo-
caux, et sur le côté « mauvais sujet » de
l'autre sexe, donné par la nature à cette femme,
et sur un besoin de libertinage faisant en quelque sorte partie de son génie.

C'étaient par moments, sans motif ni raison,
des envies soudaines, folles, romanesques, d'a-
bandonner cette existence doucement coulante,
de rompre brusquement avec Blancheron, de
vendre son hôtel, d'envoyer à tous les diables sa
maison ; et toutes ces attaches bourgeoises brisées d'un seul coup, et tout ce bonheur comme
il faut à vau l'eau, en un quartier perdu, dans
un petit appartement de sa jeunesse, qu'elle
avait vu, ces jours passés, avec un écriteau sur
la porte, elle se voyait là, recommencer ses
jeunes et libres et fantasques amours d'autrefois, et rapporter au théâtre le contre-coup des
joies et des douleurs de cette vie renfiévrée.

XIII

Dans la lumière crépusculaire de la scène, apparaissait, tout au fond du théâtre, un palais de Trézène, d'une architecture dorique de décorateur de théâtre ; des coulisses, sortaient des femmes et des hommes, vêtus de tuniques, de chlamydes, de *pallium* aux amples plis, aux grandes tombées d'étoffe, et dont la mélopée chantait au milieu de gestes héroïques des générations mortes. On aurait dit une Grèce fantomatique prenant possession des planches dans une pénombre de jour, et qui se racontait avec des sonorités d'un langage lyrique, étonnant un peu des oreilles du XIXe siècle. Et c'était Phèdre, la femme de Thésée, la fille de Minos et de Pasiphaé, en sa tunique étoilée, avec son bandeau d'or au front, et c'était Thésée, et c'était Hippolyte, fils de Thésée et d'Antiope, reine des Amazones, vêtu de sa peau de bête, et tel qu'il figure dans le tableau de Guérin, et c'était Aricie, princesse royale du sang d'Athènes, et c'était le vieux Théramène, gouverneur d'Hippo-

lyte sous son manteau sombre, et c'était OEnone,
nourrice et confidente de Phèdre, et c'étaient
encore Ismène et Panope.

Et parmi l'économie de l'éclairage, et la triste
vacuité de la salle, où dans les ténèbres il n'y
avait guère plus d'une trentaine de personnes,
les alexandrins se succédaient, au milieu d'une
pantomime pathétique, et dans l'ondoiement des
robes flottantes, et à travers la marche noble de
la catastrophe : tout cela ressemblant beaucoup
à de l'antiquité ressuscitant dans le tableau d'un
Prix de Rome, vu dans une cave ébranlée par
le roulement des fiacres.

Et ceci, la petite affiche du corridor du foyer
des acteurs le nommait : la répétition en costumes, la dernière répétition de Phèdre.

Le cinquième acte entièrement répété, les
hommes et les femmes de la tragédie s'éparpil-
laient par tout le théâtre, dans une marche sau-
tillante, une fébrilité heureuse, une joie ba-
varde, avec un rien de gesticulation dramatique
restée aux mains.

La Faustin était passée dans le foyer des acteurs, et là, dans la pleine lumière du jour, la
reine grecque était en train de faire une scène,
moitié rieuse, moitié fâchée, à un vieux peintre

de grand talent, et de ses amis, qui avait eu la gentillesse de lui dire, lorsqu'elle avait commencé à étudier le rôle de Phèdre : « Votre costume, c'est moi qui vous le dessinerai, qui vous le couperai, qui vous le ferai ! » Et après de longues séances à deux au cabinet des Estampes, et après un choix fait dans trois dessins qu'avait lavés à l'aquarelle son ami, et après l'inspection en commun de la confection du costume chez le costumier : ce costume plusieurs fois essayé, repris et retouché, et que la tragédienne avait trouvé charmant, — aujourd'hui elle se plaignait qu'il lui allait horriblement mal.

— « Tiens, regarde, ma vieille bête, ça ne va pas du tout, mais du tout là... et tu trouves ça joli, cette grande plaque toute plate... et qui fronce. »

— « Mais, ma chère enfant, c'est une tunique que vous portez, n'est-ce pas... et vous devez vous le rappeler, je n'ai fait que reproduire le bas-relief gravé de la villa Borghèse, que nous avons vu ensemble. »

— « Villa Borghèse, villa Borghèse... est-ce qu'il y avait des jupons dans ce temps-là... et voilà le *hic*, c'est que nous en portons maintenant... Je ne puis pas cependant, pour te faire plaisir, ma vieille bête, jouer *en peau*, là-dessous ! »

— « Qu'est-ce que vous m'avez demandé, hein ?... un costume qui eût du style, un caractère antique. »

— « Caractère antique... oui, mais avec des jupons... puis les couleurs de ces machines-là, tu les aimes ces couleurs-là, toi ? — disait-elle, en actrice toujours préoccupée de l'habillement des autres femmes qui jouent avec elle. — Moi j'aime mieux les nuances des choses que porte Aricie... tes couleurs à toi, vois-tu, *c'est* des couleurs de peintre..., des couleurs pour tableaux. »

Un peu impatienté, et avec du mépris amical dans le sourire des yeux, le vieux peintre lui parlant de la vérité historique, la Faustin, toute grande artiste qu'elle était, lui dit en vraie femme :

— « Vois-tu, ma vieille bête, je m'en fiche pas mal d'être bien historiquement... il s'agit avant tout d'être jolie... voilà. Et comme la première n'est que pour après-demain, il faut que tu t'entendes avec le costumier pour me le changer un peu, beaucoup, mon costume...

et que ça fasse ça ici... et que ça tombe mieux là... et puis tu m'égayeras les couleurs ? »

Et de ses deux mains retroussant et ramenant contre elle sa tunique, à l'effet de faire envoler la mauvaise humeur du front de sa vieille bête, la Faustin esquissa avec les torsions de reins d'une danseuse espagnole, un pas drôlatique de cachucha, dans les pans sévères de son vêtement antique.

XIV

Un de ces sommeils, à tout moment interrompus par de brusques réveils, où la dormeuse se trouve debout sur son séant, la bouche encore sonore d'une tirade dite dans son somnambulisme fiévreux : c'est le sommeil des actrices avant les premières représentations ; ce fut le sommeil de la Faustin dans la nuit qui suivit la répétition générale, et pendant les longues heures de laquelle, la tragédienne endormie était la femme amoureuse de la tragédie de Racine.

De bonne heure, de très bonne heure, elle

se jetait hors de son lit, ne pouvant triompher
d'une insomnie inquiète, et comme lui brûlant
la peau, et qui lui faisait chercher, en des places où son corps n'avait pas reposé, la frigidité
des draps.

Elle passait un peignoir, ouvrait la fenêtre,
et s'accoudait à l'appui.

Dehors, c'était la neige avec un temps comme une journée de printemps, et cette neige,
sous le souffle du vent du Midi, n'avait rien de
l'hiver, mais était la tiède blancheur *amiteuse*
des pâles fleurs, et dans laquelle s'entr'ouvrent
les roses le Noël. Puis cette neige s'éclairait
d'un rayonnement laiteux, semblable à la lumière d'une veilleuse d'albâtre, et ce doux jour
blanc était plein de quelque chose d'amollis-
sant et de presque voluptueux.

La Faustin fut soudainement tentée de marcher dans cette chose blanche, de sentir sur sa
figure le ventilement rafraîchissant de la brise
neigeuse. La veille, justement, sa sœur l'avait
priée de charger Blancheron d'une petite opération de bourse, et, par un hasard singulier, elle
n'avait pas vu de la journée Blancheron. C'était
décidé, elle allait elle-même remplir la commission et faire une visite matinale à son amant.

Et déjà la Faustin est à pied dans la rue, et croise des allants et venants, sans la hâte, le resserrement frileux, la mauvaise humeur du froid, mais des gens allègres, épanouis, qui marchent en musant, mais de jeunes hommes fredonnant des paroles amoureuses, mais de jeunes femmes, un corset dans un journal, trottinant souriantes, sans voir devant elles.

Arrivée en haut de la rue d'Amsterdam, à la maison où Blancheron avait un pied-à-terre au rez-de-chaussée, la concierge dit à la visiteuse, au moment où elle s'apprêtait à sonner : « Monsieur n'est pas à l'appartement, Madame le trouvera à sa salle d'armes. »

La Faustin passa sous la voûte, traversa un jardinet, au fond duquel Blancheron avait élevé un élégant baraquement, où il faisait tous les jours une heure d'armes avec un prévôt de régiment.

Dans la salle d'armes, la Faustin ne trouva que le maître d'armes, en train de relever des fleurets et des effets jetés sur le plancher.

— « Comment, il n'y a personne ? » fit la Faustin, fatiguée par la montée de la rue, et qui se laissait tomber sur un bout de banquette.

— « Non, » répondit le maître d'armes, en se relevant de terre, et montrant alors un pantalon de coutil, aux plaques mouillées, et une jeune figure encore tout animée de la lutte. « Non, monsieur Blancheron vient de sortir avec un de ses amis qui doit se battre... et qui est venu un moment se refaire la main... Pas commode, ce monsieur... un diable de jeu... il m'a donné un mal, le particulier ! »

— « Tiens, c'est nouveau cela ! » s'exclama la Faustin, en désignant d'une main à moitié dégantée, une panoplie d'épées de combat anciennes et modernes, et elle se mit à les examiner, avec un peu de la lassitude d'une femme, ayant peine à se lever d'un siège, où elle se trouve bien assise.

— « Alors vous dites qu'il est sorti ? » reprit elle au bout de quelques instants, d'une voix molle, pendant que ses narines avaient de petits frémissements imperceptibles.

Dans cette salle, où venait d'avoir lieu une série d'assauts, où des activités musculaires s'étaient dépensées en une sorte de furie, où une transpiration guerrière avait arrosé de ses gouttelettes le plancher ; dans cette salle toute imprégnée des sécrétions de la Force, il sortait encore fumante, des plastrons, des sandales, de toute cette peau trempée de sueur, une fauve et excitante odeur d'homme, titillant les sens féminins, aux heures troubles et lubrifiées.

La Faustin se leva, alla à la porte, puis, au moment de sortir, fit incertaine deux ou trois tours dans la pièce, et finit par venir se rasseoir à la place qu'elle avait quittée.

Le maître d'armes continuait à trier les effets de chacun, et à les porter dans un cabinet noir au fond de la pièce.

Ce maître d'armes était un roux, aux courts cheveux frisottés, à la petite moustache rêche, aux traits intrépides d'un joli spadassin de la cour des Valois, avec un cou de jeune taureau, très blanc, et des souplesses et des élasticités félines dans des mouvements vifs, répandant autour de lui les senteurs d'une âcre jeunesse.

La Faustin le regardait et, pendant qu'elle le regardait, de petites chaleurs lui montaient aux yeux, et elle avait le sentiment du battement des artères de ses tempes.

« Il ne vous a pas dit qu'il reviendrait, M. Blancheron ? » jeta dans le silence, au bout d'un long temps, la Faustin pour parler.

— « Non, » fit le jeune homme toujours occupé de sa besogne, et ne s'apercevant pas de l'attention de la femme.

La Faustin continuait à demeurer clouée sur la banquette par une puissance magnétique.

Et les choses autour d'elle, peu à peu la femme les voyait dans la vague trémulation d'un éblouissement, et des images obtuses lui traversaient le vide de la cervelle parmi des bouffées de calorique, et une circulation de temps d'orage charriait dans ses veines des globules pesants, et tout l'échauffement intellectuel de son rôle, elle le sentait descendu dans les parties amoureuses de son corps, et elle ne pouvait plus vouloir, et il n'y avait plus, dans son être ardent et moite, que le désir sensuel, l'appétit déréglé d'une jeune bête en folie, — et cela dans un emportement sourd, une contraction torpide, une immobilité ramassée, un croisement nerveux des jambes qui ressemblait à une défense contre elle-même.

Alors le regard des femmes arrivées à ce moment, ce regard comme chargé de sommeil et de vin, ce regard ivre sous les paupières lourdes, se fixa obstinément sur le jeune maître d'armes.

— « Vous… » commença-t-elle, en une phrase tout à coup interrompue.

— « Hein, madame? »

— « Rien ! » fit-elle sauvagement.

Leurs yeux cependant se rencontrèrent… se parlèrent dans un éclair… et l'homme indiqua d'un regard le cabinet noir, et la femme se souleva de sa banquette, et avec le mouvement d'épaules résigné d'une créature vaincue, rejoignit l'homme.

Mais aussitôt, la porte était violemment rouverte, et la Faustin poursuivie et rattrapée dans la grande pièce par l'homme aux yeux allumés, et qui cherchait à la faire rentrer de force dans la nuit du cabinet, luttait corps à corps avec l'énergie furieuse et les coups en pleine figure, par lesquels une femme se défend d'un viol contre un individu qui lui fait horreur. Enfin par un dernier et suprême effort, elle s'arrachait de ses bras, sa robe en lambeaux, disparaissait dans le jardinet, entendant du dehors le jeune prévôt s'écrier sur le seuil de la salle d'armes, dans un étonnement colère · « En voilà une singulière paroissienne ! Madame veut de l'homme, et puis Madame n'en veut plus ! »

XV

— « J'ai reçu ton petit mot et me voici ! »
disait le lendemain de la scène de la salle d'armes, Bonne-Ame entrant chez la Faustin, et
Bonne-Ame ajoutait, en s'avançant vers elle
avec les yeux interrogateurs d'un juge d'instruction : « Ma pudique sœur aurait donc commis
quelque énormité ? »

Parmi l'obscurité d'un petit salon aux volets
restés fermés, la tragédienne était couchée par
terre sur le tapis, en une pose de désolation et
d'anéantissement, le chignon dénoué, les pieds
nus dans des pantoufles sans quartiers, et le
corps comme brisé et privé de ressort, sous
une robe de chambre aux plis affaissés, et qui
avaient l'air de pleurer sur elle.

A la vue de sa sœur, la Faustin enfonça son
visage dans un coussin, et s'écria, la voix cou-
pée par des sanglots-nerveux, et la figure cachée entre les rudes broderies :

— « Je me fais honte... j'ai horreur de moi...
Non, jamais je n'oserai le dire ! »

— « Bon, fit sa sœur, je vois ce que c'est... une complaisance irraisonnée pour un va-nu-pieds quelconque... et c'est cette minutie qui fait de toi une Madeleine repentie de ce numéro ? »

— « Non, je n'en ai pas eu, non, je te dis que non ! » répéta la Faustin, sur un ton de révolte.

— « Eh bien, alors... si tu t'es *résistée* à toi-même... ça ne valait pas la peine de me déranger, et je m'en vais. »

— « Reste..., je ne veux pas que tu t'en ailles... il me faut te dire cela... J'ai besoin de te confier ces choses, — et elle prononça sur un ton indéfinissable : — Tu es l'égout de mon cœur, toi ! »

La Faustin se mettait à raconter la scène de la veille.

Sa sœur l'écoutait ainsi qu'une chatte lappant du lait, tout éjouie de l'aventure, et pénétrée, au fond de son être, de l'intime et profonde jouissance, qu'une nature vicieuse de femme éprouve de l'avilissement d'une amie forçant ses respects.

— « Ah ! vilaine chienne... ça te met en joie cette histoire... tu ris ! » — lança à Bonne-

Ame la Faustin, tout à coup dressée debout.
— « Le malheur d'être née ta sœur... d'avoir de
ce sang que tu as dans les veines... et maudit
soit le berceau, où l'on nous a couchées ensemble... Sans toi, j'aurais été, l'entends-tu, tout à
fait une honnête femme... Ah ! ce qu'il y avait
déjà chez toi, quand tu étais une toute petite
fille... C'est toi qui m'as poussée, m'as entraînée,
car ça t'amuse, et tu trouves ça drôle, le mal,
toi ! »

Bonne-Ame, qui dans le cours de la vie de la
tragédienne, avait déjà essuyé deux ou trois
scènes pareilles, et qui savait qu'en ces occa-
sions, sa sœur éprouvait le besoin de rejeter sur
elle, les défaillances de sa chair, attendait tranquillement la fin de l'accès, répétant entre ses
dents : « Abîme, abîme tes parents, puisque ça
te soulage, ma fille ! »

Exaspérée par cette tranquillité ironique, la
Faustin approchant son visage tout contre le
visage de sa sœur, lui dit dans la figure : « Toi
seule m'as donné les instincts bas, les goûts cra-
puleux, l'amour des voyous, et c'est toi, toujours toi, qui par moments me rend canaille,
et telle que je te connais des pieds aux cheveux... Oh ! la boue, la boue dont tu es tout

entière faite... et dont j'ai un peu ! » — et les mains et les ongles de la Faustin, sans cependant toucher sa sœur, griffaient le vide autour de sa tête.

La sœur abaissa doucement les pauvres mains nerveuses de l'actrice, et lui dit : « Vraiment, c'est tout à fait déraisonnable de te mettre dans l'état où tu es, un jour de première ! »

— « J'ai envoyé dire que je ne jouerais pas... que j'étais malade... le médecin du théâtre doit revenir... mais ça m'est égal... arrivera ce qui voudra... je ne jouerai pas ! »

Et la Faustin se laissa tomber sur un coin de canapé, la tête entre ses deux mains, qui s'écartèrent au bout de quelque temps, et laissèrent voir un instant, un visage éclairé de bonheur, où il n'y avait plus rien du ressentiment de tout à l'heure :

« Petite sœur, je suis bien heureuse tout de même... oui, bien heureuse... car si cela était arrivé... je n'aurais jamais osé me redonner à l'autre... à celui que tu sais... et hier c'est sa pensée, sa pensée seule qui m'a sauvée au dernier moment. »

Puis un nuage gris repassa sur ses traits, et, la présence de sa sœur complètement oubliée, elle se mit à monologuer, en marchant d'un bout à l'autre du petit salon dans une sorte d'excitation cérébrale.

« Et cependant je suis faite pour aimer avec ce qu'il y a de noble chez la femme... c'est la distinction ou l'intelligence d'un homme qui me plaît... et mon amour, il me semble que c'est de l'amour comme il y en a un peu dans les livres... Alors pourquoi ces entraînements, pourquoi ces instants fous, où je ne me sens plus qu'une femelle... Bien sûr, il y a sur moi une fatalité, la fatalité qu'il y avait sur cette femme dont je joue le rôle... Oh, cette Vénus des anciennes tragédies !... » Et dans la tragédienne ramenée à son rôle, soudainement, et presque d'une manière visible, descendit une terreur superstitieuse de la déesse, dont jusqu'à ce jour le nom vide et mort avait seulement traversé sa bouche, et qui tout à coup ressuscitait en la foi de son esprit, dans toute l'antique malfaisance de son pouvoir mystérieux et troublant des sens de la créature humaine.

Là, changeant subitement de ton : « Bon, moi qui m'étais dit d'avance : Tu tueras ta journée à quelque chose qui n'use pas... en voilà des machines qui usent ! »

— « Eh Juliette ? » fit Bonne-Ame qui avait
entr'ouvert un petite Racine de Grimperelle,
flânant sur un coin de table où elle pianotait, et
qui se mit à lire :

> Ce n'est plus une ardeur dans mes veines cachée,
> C'est Vénus tout entière à sa proie attachée ;

— « Comment dis-tu ces deux vers-là ? »

— « Mais je les dis ainsi, » répondit la Faustin, en les répétant ingénument. »

— « Oui... oui, c'est bien comme cela que tu
les as dits à la répétition générale », fit Bonne-
Ame sans admiration.

— « Voyons, parle-moi franchement, ça ne
te satisfait pas ? »

— « Si... peut-être... après détachés comme
cela, ces vers... il faudrait juger l'ensemble. »

La Faustin, spontanément, sans que sa sœur
insistât plus, récita toute la tirade.

— « C'est bien... bien... mais tu crois que
c'est absolument tout ce que tu peux donner ? »

— « Je reprends la tirade, vers par vers, »
reprit la tragédienne avec un haut de corps
impatienté.

Et la Faustin se mettait à jouer ainsi qu'au
théâtre, en scandant, chaque hémistiche par

cette phrase : « Ça te va-t-il, ça, enfin ? » Et
Bonne-Ame avec des hochements de tête, des
avances de lèvres boudeuses, des monosyllabes de doute, des interjections de glace, des
peuh bonnassement désespérants, jetait sa sœur
dans un travail irrité, un effort grincheux,
une recherche rageuse ; et ne se montrant jamais complètement contente de l'intonation
nouvelle, du geste refait, de l'intention dernière, au bout d'une heure de cette contradiction, de ce harcèlement, de cette dissimulée
et entêtée contestation du talent de sa sœur,
elle arrivait à faire rentrer la tragédienne dans
la femme. Et la voix vibrante, et le geste passionné, la Faustin était en train de donner tous
ses effets devant Bonne-Ame.

A ce moment, le médecin du théâtre entr'ouvrant la porte du petit salon, lançait à l'actrice
du dehors :

— « Qu'est-ce que je vous disais ce matin,
que vous n'aviez rien... que vous joueriez ce
soir... je me sauve porter la bonne nouvelle au
théâtre. »

Au médecin succédait le vieux peintre, le
retoucheur des costumes de la tragédienne, qui
s'était engagé à venir, en personne, donner

l'œil aux corrections apportées à l'habillement
de Phèdre.

Et pendant que la Faustin aux mains de son
peintre et du costumier, essayait dans le petit
salon, dont on avait rouvert les fenêtres au
soleil, le costume amendé et corrigé, sa sœur
s'esquivait, jetant à Guénegaud qu'elle rencontrait, trôlant bouleversée sur les escaliers :
« Elle jouera ! »

Puis, c'étaient le dentiste pour éclairer l'émail
des dents, la manicure pour raviver la nacre
des ongles, etc., etc. : toute la série des prati-
ques minutieuses et secrètes, avec lesquelles,
pour une première, se fabriquent le rajeunisse-
ment, le refaçonnement d'un visage et d'un
corps, que l'actrice et l'acteur veulent, pour
ainsi dire, tout neufs ce jour-là.

Dans la hâte fébrile de ces mille occupations,
de tous ces petits soins sérieux, peu à peu s'était
dissipée la pensée fixe du matin, et il n'y avait
plus chez la Faustin qu'une actrice toute à la
représentation du soir, et si détachée de l'évé-
nement de la veille, que pendant le quart
d'heure qui lui restait avant son dîner, on l'aurait surprise faisant une partie de bézigue avec
le petit Luzy, dans ce même salon, qui l'avait

vue mourante de honte et de chagrin, le même
jour.

Au milieu de la partie, qu'elle jouait encore
avec une raie de côté, faite dans ses cheveux
pour les ménager, on annonçait la vieille duchesse de Taillebourg, une des fanatiques de la
Faustin, qui, pour lui porter bonheur à sa représentation du soir, lui apportait un petit morceau
d'une vieille relique de famille, en même temps
qu'un pot de rouge à 96 livres, de la veuve Mar-
tin, retrouvé dans une armoire qui n'avait pas
été ouverte depuis la première révolution.

L'actrice, alors en proie à une sorte de gaieté
clownesque et hennissante, s'élançant de la
table du jeu, sauta avec un *houp* à la Auriol,
presque par-dessus son partner, puis, arrivée
à la porte du grand salon, avant de l'ouvrir, la
diverse et changeante femme se retourna d'un
bel air digne, en disant : « Maintenant au tour
de la princesse ! »

A quatre heures la Faustin dînait, mangeait
ce léger repas qu'elle avait l'habitude de faire
les jours où elle jouait : un œuf dans un con-
sommé, une douzaine d'huîtres d'Ostende, un
fruit.

— « Oh ! c'est bien inutile, » — se disait-elle,

son dîner fini, après s'être chauffé au feu de la cheminée, un moment, les mains, — ses mains qui étaient de glace depuis trois ou quatre jours, — « j'en ai comme ça jusqu'à ce que le premier acte soit joué... alors j'y aurai trop chaud. »

A cinq heures, elle montait en voiture, pour sa promenade d'une heure dans les Champs-Élysées, cette promenade tête-à-tête avec elle-même par le crépuscule, et dans laquelle elle avait trouvé quelques-uns de ses plus heureux effets de scène.

A six heures, elle entrait au Théâtre-Français, ainsi qu'elle le faisait à l'Odéon, pour avoir devant elle deux heures à répéter dans sa loge avec le souffleur.

Mais au bout d'une heure de travail, elle se jetait sur son canapé, cherchant dans une immobilité aux yeux fermés, presque effrayante, un repos de l'être, qui lui permît de jouer tout à l'heure avec tous ses *moyens dramatiques*.

XVI

« Place, place... laissez-moi passer, mes enfants! » — C'était la Faustin, qui, toute trépi-
dante dans la coulisse, balbutiait plusieurs fois
cette phrase, en écartant de ses mains tendues
le vide devant elle, et bien avant qu'Œnone
n'eût terminé la tirade qu'elle adresse à Hippolyte.

Mais la voilà en scène, sous ces voiles pesants, sous ces voiles trop lourds pour sa faiblesse. Elle se laisse tomber de côté sur le siège
antique, et adresse ses adieux de mourante
au Soleil, une main soulevée avec effort au-
dessus de ses yeux, comme pour les défendre de
son éclat aveuglant, un bras retombé à côté
d'elle, — profilée dans les belles lignes d'un
accablement auguste.

Des applaudissements éclatent.

Alors la reine amoureuse, de cette voix atta-
quant la fibre, et que le siècle passé baptisait
de voix *intéressante*, commence le récit de sa
flamme secrète pour le fils de Thésée, et à

chaque vers qu'elle dit, elle sent, peu à peu,
se dissiper cette atmosphère de séparation,
qui, dans les premières, au lever du rideau,
existe entre le public et l'acteur, ce manque de contact presque intraduisible, et com-
parable à la superposition de gazes transpa-
rentes, jetées entre eux, et que la réussite
dissipe, balaye une à une, à mesure que la
pièce-marche.

Et l'affaissement de la fille de la chair, courbée
sous la colère de Vénus, et le désordre fou, et le
trouble inquiet, et l'emportement furieux, et le
retour attendri de son aveu amoureux : tous ces
mouvements et ces péripéties de l'âme de
Phèdre, la Faustin les traduit et en donne l'émotion au public, par les modulations les plus tou-
chantes, par les transitions les plus légères, par
les nuances les plus savantes, par toutes les
ressources et les finesses de l'art dramatique,
et par l'emploi merveilleux du *médium*, du
plein de sa voix sur une note basse, et par là
conduite, à travers une succession de tons gra-
dués et touchants, de tirades qu'elle achève et
détache avec un trait de force. Joignez à cet art
de la diction, des gestes moelleux ou fiers, un
jeu muet parlant mieux que des paroles, des

suspensions inattendues, une physionomie concentrée, douloureuse, prenant par moments un aspect léthargique.

Et lorsque la Faustin est à la fin du couplet ! « Mon mal vient de plus loin... » ce sont plus que des bravos, c'est le susurrement approbateur d'une salle gagnée, conquise.

L'acte fini, la Faustin tombait pâmée dans le fauteuil qu'elle avait l'habitude de faire descendre dans la coulisse, pour y reprendre haleine un moment; et l'on pouvait voir sur son cou, sur son dos, sur ses épaules, un travail remuant des nerfs, semblable à celui qui leur vient après un violent exercice physique.

Au bout de quelques minutes, la tragédienne remontait dans sa loge, appuyée sur Guénegaud.

Guénegaud était le chien et l'ombre de la Faustin au théâtre. A toutes les représentations, toujours présente, et tout le temps, elle ne perdait pas de vue sa maîtresse une minute, la couvant des yeux, jouissant, contre un portant de coulisse, de l'admiration de machinistes enthousiastes qu'elle avait envie d'embrasser, et éternellement à ses côtés, et prête à lui passer un flacon de sels, à lui jeter une écharpe sur les épaules, à lui entourer les pieds d'une fourrure. Arrivée dans la loge de l'actrice, Guénégaud tirait de sa poche une ancienne bouteille à sirop de Flon, remplie de bouillon froid, lui en faisait boire à même une gorgée, et aussitôt la bouteille rentrait dans sa poche. Car jamais cette bouteille ne quittait sa personne. La femme du peuple avait la notion vague, qu'une tragédienne du temps jadis, appelée la Lecouvreur, avait été empoisonnée, et son imagination ayant longtemps travaillé sur cette histoire connue d'elle très imparfaitement, avait mis dans sa cervelle bornée et fanatisée, l'idée fixe, que des rivales, jalouses du talent de sa maîtresse, voulaient se débarrasser d'elle par le poison.

Peu de visites entre le premier et le second acte, et des visites qui ne donnaient pas à la Faustin la note juste de son succès, ne la sortaient pas de la perplexité de l'actrice pendant l'entr'acte, et qui, au milieu de l'action de son jeu, n'a perçu que très vaguement ce qui se passe dans la salle. Et elle interrogeait anxieusement les *raseurs*, les complimenteurs banaux, les gens aimables et vides, tout en mordillant de côté un peu sa langue, à l'effet de faire revenir la salive dans sa bouche sèche.

Elle jouait le second acte, l'acte décisif pour la consécration de son talent, et cette fois, à peine était-elle remontée dans sa loge, que la porte s'ouvrait, et que, présenté par le *remisier* Luzy, un petit homme, aux traits tourmentés, aux yeux de flamme, au paletot-sac, entrait comme un fou. C'était le grand sculpteur moderne, celui qui, le premier, a fait rendre à la pierre, au marbre, au bronze, la vie nerveuse de la chair. Il venait dans un enthousiasme fiévreux, et tout débordant d'une admiration qui s'exprimait en phrases presque brutales, il venait demander à l'actrice de faire d'après elle une statue de la Tragédie. Et, sans s'inquiéter des autres qui étaient là, il la forçait à retrouver une pose qu'elle avait eue un moment, la soulevant familièrement de son fauteuil, arrangeant presque de force, sur elle, sa tunique. Et il répétait en se reculant de quelques pas, et en écrasant des pieds derrière lui : « Superbe... ce sera superbe!... » Le sculpteur était suivi de noms illustres, de célébrités en tous genres, de vieux habitués du théâtre, de *dilettante* dramatiques, d'appréciateurs et de juges délicats, venant confirmer l'actrice dans la certitude de son triomphe.

Et un moment, les *mallettes* de bonbons apportées par les admirateurs de la tragédienne, étaient en si grand nombre, qu'elles servaient de petits bancs aux femmes qui avaient pu s'asseoir dans sa loge.

Au troisième acte, commençaient à descendre sur la femme de Thésée, une grandiose tristesse, un sombre et amoureux appétit de la mort; ses mains sur elle, dans des gestes presque plus vivants, donnaient à ses voiles les plis d'un linceul; et la tragédienne apparaissait à la salle frissonnante et remuée dans ses entrailles, belle de la beauté funèbre d'une Vénus tumulaire.

A sa sortie de scène, la Faustin se cognait contre Ragache, qui lui apportait le compte rendu des corridors, les dispositions secrètes de la presse à son égard, les conversations des journalistes surprises à la porte des loges. « Théo, lui, il ne trouvait aucun talent à Racine; mais il lui trouvait du galbe, à elle... et était décidé dans son feuilleton, en dépit du classicisme infect de son ministre, à ne pas parler du tout du poëte *Louis quatorzien*, et à parler tout le

temps d'elle. Saint-Victor, elle avait dû l'entrevoir... il n'avait pas sa tête des mauvaises
premières... c'était un bon présage... du reste,
il l'avait toujours bien traitée. Quant au critique
Chose, il portait par hasard un gilet blanc propre... et lui, Ragache, avait fait la remarque
que la propreté le disposait à la bonté.... Quant
au critique Machin... il était en train de crier
son enthousiasme dans le petit *bouibouis* de la
rue Montpensier, où l'on prend, il ne savait plus
quoi de chaud, qui sent l'huile de lampe.....
Le critique au monocle n'y était pas.... mais il
avait envoyé sa maîtresse pour lui raconter la
représentation... et Georgine lui avait donné
sa parole qu'elle serait favorable à l'actrice...
Pour le critique de la *France libérale*, lui ! il se
rendait parfaitement compte qu'il s'était produit un léger ramollissement dans ses alinéas...
et qu'on ne le lisait plus... il en était à l'heure
où l'on a besoin d'inventer quelqu'un... et c'é-
tait elle qui allait être inventée par lui... Vil-
lemessant avait dit que dans cette chose embêtante qu'on appelle une tragédie, elle lui
avait fait l'effet d'être moins embêtante que
les autres tragédiennes... Elle aurait tous les
petits journaux... là, sûr. Il n'y avait que ce

vieux Janin, possesseur d'une fière goutte, et
qu'il avait trouvé échoué sur une banquette,
en chaussons de lisière, et en manchettes de
tricot rouge... et qui souffrait le diable... et qui
s'était plaint, au milieu de *aye, aye*... qu'elle
avait manqué de tendresse amoureuse au second
acte... il ferait des réserves, lui!... mais, au
fond, elle était assurée d'une presse excellente ! »

La tragédienne était applaudie à tout rompre
au quatrième acte ; et quand la toile tombait
sur le cinquième, dans une chaleureuse accla-
mation, toute la salle redemandait la Faustin.

Après le rappel, s'accrochant au bras de
Guénegaud, que la main de la tragédienne
meurtrissait de façon à la faire crier, parvenue
dans le cabinet de toilette de sa loge, la Faustin tombait sur son petit fauteuil à maquillage,
les jambes allongées et raidies devant elle,
dans une espèce d'état cataleptique. Complètement muette, elle ne répondait à l'effroi et
aux paroles de la vieille femme qui voulait aller chercher le médecin du théâtre, que par
des remuements négatifs de la tête, et par l'approche d'une main touchant sa bouche, touchant son cou, avec un geste indiquant que

les nerfs qui servent à l'émission de la voix, étaient tellement contractés chez elle dans le moment, qu'il lui était impossible de parler.

Elle restait ainsi près de trois quarts d'heure, au bout desquels, après un long soupir, dans lequel semblait se détendre et se dénouer son être, elle pouvait prononcer quelques mots.

Elle passait alors dans le petit salon de sa loge, tout bondé de monde, et d'où, par la porte ouverte, on voyait s'allonger dans le corridor, une queue comme il y en a au seuil d'une sacristie, après un grand mariage. Et aussitôt, des avalanches de femmes affolées, écrasant les hommes sur leur passage, se ruaient dans les bras de la Faustin, prises de l'effusion nerveuse que mettent chez tous et toutes, les batailles du théâtre. Et c'étaient des caresses émotionnées, des étreintes qui n'en finissaient pas, des lichades, un délire de tendresse, où, bientôt, les hommes comme les femmes, sans distinction de sexe, embrassaient la Phèdre, au fard mal essuyé, et dont le corps de maigre séraphin, perdu dans les plis d'un manteau brun, jeté au plus vite sur elle, allait à droite, à gauche, parmi les bras qui la pressaient, ainsi qu'un corps sans os, et qui avait l'ondulation flottante d'une

loque secouée par le vent, — et cela pendant
que l'actrice répétait, sur un ton d'attendrissement hébété, et avec un visage montrant à la
fois du bonheur et de l'égarement: « Ah! mes
enfants, ah! mes enfants ! »

Puis le peuple des *féliciteurs* peu à peu s'é-
coulait, et il ne restait plus dans les salons de sa
loge, que les hommes priés par l'actrice pour
souper.

La Faustin se sentait le besoin de marcher,
de « respirer la rue », ainsi qu'elle disait. Et
l'on partait à pied, en bande, et l'on traversait
la rue Saint-Honoré, dérangeant les petits groupes causant encore à la porte des cafés qu'on
fermait, de la représentation du soir, et d'où
sortait, par-ci par-là: « Tiens, la Faustin! » et
l'on marchait en gai bataillon dans la nuit, avec
la gaieté bruyante de gens qui se préparent à la
fêter jusqu'au jour, et les plus jeunes de la
troupe entamaient des dialogues spirituels avec
les cochers de coupé de passage, et qui continuaient à la cantonade jusqu'au tournant des
rues.

XVII

Les invités de la Faustin étaient réunis dans le grand salon du petit hôtel de la rue Godot de Mauroi, attendant la tragédienne qui changeait de toilette.

Là, se voyait le monde divers et mêlé des soupers des grandes premières représentations, où se coudoient des littérateurs, des peintres, des savants, des hommes politiques, des généraux, des médecins, des illustrations de toutes sortes, parmi lesquelles se trouvent toujours faufilés, on ne sait comment, et sur l'invitation de je ne sais qui, des inconnus, des anonymes, des gens porteurs de barbes, ou d'épingles de cravates, ou de pantalons à la cosaque, ou de décorations étrangères intriguant la curiosité, et dont la table se demande inutilement, à l'oreille, le nom toute la nuit. Des groupes causaient de sujets vagues, sans animation. et avec des phrases coupées par des temps très longs ; des isolés allaient dans des coins regarder interminablement des bibelots, en des contempla-

tions ennuyées ; et renversé dans un crapaud, à
la lueur d'une lampe placée derrière lui, un
reporter écrivait, au crayon, une chronique de
la soirée sur les feuilles d'un cahier de papier à
cigarette.

La Faustin fit son entrée dans sa toilette de
souper. Elle avait sur elle une espèce de robe-
peignoir en satin crème, dont les parements et
les revers étaient en velours du même ton, et
garnis de vieil argentan, et sur lesquels étaient
brodées des tubéreuses formées de perles de
couleur. Dans ses cheveux courait un feuillage
au vert métallique, au vert des ailes d'une can-
tharide. Et dans cette robe à la chaude clarté,
et au milieu du scintillement et de la richesse
de ces fleurs de pierrerie baroques, ce qui apparaissait de la poitrine de la femme dans l'é-
troit carré de son décolletage, avait la blancheur
du blanc, fleurissant dans l'ombre d'une cave,
et les reflets remuants de verte lumière électrique que projetait le feuillage de sa chevelure,
à chaque mouvement de sa tête, mettaient sur le
haut de sa figure, de l'étrange, du joli fantastique, donnaient à son regard cerné et souriant,
un rien du regard d'un démon angélique.

Ce fut un mouvement d'admiration amou-

reuse dans tout le salon, et la Faustin encore
enfiévrée de la représentation, au milieu du
cercle qui s'était formé autour d'elle, tout en
donnant de petits coups de pied furibonds dans
sa traîne, se mit à parler avec une nervosité singulière de tous les incidents de la soirée, de
l'effet que lui avait fait manquer une réplique
trop tôt donnée, de l'inintelligence du chef de
claque, de ses *tousseurs* de l'Odéon qui l'avaient
suivie à la Comédie-Française : récriminations
dans lesquelles sa voix brisée retrouvait des accents, des éclats, de petits cris stridents. Puis
sur la phrase du maître d'hôtel : « Madame est
servie ».— elle prenait brusquement le bras d'un
jeune inconnu, dont elle écoutait les paroles,
depuis quelques instants, avec une attention tout
à fait singulière, et ouvrant la marche, elle jetait
de sa tête retournée derrière elle : — « Messieurs, ici pas de cérémonie, on se place comme
on veut... comme on peut. » La Faustin s'asseyait au milieu de la table, sa sœur en face
d'elle.

Il y eut d'abord ce recueillement de soupeurs
qui ont faim, dans une salle à manger, odorante du fumet de l'écrevisse et de la truffe, devant une table au linge damassé, à la massive

argenterie, aux cristaux taillés, aux corbeilles
de fleurs exotiques, éclairée de la lumière des
soupers d'autrefois, de la blanche illumination
des bougies dans des candélabres, en haut d'un
lustre aux larmes scintillantes, — et sous un
plafond et entre des murs recouverts de claires
tapisseries, montrant comme volantes dans un
brouillard d'aurore, des nudités roses de déesses
d'Olympe.

Au silence succéda le brouhaha, la confusion
des premières paroles, de paroles dégelant à
une bouchée de nourriture, et que domina
cette phrase :

— « Un souper aux bougies, bravo !... Si les
femmes savaient ce que les bougies font jolie leur
peau, demain il n'y aurait plus un appareil de
gaz, plus une lampe dans une salle à manger de
Paris. »

La Faustin disait au jeune homme qu'elle
avait fait asseoir à sa droite :

— « Oh, la voix joliment vibrante que vous
avez, monsieur ! Non, vous ne pouvez vous faire
une idée de la séduction de la voix sur ma personne... çà va vraiment plus loin que mon oreille.
Mais parlez, parlez donc un peu que je vous
entende... Oui, il y a quelque chose chez vous

de la voix de Delaunay avec un rien de plus prenant sur les nerfs... Ah ! certains jours, je suis
bien sûre que vous me feriez tout de suite monter les larmes aux yeux ! »

Et l'artiste, penchée vers lui, l'écoutait de
tout près, ainsi que l'on se rapproche d'un instrument qui vous remue l'âme.

— « C'est bien charmant, tout à fait charmant, » — répétait la Faustin dans une extase
souriante, et la tête penchée de côté, et regardant pour ainsi dire les paroles sortir de sa bouche. — « Vraiment, monsieur, vous devriez
venir tous les jours passer quelques heures avec
moi... Vous entendre causer... vous entendre
lire... ce serait une vraie fête. Il y a des notes
dans votre voix... c'est particulier... des notes
où il y a à la fois du sanglot et du rire... Ah !
mais, une déclaration de vous, monsieur, ça
doit être très dangereux. » Et la femme se mit
à rire coquettement.

Là, coupant son rire, la Faustin jeta à la
table :

— « Messieurs, je vous recommande ce poisson... c'est un sterlet du Volga... Un cadeau d'un
ami de là-bas, et qu'il m'a envoyé éthérisé, oui,
éthérisé. A ce qu'il paraît, ainsi insensibilisé, il

ne meurt pas tout à fait, et c'est le moyen de le faire parvenir à peu près frais au bout du monde. »

Puis la Faustin revenait à son voisin ; elle y revenait avec ces tendresses d'un côté du corps, avec la courbe de ses lignes aimantes, que vous avez pu observer tous les jours, en un dîner ou un souper, chez une femme placée près d'un homme qui lui plaît. Dans ce corps, dont un côté — le côté placé près du voisin indifférent — apparaît maussade, inerte, et comme ankylosé, c'est, de l'autre côté, une trépidation de grâces, un va-et-vient d'agaceries et de caresses de muscles à distance, un dégagement d'atomes crochus galants tout à fait amusant. La femme n'est, pour ainsi dire, animée d'une vie vivante que de ce côté, et il n'y a de frissonnement que dans l'épaule qui touche à ce voisin, de palpitation que dans le sein qu'il a sous les yeux, d'ondulation serpentine que dans le membre et la chair en contact avec les effluves de l'être plaisant.

Bonne-Ame, elle, dans ce milieu d'un niveau supérieur à ses relations, affectait de la tenue, du *comme il faut*. Elle parlait longuement des tapisseries qu'elle faisait pour l'église du village, où Carsonac avait une maison de campagne.

Carsonac, lui aussi, mal à l'aise, et très effacé

dans ce souper, et qui se trouvait à côté d'un
mystificateur à froid, l'entretenait sérieusement
de l'ennui que lui donnait Balzac, de l'horizon
borné dans lequel il l'enfermait, des entraves
qu'il apportait au développement de son théâtre,
des perpétuelles rencontres qui, à tout moment,
lui faisaient rejeter des scènes mieux construi-
tes que chez le romancier. A quoi l'autre répondait par un : « Je te crois ! » qui faisait demander à l'auteur du boulevard, sans pouvoir
s'en rendre compte, si c'était de la familiarité
un peu vineuse ou de l'ironie.

. . . .

— « Bon, dites-le tout de suite : une âme et
des cheveux, mais c'est bien démodé aujour-
d'hui, c'est le type de la femme du monde de
1830, les femmes du monde du jour d'aujour-
d'hui... »

— « Les femmes du monde, les femmes du
monde d'à présent, — s'écria, en interrompant
le premier interlocuteur, un illustre écrivain.
— des femmes maigres, décharnées, plates, os-
seuses, avec si peu de corps, une si petite place
sur elles pour les exercices de l'amour, des
femmes au teint de chlorose et de vilaine maladie, et aux lèvres et aux yeux mal peints, des

êtres à l'apparence fantômatique et malsaine,
auxquels on ne demande que de l'esprit sur la
figure, du mordant, du *chien*. Certes ce n'est
pas la beauté des *cours de dessin* pour les écoles
primaires, mais il faut le dire, dans l'état de
faisandage passionnel, où l'homme du dix-neuvième siècle est arrivé, c'est diablement excitant
ce type. »

— « A la porte le grand mal élevé! » jeta la
Faustin sur une intonation pleine de caresse.

— « Aurais-je proféré quelque chose qui ne
fût pas de la dernière convenance? » dit avec
une ingénuité parfaite l'éloquent rabelaisien.

La conversation était reprise par un homme
d'État, qu'on sentait un homme à femmes, un
homme porteur d'une figure toute jeune, sous
des cheveux blancs :

— « Oui, messieurs, vous pouvez vous indi-
gner à votre aise, et vous payer, près des mas-
ses, tous les articles possibles sur la moralité...
Un peu de libertinage est nécessaire dans un
État, il adoucit les mœurs, il fait humaine la
société, il affine et parachève les hommes. Tous
les très grands hommes de tous les temps ont
été des libertins... »

« Oh! oh! »

— « Tu sais, murmura à l'oreille de son voisin — un convive à figure poupine d'un rose sale, et qui semblait une tête d'apôtre, sculptée dans un radis flétri : « Tu sais ce gouvernement, ce sont les Invalides de tous les la Palférine !.»

Et la fin de la tirade de l'homme d'État sombrait dans une fusillade de courtes ripostes, partant à droite, à gauche, comme des coups de pistolet.

— « Intelligent, ce feuilletonniste dramaque... il a l'esthétique d'un lampiste de théâtre ! »

— « Distinguée, cette actrice... on dirait la vivandière d'une troupe de faunes ! »

— « Cette fille, il ne l'aime pas... merci il lui a donné dernièrement 10,000 francs pour la décider à se purger... et vous n'appelez pas ça de l'amour et du plus cher ! »

— « Qu'on ne me parle pas de lui, c'est l'imbécile à idées supérieures, à visées transcendentales ! »

Paris est ainsi fait ; la lorette dont le prix est de vingt-cinq louis, coûte un napoléon à un membre du Jockey, et le domestique de 1,200 francs, M. de la Rochefoucauld l'a, s'il le veut, pour 300.

— « Ça vous étonne, cette protection énorme de la musique par l'État, c'est bien simple : tous les banquiers juifs sont mélomanes ! »

— « Un homme à idées libérales, et qui porte des vêtements de coupe ecclésiastique, règle générale : toujours s'en défier ! »

— « Oh ! la parleuse insupportable !... enfin c'est une femme qui dit ne comprendre que les Éginètes, et qui déclare que la Suède lui est sympathique, parce que c'est un pays *innocent !* »

— « Je te le dis, une pièce de cent sous sur un faux col, c'est ce financier. »

— « Pardon, — c'était Blancheron qui prenait la parole. — Vous parlez d'un homme très fort. Je ne passe pas, n'est-ce pas, pour une bête en affaires de Bourse. Et voici ce qui m'est arrivé à moi. Un jour, sortant de chez moi, il a laissé tomber de sa poche, bien certainement avec intention, un ordre d'achat très important. Eh bien, messieurs, vous m'entendez, moi qui vous parle, je n'ai pas même osé jouer contre ! »

A ce moment, la Faustin s'aperçut que son voisin de droite déposait avec le plus grand soin les arêtes de son poisson, sur la nappe, à côté de son assiette.

Cette remarque lui mit sur le visage, la bouderie enfantine d'une petite fille, qu'on a attrapée avec une boîte de bonbons vide.

Elle ne repondit plus guère que par des monosyllabes, et le liant et l'amabilité des lignes de son corps, se retirèrent peu à peu du côté du jeune homme aux arêtes, et par de petites voltes, d'insensibles rapprochements, un demi changement de front habilement exécuté, passèrent du côté de son voisin de gauche.

Celui-ci était un philosophe, homme du monde, professant le beau, le bon, l'honnête, à l'usage des grandes dames de la société, une sorte de directeur laïque du dix-neuvième siècle, fournissant à ses clientes du Platon à la place de l'Évangile, choisissant leurs laines pour tapisseries, leur envoyant les cancans de Paris, quand elles étaient l'été à la campagne, ou l'hiver à Nice, et les gardant même au besoin en couches, en leur faisant la lecture de *la Cité de Dieu* de saint Augustin.

Beau à la façon d'un beau substitut, et doué de grâces un peu professorales, il était la coqueluche des femmes, toutes prêtes à se disputer les gilets de flanelle trempés de l'éloquence de ses conférences.

Et voilà le philosophe, aussitôt qu'il sentit la maîtresse de maison se rapprocher de sa personne, à lui faire la cour, avec des yeux ardents qui fouillaient son décolletage, des compliments melliflus, et ces grosses admirations, avec lesquelles les universitaires galantins assassinent de leur amour, les femmes.

— « Mais vous ne mangez rien, absolument rien ? »

— Oh ! les jours de première, je n'ai que soif... puis les grosses choses qui demandent une vilaine mastication... je ne trouve pas ça joli pour une femme, l'opération de manger de la viande. »

— « Vous auriez peut-être l'ambition de vous nourrir de sublimés de viande... mais tenez, vous avez justement là, à votre table, une espèce de bon dieu en chambre, un décompositeur de corps simples... demandez-lui la recette. »

— « C'est curieux, — reprit le chimiste qui avait entendu un bout du dialogue, — ce n'est pas une femme qui a eu la première idée de cette élégance, c'est un homme, un savant, un chanoine de Notre-Dame. Le bonhomme, ennuyé du temps qu'il fallait donner au manger,

en même temps qu'un peu dégoûté de la ma-
térialité de la chose, s'était fait faire des sublimés de viande, avec lesquels il se nourris-
sait, sous une forme immatérielle, de quelques
gouttes contenues dans un petit flacon à odeur.
Mais, à la suite de deux ou trois ans de ce ré-
gime, notre chanoine a eu un rétrécissement de
l'estomac dont il a failli mourir. C'est bien gros-
sier, mais pour nous autres simples mortels
hommes ou femmes, il faut l'avouer, l'ambroisie
ne vaut rien, et le meilleur sublimé de viande
est encore cette dinde aux truffes. »

— « A propos de dinde aux truffes, lança un
convive, savez-vous les trois seules fois, pendant
toute sa vie, où Rossini ait pleuré? C'est authen-
tique, je l'ai lu dans une lettre du *maestro* à Che-
rubini : le jour où son opéra de début fut sifflé;
le jour où il entendit pour la première fois Paga-
nini jouer du violon; et le jour où, dans une promenade sur le lac de Guarde, il laissa tomber à
l'eau une dinde truffée qu'il tenait entre ses bras. »

— « Elle est jolie l'histoire, mais puisque la
conversation est sur la nourriture, voulez-vous
que je vous en raconte une, — par à peu près,
— sur la nourriture céleste du comte de
Marcellus. Le grand seigneur catholique ne

communiait à son château qu'avec des hosties timbrées à ses armes. Un jour, le desservant s'aperçoit avec terreur que la provision des hosties armoriées est épuisée ; il se risque cependant à tendre une hostie plébéienne à la noble bouche dévote, en s'excusant par cette phrase : « A la fortune du pot, monsieur le comte ! »

Le philosophe continuait à déployer ses séductions de professeur et à développer sa rhétorique amoureuse auprès de la Faustin, qui, en veine de coquetterie à outrance, le laissait aller, l'encourageait presque. En cette première victoire il eut l'idée d'assurer son triomphe, en usant près de la tragédienne d'une *ficelle* de son répertoire, qu'il avait inventée pour le gouvernement et l'assujettissemen tde la femme, ficelle très ingénieuse, mais qu'il employait d'une manière trop générale, et sans une connaissance assez approfondie des êtres féminins, auxquels il s'adressait.

Il regarda un moment sa voisine avec des yeux profonds, et lui dit :

— « Dans votre beauté, il y a un caractère d'intelligence très particulier... Oh! je suis bon juge en ces matières... un caractère qui dénote dès aptitudes littéraires... le talent de la tragédienne est à part, et nous n'en parlons pas... mais il existe, à l'état latent, un autre talent chez vous... Vous devriez écrire, écrire ce qui se passe sous vos yeux... essayez... je vous conseillerai... je vous guiderai... Si vous saviez les choses charmantes que font, grâce à ma direction amicale, quelques femmes de la société. »

La Faustin eut un sourire. Elle connaissait malheureusement le *truc* qui lui avait été confié par une jeune femme, à laquelle le philosophe s'était offert, il n'y avait pas quinze jours, pour *conseilleur* de sa prose, et la tragédienne se trouva horriblement blessée d'être traitée comme la première innocente, la première grue du monde venue...

— « Merci pour moi, cher monsieur... Et vous n'avez pas pris de brevet d'invention pour cette trouvaille... mais c'est de la captation de génie à l'endroit de la femme..., promettre comme cela à de jeunes bourgeoises, et tout de suite, la plume de madame Sand... elles abandonnent, n'est-ce pas, aussitôt leur pot-au-feu, leur mari, leurs enfants... Et à combien monte votre classe? » Et pendant quelque temps, sans relâche et sans pitié, la Faustin tourmenta le philosophe de son ironie méchante, presque féroce.

Le voisin de droite de la Faustin avait gaillardement pris son parti de la désertion des bonnes grâces galantes de la maîtresse de la maison. Il avait beaucoup mangé et bu encore plus, et il apparaissait dans un état d'ivresse souriante, le menton dans son gilet, une mèche de sa chevelure défrisée sur le front, et avec le passage à toute minute dans sa barbe noire de sa main blanche, pendant qu'au fond de sa gorge bruissait le chantonnement d'une *canzonette* de sa province natale.

Un moment, en se dandinant, il se rapprocha de la Faustin et modula :

— « Chère madame, au commencement du souper, vous avez parlé du plaisir que vous auriez à m'entendre causer, à m'entendre lire... une parenthèse... je me trouve avoir un père, horriblement intermittent comme caissier dans le moment... eh bien, si vous vouliez vous offrir ce plaisir, tous les jours, pendant quelques heures... à raison de cinq cents francs par mois ? »

— « Nous reparlerons de votre proposition, une autre fois, monsieur. »

Et le jeune homme se remit imperturbablement à caresser sa barbe, et à chantonner sa canzonette.

Alors la Faustin commença à s'éventer la poitrine de la dentelle de son corsage, qu'elle se mit à agiter des deux mains. Et retirée en arrière, et retraitée au fond de sa chaise, il lui vint sur la figure une consternation presque risible, une consternation mélangée de dédain, de dégoût, presque de haine pour les personnes et les paroles de ses deux voisins. Et son regard faisait le tour de la table, allant d'un visage à l'autre, avec une imploration qui disait naïvement : « Est-ce que quelqu'un n'aura pas pitié de moi, ne me délivrera pas de mes ennuyeux ? » Puis, tout à coup, entrée en une parfaite immobilité, pendant que ses ongles agatisés se promenaient sur le blanc de sa gorge, les révoltes de son ennui se traduisaient, physiquement, par d'involontaires petits tressaillements de sa chair.

C'était fini de l'esprit, des mots, du ferraillement de la parole, de la polissonnerie des idées ; et dans les voix baissées, et dans l'ascension des esprits, peu à peu la conversation générale se mourait, dégénérait en *a parte*, où chacun,

revenant à ses occupations, à ses travaux, à ses
pensées, en gratifiait son coin de table avec la
charmante expansion et la haute griserie de
grandes cervelles, à la fin d'un repas arrosé de
bon vin.

— « On devrait apprendre à chacun les qualités merveilleuses de la matière portée au
summum de son utilisation, » disait un convive
penché sur son voisin, en faisant tourner entre
ses doigts un bouchon de carafe.

— « Oui, la glorification de la matière, voilà
un beau livre que vous devriez faire. »

— « Je le voudrais bien, mais je ne peux
pas... je n'ai pas la combinaison écrite... Dans
la conversation, il m'arrive quelquefois d'en
donner la notion ; mais, le lendemain, à froid,
la plume à la main, ce n'est plus cela. »

. . . .

— « La langue française, — disait un écrivain étranger, un géant à la douce figure, —
la langue française me fait l'effet d'une espèce
d'instrument, dans lequel les inventeurs auraient bonnassement cherché la clarté, la logi-
que, le gros à peu près de la définition, et il se
trouve que cet instrument est à l'heure actuelle,
manié par les gens les plus nerveux, les plus

sensitifs, les plus chercheurs de la notation des
sensations indescriptibles, les moins susceptibles
de se satisfaire du gros à peu près de leurs bien
portants devanciers.

. . . .

— « Du sang, maintenant c'est une rareté,
on n'en trouve point. » — C'était un physiolo-
giste, à la belle tête pensive et un peu spec-
trale, qui parlait. — « On ne saigne plus du tout.
De mon temps il y avait du sang par baquets
dans les hôpitaux. J'en ai eu besoin dernièrement pour mon cours, je n'ai pu m'en procurer. Et sans ce vieux médecin, vous savez, celui
qui suit mes leçons, je n'en aurais pas eu. Lui!
c'est un ancien élève de Broussais, il continue
la tradition, et se pique la veine à tout bout de
champ. Ne me disait-il pas : « Moi, je me sai-
« gne tous les jours et j'en arrose mes fleurs... »
C'est positif, la méthode pour guérir ou tuer
les gens... change du tout au tout, tous les
vingt ans. »

. . . .

Un journaliste, à la face jordanesque dans
une chair épaisse et verruqueuse, à la parole
d'Alsacien rétive et bredouillante, et qui sortait
comme par des éructations, disait : « La Saint-

Barthélemy a tué la France; si la France était
devenue protestante, c'eût été à tout jamais la
grande nation de l'Europe... Voyez-vous, dans
les pays protestants, il existe une gradation
d'échelons entre la philosophie des classes supérieures et le libre examen des classes infé-
rieures; en France, entre le scepticisme d'en
haut et l'idôlatrie d'en bas, il y a un abîme, un
trou... Et avant peu vous verrez ce que ce trou
amènera! »

.   .   .   .

— « L'Égypte, l'Égypte, — répétait à l'oreille
de son voisin, un artiste en peinture et en style,
pour le moment absent du souper, — l'Égypte,
je suis persécuté par l'idée fixe de jeter quelques pages sur ce pays... une terre tourbeuse,
un sol comme le caoutchouc, où les pas ne
s'entendent pas... Vous ne connaissez que l'O-
rient clair et découpé... Là, c'est à tous les
plans, des voiles d'imperceptibles vapeurs, se
faisant plus intenses à mesure que les plans
deviennent plus lointains... et dans la grise
vaporisation, des bonshommes noirs ou
bleus... il est très rare de rencontrer une note
rouge... Ah! le joli ton que fait dans cette lumière la cotonnade bleue... Je les vois tous

ces bonshommes avec une lumière au front et à la clavicule. »

Et il fit le geste de poser, dans le vide, sur une toile, deux petites touches.

« Oui, il faut une fière puissance de luminosité pour faire coloré dans ces milieux de terrains et de ciels neutres... et encore une végétation jaillissante d'un limon bitumeux, qui a des verdeurs comme nulle part. Non, je n'ai pas trouvé en peinture le mode pour rendre cela. »

Et pendant qu'il parlait de l'humide pays lointain, le blanc de ses yeux fiévreux s'agrandissait d'une manière étrange. Il continuait :

« Et la nuit, là-bas ce que c'est! Eh! Georges? — jeta-t-il à un convive du bout de la table, qui ne l'entendit pas — te rappelles-tu les heures que nous avons passées près d'un pylone, dans cette enceinte occupée par un cordier? Ah! ces heures, je veux écrire quelque chose pour m'en redonner la sensation! »

Et le peintre-écrivain retombait dans une absorption, où n'arrivait plus à son oreille le bruit de la table.

« La science pure, la science bellement abstraite, la science contemptrice de l'indus-

trialisme, — jetait le chimiste, — voyez-vous,
c'est le fait des sociétés aristocratiques. Les
États-Unis ne s'occupent et ne s'emparent de
nos découvertes que relativement à l'applica-
tion ; il en est de même en Italie, où les savants désintéressés appartiennent à la vieille
génération des savants... En ce siècle de l'argent, il n'y a plus, messieurs, de recrutement
pour les carrières de gloire. Dans ces pays,
qu'est-ce qu'il arrive, quand les instincts d'un
jeune homme sont par trop scientifiques, il se
met dans une carrière satisfaisant à moitié ses
goûts et à moitié son désir d'enrichissement.
Il devient ingénieur de chemins de fer, directeur d'une usine, directeur d'une fabrique de
produits chimiques. Et déjà cela commence à
arriver en France, où l'École polytechnique ne
fait plus de savants ! »

. . . .

— « Ce bruit, ce bruit mou, ah! je ne sais
comment vous en donner l'idée, — disait un
jeune général — et cependant il me revient, ce
bruit, quelquefois à l'oreille... Nous étions si
pressés, si serrés, si les uns dans les autres, en
montant à l'assaut de Malakoff... eh bien, tenez... j'entendais les balles entrer dans le corps

de ceux qui étaient à côté de moi, avec le *fouit*
de pierres lancées dans de la glaise, et quand
les balles rencontraient un os, ça faisait l'éclat
d'un arbre qui se fend par la gelée. Ah! c'est
un vilain bruit! »

.   .   .   .

— « Oh, mon Dieu, oui — laissait tomber
par petites phrases et comme dans une rêverie,
l'homme d'imagination de la science, — encore
une dizaine de millions d'années, tout au plus,
avec du combustible et une température possible sur la surface de la terre. Puis au bout de
cela, plus de bois, plus de charbon de terre, et
une période glaciale. Alors, le restant de l'humanité, qui n'aura pas été déjà gelé, sera obligé
de rentrer sous terre, de s'installer dans les
galeries des mines. On se nourrira de *blanc* de
champignon... et comme il faut toujours à
l'adoration de l'homme, un dieu de lumière,
l'homme sous terre adorera le gaz des marais,
autrement dit le feu *grisou*. »

— « Mais, dites donc, ça développera peut-
être une terrible puissance métaphysique, cette
vie sur soi-même et sans la distraction du soleil? »
— dit très sérieusement le voisin du savant, qui
avait ses grasses mains, ecclésiastiquement

croisées sur sa serviette, remontée contre son estomac.

— « Messieurs, fit tout à coup la Faustin, il y a là un certain vin, un vin du Cap, embarqué sur un vaisseau hollandais qui a fait naufrage sur la plage de Schewningue... voilà plus de cent ans... et qu'on vient de retrouver dans ses barriques encroûtées de coquillages, en retirant la cargaison du fond de la mer... un vin qui coûte 200 fr. la bouteille... vous reconnaissez là une galanterie de M. Blancheron... c'est peut-être le moment de le boire?

— « Et de le boire à la santé de Phèdre! » s'écria la table d'une seule voix.

Le vin versé, tous les convives se levèrent, et parmi le choc des verres, la tragédienne fut acclamée aux cris de : « Vive Phèdre! Vive la Faustin! »

Dans le désordre de ce toast porté debout, pendant que le jeune homme, à la voix musicale, disait tout haut : « Tiens, c'est drôle, à force 'avoir cherché de l'aplomb; j'ai perdu l'équilibre! » les deux sœurs s'étaient rapprochées, et Bonne-Ame jetait dans l'oreille de sa sœur :

— « Un moment, j'aurais parié cinq louis sur la tête du petit voisin. »

— « Ah ! une bien jolie musique, si on pouvait en ôter le monsieur... C'est toi qui l'as amené ? »

— « Non... et l'autre ? »

— « L'autre... un vrai pot de miel... de miel rance. »

— « Et maintenant, — s'exclama la Faustin en passant toute seule dans le salon, — maintenant une orgie de Beethoven. Qu'on en joue, qu'on en chante, qu'on en danse. Je veux du Beethoven jusqu'au jour. Mes nerfs de ce soir ont besoin de cela !

XVIII

Le lendemain de la première de Phèdre, et de ce souper qui avait presque duré jusqu'au jour, la Faustin se leva en proie à une de ces tristesses noires, à un de ces navrements sans cause et sans raison, qui suivent les grandes dépenses de fluide nerveux dans de l'émotion, de la joie, du plaisir fiévreux.

Elle déjeunait sans ouvrir les journaux de théâtre parus le matin, et rendant compte de la représentation de la veille.

Elle avait le dégoût de son chez soi, et le dégoût de la sortie au dehors, et l'appréhension de la visite de ceux qu'elle aimait le mieux. A son réveil, elle s'était tout à coup découvert une espèce de désintéressement affadi et écœuré de tout ce qui l'intéressait le plus, les autres jours. Et ce nonchalant renoncement de son être à une volonté, à un désir, à un caprice, et ce manque d'appétence pour quoi que ce soit au monde, se traduisaient par une sensation particulière, propre à l'ennui noir, intense, splénétique : elle voyait gris, elle voyait le ciel, son appartement, Guénegaud elle-même, dans un semblant de décoloration des couleurs de la vie, et avec quelque chose dans la vision de pareil à ce qui se passe dans les yeux d'une femme, tombant d'une salle de bal brillamment éclairée, en une antichambre aux quinquets baissés. Et la morne désolation de ce lendemain, n'était pas le nuage que met au front de la femme une contrariété de la vie, et qui se dissipe dans un peu de nervosité batailleuse, mais était un sombre et momentané désenchantement de l'existence, le repliement lassé d'une créature sur elle-même, avec ce temps d'arrêt du travail sourieur de la cervelle et de l'enfantement continu des projets et des châteaux en Espagne, qui ne cesse que dans cette sorte d'ennui et dans le sentiment de la mort.

La Faustin était remontée dans sa chambre, s'était assise au coin de la cheminée, du vide dans son regard incertain et ne fixant rien.

Elle jeta, deux ou trois fois autour d'elle de ces coups d'œil qui vont de droite à gauche sur un tapis, comme appelés par une apparence de chose qui n'existe pas, se leva, alla à son lit, et, avec des gestes lents, presque inconscients, se mit à défaire la couverture, et commença à se déshabiller.

Au milieu de son déshabillement, elle sonna Guénegaud, lui dit : « Ferme les volets, apporte-moi une lampe allumée... et que la porte soit défendue pour tout le monde.

— « Madame serait-elle malade ? »

— « Non, mais je trouve aujourd'hui ennuyeux ! »

Presque déshabillée, elle entrait dans un des cabinets de l'alcôve, au milieu de ses chemises de nuit, choisissait un petit volume parmi sept ou huit qui se trouvaient mêlés au linge et à des sachets d'iris, et mettait le petit volume sous son oreiller.

Puis aussitôt, fourrée frileusement sous les couvertures, dans le bien-être de la chaleur commençante, au milieu de cette nuit factice, éclairée par une lampe à abat-jour, le visage de la Faustin se détacha avec une toute petite touche carrée de vive lumière sur le front, avec une petite ligne de lumière humide au bord de la paupière inférieure et mettant un éclair mouillé dans le bas de la prunelle, avec une cédille de lumière au coin de la bouche, dans la fossette du sourire, et tout le reste de la figure en une pénombre caressée, sur les délicates rondeurs, par des reflets errants.

Dans les vilains temps de votre vie, pour échapper aux heures ennemies d'une journée, n'avez-vous jamais songé à vous éloigner, à vous absenter de l'existence, pendant ces heures, par la lecture d'un ouvrage d'une imagination déréglée, folle, insensée, et cela dans le milieu un peu hallucinatoire du lit et de l'obscurité? — Eh bien, c'était l'expédient trouvé par la Faustin!

Elle se retourna du côté du mur, tournant à la lampe la sinueuse ligne ondulante de ses épaules drapées; et la couette de cheveux follets de sa nuque, frisant derrière elle sur le drap, elle se mit à lire dans le petit livre, tenu d'une main sous son nez, les pages frappées de lumière.

Les pages du petit livre transportaient l'esprit de la femme dans un monde étrange, un monde aux paysages d'une grandeur terrifiante, aux profondeurs d'espaces incommensurables, aux étendues infinies d'eaux fuyantes, aux clartés de planètes incendiées, aux architectures de rêve d'un Piranèse, au défilé incessant de myriades d'humains éternellement processionnant, aux perspectives interminables de femmes dans des robes d'Orient, assises sur des divans d'azur.

Et dans ce recueillement de la chambre close et faite nocturne, et dans le tiède engourdissement de la moiteur, et parmi la vague vie du lit, la Faustin avait, pour ainsi dire, l'approche des choses lues, ainsi qu'en une vision.

Et dans ces paysages surnaturels, tout le passé revenant sans ordre et au hasard, toute l'histoire de l'humanité bouleversée et comme secouée dans un kaléidoscope, tombait autour d'elle en brusques et magiques tableaux, à tout moment bouleversés par des changements et

des interversions de décors et de temps. Elle se
trouvait au milieu de la cour de Charles Iᵉʳ, et
soudainement le bal, la musique, les dames
parées s'évanouissaient, après un claquement
dans deux mains, deux mains qui n'appartenaient à personne, devant l'entrée du consul
Paul-Émile, entouré d'une cohorte de centu-
rions romains portant la tunique écarlate au
bout d'une lance, et acclamé dans le lointain du hourra des légions romaines. Elle vaguait dans la panique d'une déroute d'armée
moderne, entourée du piétinement de milliers
de fuyards invisibles, et elle voyait des silhouettes de longues femmes tragiques, qui se disaient,
en se pressant les mains : « Adieu pour jamais »
et disparaissaient avec un soupir sanglotant, au
mot : *La Mort*, tombé des lèvres d'une pâle
Proserpine, trônant dans une apothéose livide.
Et l'écho répétait longtemps « Adieu pour jamais, adieu pour jamais. »

Dans ce que la femme couchée lisait, il y
avait beaucoup de choses qui lui échappaient,
beaucoup de choses, dont son manque complet
d'instruction ne lui donnait pas la clef, mais au
fond ce livre était pour sa grande personne, ce
qu'est un conte de fée pour un enfant, dont la

petite intelligence ne perçoit que le merveilleux de l'imprimé.

Et à mesure que la Faustin lisait *le Mangeur
d'opium*, les ivresses d'imagination de Quincey
la gagnaient, l'enlevaient, par une suite d'intenses sensations cérébrales, à la réalité de la
vie, à l'ennui du jour, à la détente maladive de
ses nerfs.

XIX

Un curieux et intime musée que le foyer des
acteurs de la Comédie-Française, où toutes les
vieilles gloires dramatiques, peintes ou sculptées, sont vivantes aux murailles, et semblent
se pencher, dans un sourire, sur le repos d'un
comédien ou d'une comédienne d'aujourd'hui,
pendant un entr'acte.

A ce mur est accrochée la Duclos, apparaissant en la peinture d'apothéose de Largillière
dans la majesté, la pompe, le grandiose des
reines de théâtre d'autrefois, avec l'ample étal
de sa poitrine nue, parmi les lambrequins de
son costume d'Ariane, et sous la couronne d'é-
toiles que tient suspendue au-dessus de sa tête,

un robuste amour. Et la Duclos est entre Baron et Lekain, et on voit sous elle, la belle et douce tête méditative de Molière, peinte par Mignard. Contre cet autre mur, sont exposés les deux foyers peints par Geoffroy, et qui font revivre Mlle Mars entourée des acteurs et des actrices des premières années du siècle; et au-dessus d'un de ces foyers, se montre la tête de Talma. Là, sur cet autre mur, entre les deux fenêtres, le vieil et monumental régulateur qui a marqué tant d'heures douloureuses ou triomphales, et qui s'élève entre deux colonnes supportant les bustes en marbre blanc de Clairon et de la Dangeville, avec au bas deux X, sur l'un desquels se tenait toujours Rachel. A ce mur, au milieu duquel la cheminée porte pour pendule, un bloc de marbre blanc surmonté d'un buste en bronze de Préville, c'est d'un côté la toile d'Ingres, représentant Louis XIV, recevant à sa table Molière; c'est de l'autre le tableau archaïque donnant une image exacte de notre vieux théâtre, et de son éclairage aux chandelles, et où se voient figurés, dans un de leurs rôles, tous les histrions et les farceurs du passé, avec, dans un coin, Molière et ses yeux qui ne sont d'ensemble sur aucun de ses portraits: un ta-

bleau donné par l'évêque de Nancy à la Comédie-Française.

Et dans le petit musée, pour s'asseoir sous
les morts, les vivants ont de larges fauteuils,
d'amples canapés, aux belles formes contour-
nées ; ils ont un meuble du dix-huitième siècle,
qu'un jour le roi Louis-Philippe échangea contre un lustre, qu'il se rappelait avoir vu dans
son enfance, chez son père, et dont Beauvallet,
en ses noires humeurs, cassait une larme de
cristal, avec sa canne, toutes les fois qu'il entrait
au foyer.

Les soirs d'hiver, sous ces portraits, sur ces
sièges de paresse, au milieu du vert assoupi
des tentures, dans cette bonne lumière d'antiques lampes, reflétée par des glaces, en le
flambement gai de ces gigantesques bûches,
comme il s'en brûle seulement là, et dans la
cheminée de la chambre des jurés de la cour
d'assises, parmi les pauses d'un moment de comédiennes habillées des vêtements des royau-
mes de la Fable et de la Fantaisie, — les soirs
d'hiver, ce lieu est tiède, doucement lumineux,
et à la fois aimablement vieillot et un peu
féerique.

La Faustin, arpès sa journée enterrée dans

son lit, s'était tout à coup décidée à sortir, et était venue, ce soir-là, passer une heure ou deux au foyer des acteurs de la Comédie-Française.

Elle était assise, en sa toilette de ville, les brides de son chapeau dénouées, sur la chaise à l'angle de la cheminée, tournant le dos au vieux tableau qui montre Molière et Gautier-Garguille pantalonnant, et le coude appuyé sur le petit-clavecin, aux formes raides, qui figurait aux représentations du dix-huitième siècle, dans le *Barbier de Séville*, sur le petit meuble-relique de la comédie de Beaumarchais.

Ne voulant pas sortir, la tragédienne avait été jetée hors de chez elle, par ce besoin impérieux qui pousse, le lendemain d'une création, l'inquiet créateur à aller, malgré lui, aux endroits où il espère entendre parler de sa chose, se voir adresser des mots qui lui disent qu'il occupe l'attention, récolter de la louange, toucher de la bouche des gens qu'il connaît, l'admiration publique.

On jouait ce soir-là une grande pièce moderne d'un académicien qui ne faisait pas d'argent, précédée d'un proverbe de Musset, représenté déjà une centaine de fois. Il y avait peu de monde au théâtre, et le foyer des acteurs était presque désert.

Trois personnes seules s'y trouvaient : un magistrat qui avait un attachement dans la place, qu'il dissimulait sous une cour générale faite à toutes les actrices de l'endroit; un vieux lettré, familier de la maison qui, après s'être chauffé toute la journée dans les bibliothèques, venait se chauffer le soir au théâtre ; un savant prussien mis à la mode par l'engouement de notre monde scientifique pour la science germanique, et en train de se produire dans le monde, orné d'une cravate à pois roses.

— « C'est pourtant vrai, — disait-il au lettré français, — je croyais que le travail dans un coin, ça menait à quelque chose... et je jouais, comme un Allemand que je suis, en ce temps-là, du piano le soir dans ma mansarde... ; mais le vieux Hase m'a dit qu'on n'arrivait ici que par les femmes... Voyez Champvallier... s'il n'allait pas dans les salons... alors je me suis fait habiller comme tout le monde. » — Ici il jeta un réjouissant coup d'œil de satisfaction orgueilleuse sur sa personne, puis il reprit sur un ton pénétré de tristesse : — « Seulement voilà le malheur... je sens que je ne pourrai.

jamais arriver à dire aux femmes de petites co-
chonneries, comme vous savez les dire, vous
autres Français... J'essaye bien... mais c'est trop
gros... puis ça devient trop salaud... et je reste
en plan au milieu de ma phrase, sans pouvoir
la terminer. »

De temps en temps, un acteur jetant du vestibule un regard de reconnaissance dans le
foyer, marchait à la tragédienne, lui nommait
les journaux de théâtre qui l'avaient bien traitée le matin, mais sans y ajouter rien de son
propre fonds.

Seul Bressant, dans son voltigeant costume
de Fantasio, venait s'asseoir de l'autre côté de
la cheminée, et l'entretenait tout haut, avec une
chaude sympathie de camarade, des grandes
qualités dramatiques qu'elle avait déployées la
veille.

Puis le foyer se fit complètement vide.

Enfin entra un monsieur connu de la tragédienne, un petit monsieur sec, à la calvitie
soignée, travaillée, au crâne rendu, par des re-
cettes particulières, semblable à une lisse boule
d'ivoire, le type insupportable de l'homme du
monde *dilettante*, un amateur-brocanteur, un
carotteur de livres à succès, un cornac des étran-

gers de distinction, le parfait *raseur*, en un
mot, dont le compliment, sans qu'il le voulût,
était toujours blessant ; mais toléré, mais par-
donné presque, par cette lâcheté du Parisien
vis-à-vis d'un personnage, dont le nom est cité
par les journaux, dans tous les enterrements
célèbres et dans toutes les premières.

Du fond du foyer, s'avançant vers la tragédienne, en un profond salut, il lui dit, la tête
penchée de côté, les deux bras tombés le long de
son corps, et de sa voix la plus caressante :

— « Savez-vous que ça été tout à fait inattendu pour moi, votre succès d'hier... vrai, je
ne vous croyais aucun des moyens que com-
porte le rôle... mais enfin ce succès, il faut
bien s'y rendre, puisque tout le monde le con-
sacre... ce que c'est cependant, je n'avais aucune confiance... je dois vous l'avouer, je
vivais dans un monde niant d'une manière si
radicale votre talent... que j'ai éprouvé un véritable étonnement, un étonnement bien charmant, croyez-le... mais permettez-moi de vous
présenter un étranger, qui a une furieuse envie
de faire connaissance avec notre grande tragédienne. »

Il disparaissait et, au bout de quelques instants, présentait à la Faustin un amiral hollandais, parlant si peu et si mal notre langue, qu'il était bien improbable qu'il pût comprendre autre chose en français qu'une pantomime de Deburau. »

L'homme du monde *dilettante* et l'amiral hollandais étaient remplacés auprès de la tragédienne, par deux jeunes attachés d'ambassade, vernissés et lustrés, et se dandinant au bras l'un de l'autre, et faisant dans la glace de la cheminée des effets de gilet à cœur, et répétant tour à tour sur un ton expirant : « Divine, divine, divine ! »

Un enthousiasme, sincère ce dernier ! C'était un chirurgien célèbre, connu par sa passion pour le théâtre, et qui, traversant le foyer comme un boulet de canon, jetait d'une voix essoufflée, ces phrases à la Faustin :

« Pour vous, j'ai manqué une opération à Bordeaux... Oui ! j'ai télégraphié à mon malade : « Impossible demain, la Faustin joue... » Vous avez été admirable, admirable tout le temps. »

La Faustin eut un de ses jolis sourires, au délicat retroussis d'un coin de lèvre, et dit :

— « Non, non, très cher monsieur... Voyez-vous, j'ai une chose qui ne me trompe pas...

Quand mon talent donne bien, donne tout à fait, je m'écoute... j'ai du plaisir à m'entendre... je jouis de moi-même... je suis en même temps et l'actrice et un peu mon public. Eh bien ! hier, oui, j'ai éprouvé cela quelquefois... mais pas toujours... que non, pas toujours. »

— « Admirable tout le temps, tout le temps ! » cria en s'enfuyant le chirurgien, à l'appel d'une voix disant : « On commence, Messieurs. »

Puis, sur le bruit, répandu dans la salle, de la présence de la Faustin au théâtre, des amis, des connaissances vinrent la voir, et la louèrent, mais sans qu'ils trouvassent en leurs louanges la phrase qui *gratouille* une vanité.

Et d'autres vinrent encore, et ce furent de nouvelles visites et de nouvelles protestations.

Enfin, jusqu'à ce que la Faustin quittât le foyer, se succédèrent des complimenteurs à l'admiration expansive, bruyante, grandiloque.

XX

Les comédiens et les comédiennes de talent, ne se laissent au fond ni toucher ni prendre par

l'éloge bête, le compliment courant, les grosses
félicitations de leurs nombreux amis et de leurs
immenses relations. Pour que leur vanité soit
vraiment chatouillée, il faut qu'ils rencontrent
dans l'admiration qu'on leur témoigne, une ap-
préciation originale, formulée dans une phrase
juste, et il est besoin qu'on leur dise ce qu'ils
sentent avoir bien joué, et qu'on mette aussi le
doigt sur ce qu'ils trouvent n'avoir pas rendu
d'une manière satisfaisante pour eux-mêmes.
De ce mépris intérieur chez les acteurs et les
actrices pour la banalité aimable de tous, naît
une confiance, une foi en deux ou trois intimes,
deux ou trois gens de goût, d'ordinaire désa-
gréables et bougons, et parfois pêchés dans les
milieux les plus excentriques, mais dont le juge-
ment a uniquement pour eux une importance,
une action, une pesée sur leur jeu, et qui seuls
leur donnent le plaisir de la louange.

Et le lendemain de la soirée du foyer, après
son déjeuner, la Faustin se rendait chez un de
ces intimes, qu'elle s'était étonnée de ne pas
voir après la représentation.

Elle arrivait, rue Sainte-Appoline, devant un
petit hôtel bâti dans la seconde moitié du dix-
huitième siècle à la proximité du Rempart, de

la promenade de ses carrosses, et qui était dans l'état de délabrement d'une maison abandonnée et sans locataires, depuis des années.

L'hôtel, aux ouvertures du rez-de-chaussée murées, n'avait point de portier, et, au bout de dix minutes qu'elle sonnait, un antique domestique, à la tournure niaise d'un laquais de comédie de l'ancien répertoire, après une reconnaissance de la visiteuse par un judas, lui ouvrait une petite baie pratiquée dans un montant de la grande porte-cochère.

Elle traversait d'immenses pièces démeublées, décorées de boiseries charmantes, de boiseries blanches, mais toutes noires d'une poussière vieille d'un demi-siècle, et où partout se voyaient sculptées des colombes au milieu de roses — une gracieuse signature, laissée aux lambris par Mlle Colombe, de la Comédie-Italienne, pour laquelle avait été bâti cet hôtel.

La Faustin était introduite dans la chambre du vieux marquis de Fontebise, qui, quoiqu'il fût une heure de l'après-midi, était encore au lit.

Près de sa perruque, son râtelier trempant dans un bol, sur sa table de nuit, le vieux marquis était couché, le corps enveloppé dans une

peau de mouton, un bonnet de fourrure à oreil-
lettes sur la tête, et ayant devant lui, attachée
assez haut, avec des épingles, aux rideaux du
pied de son lit, une serviette.

— « Et comment ne **vous** a-t-on pas **vu**, monsieur le marquis ? »

— « Petite, je t'ai trouvée incomplète, dit-il
durement, incomplète, oui, incomplète, entends-tu ? répétait le marquis — tout en grail-
lonnant, et en envoyant, entre chaque mot, un
épais crachat sur la serviette, fixée au pied du
lit.

Le marquis de Fontebise était un vieux gen-
tilhomme, ruiné par les femmes de théâtre, et
auquel il ne restait que le petit hôtel acheté,
avec une intention galante, dans les dernières
années de sa splendeur, et une rente si mince,
qu'elle le condamnait à manger à la gargote, et
le réduisait au service d'un Caleb, voulant bien
se contenter des gages d'une bonne. Il passait
pour le dernier survivant de ce foyer de la
Comédie-Française, qui avait pour présidente
l'inimitable Contat, et autour de laquelle se
groupaient Collin d'Harleville, le marquis de
Ximenès, Andrieux, Picard, Vigée, Alexandre
Duval, Ducis, Legouvé. Tous les soirs, où le

Théâtre-Français ou l'Odéon représentaient une tragédie ou une comédie de l'ancien répertoire, on était sûr de le rencontrer là, où se donnait la comédie ou la tragédie. Doué de la mémoire des vieilles gens du siècle dernier, de cette mémoire qui retenait tout le nobiliaire de d'Hozier, il connaissait ses classiques par cœur, soufflant malgré lui, au théâtre, quand le souffleur était en retard, et il vous initiait à toutes les métamorphoses connues et inconnues d'un rôle, et il vous racontait, comment tel geste, qui s'était produit par hasard, avait amené tel regard, tel jeu de scène n'existant pas avant, et il était capable de vous donner l'intonation particulière, avec laquelle tous les hémistiches célèbres avaient été dits par les comédiens et les comédiennes illustres, qui s'étaient succédé depuis soixante ans.

De sa propre autorité, il s'était fait, en quelque sorte, le conservateur honoraire des traditions, qu'il défendait avec une passion colère, et des tapements verticaux de sa canne à béquille sur les planches, tout à fait amusants par leur enragement débile. Les acteurs le consultaient, les débutants demandaient à se faire entendre chez lui, où il les recevait dans son

lit, au fond duquel il passait toute la journée,
ne se levant que pour dîner et se rendre au
théâtre.

De l'amour des comédiennes, le marquis de
Fontebise, depuis nombre d'années, était passé
à l'amour pur et désintéressé de l'art dramatique. Le premier, quand la Faustin avait débuté
sur un misérable théâtre, il l'avait découverte,
prônée, menée chez les journalistes, poussée à
l'Odéon, enfin avait mis au service de la jeune
fille un zèle, une activité, une persistance, un
entêtement de professeur et de progéniteur.
Cette protection du marquis, il est vrai, loin
d'être toute gracieuse, était bien au contraire
prodigué de duretés, de gronderies, de mauvais
compliments, où revenait, à tout moment, son
injure favorite : « tête de bois » ; et quelquefois
même, quand le travail de l'actrice n'allait pas à
son gré, pris soudainement d'accès d'irascibi-
lité sénile, il lui arrivait de jeter à la tête de
son élève, tout ce qui se trouvait à la portée de
sa main.

Le marquis était étendu sur le dos, les deux
coins de l'oreiller rabattus autour de la tête ; et
de son enfouissement dans les draps sales, sortaient des sourcils blancs en broussailles, un

despotique nez aquilin, et des yeux jaunes, regardant la tragédienne d'un air mécontent, fâché.

La Faustin essayait de se défendre sur un ton de familiarité humble :

— « Monsieur le marquis, vraiment le rôle... »

— « Qu'est-ce que tu vas te permettre de dire du rôle... ne disais-tu pas déjà de Bajazet : que ça entrait trop tout de suite dans la passion, et que ça te gênait ? »

— « Eh bien je le dis encore... quant au rôle de Phèdre... convenez-en... il est vraiment trop multiple... il n'y a jamais eu d'actrice au monde, faite de façon à satisfaire complètement dans cette création... ce n'est pas ma faute, c'est la faute à Racine... Le poète, j'ai lieu d'avoir confiance en lui, de m'abandonner à son inspiration... eh bien, tout le temps, il me trompe... il me met dedans. Il y a positivement deux femmes qui ne se tiennent pas dans ce rôle. »

— « Ta, ta, ta, tu vas me répéter, n'est-ce pas, le mot du grand Roi, qu'il fallait faire jouer le rôle à la fois par la Champmeslé et par la D'Ennebaut. » Il reprit après avoir craché : « Vois-tu, petite, ton; « C'est toi qui l'as nom-

mé », c'est d'un sec... il est clair que c'est plus
difficile à dire que dans Euripide... il n'y a pas
à se rattraper sur le « et non pas moi » mais
c'est d'un sec, ah, c'est d'un sec ! ».

— « C'est vrai, fit-elle, l'intonation juste,
vraie, sentie, je l'ai rencontrée un jour, en m'essayant dans un salon... mais depuis, je ne l'ai
jamais retrouvée, jamais, jamais, malgré tout
ce que j'ai pu faire », — et elle ajouta sur une
note mélancolique : — « Il y a des choses
comme cela chez nous, que nous ne disons bien
qu'une seule fois, dans de certaines dispositions
de l'âme. »

— « Tu ne l'as pas voulu... les péronnelles
de notre temps ne savent plus travailler...
Songes-tu aux études préparatoires d'un Lekain
dans un rôle, quand il mettait près de six minutes pour dire quatre vers... et est-ce assez
pauvre de moyens, la manière dont tu as dit
dans la déclaration à Hippolyte les deux vers :

> Pour en développer l'embarras incertain,
> Ma sœur, du fil fatal, eût armé votre main.

— « Pourquoi sont-ils de trop ces deux vers !
pourquoi faut-il, mal à propos, redoubler le
geste ! — s'écria la tragédienne, en se levant, et

se promenant par la chambre avec une certaine animation. — Pourquoi n'a-t-il pas fini après :

Par vous aurait péri le monstre de la Crète,
Malgré tous les détours de sa vaste retraite.

Pourquoi, après l'harmonieux final de ces deux rimes féminines, ces deux rimes masculines d'un bref, qui ne se prête pas à la diction... Pourquoi a-t-il oublié, en cet endroit, que le style théâtral doit être absolument fabriqué pour la pantomime... C'est une faute que Racine a faite là... la seule que je connaisse... mais enfin ces deux vers, vous direz tout ce que vous voudrez, monsieur le marquis, ces deux vers ne *nourrissent* pas le geste ! »

— « Tais-toi, ou je te flanque ma perruque à la tête, » — hurla le marquis, qui se livrait à des mouvements désordonnés sous sa peau de mouton. — « Juger les maîtres, toi... mais tu n'es qu'une bête, entends-tu, parfois une bête de génie sans le vouloir, mais enfin une bête, « une *tête de bois* » tout le reste du temps.

— « Allons, monsieur le marquis, vous êtes aujourd'hui dans votre humeur massacrante, bonsoir, je m'en vais. A un autre jour. »

— « Écoute, petite, — reprit le vieillard en

17

retournant vers elle des yeux adoucis et pater-
nels; — le marquis n'est pas content, pas content... Tout le temps, vois-tu, ça manque chez
toi de la flamme épique des grandes passions...
après tout, c'est peut-être mort cette flamme-là...
Tout est si bourgeois maintenant... Et vous
autres, né vous mettez-vous pas avec un monsieur, et ne vivez-vous pas, de la façon la plus
conjugale, en compagnie du quidam... Ah! les
comédiennes de mon temps... c'était plus acci-
denté la vie de leur cœur... Enfin, ce qu'il y a de
certain, c'est qu'on ne sent pas un seul moment
chez toi, le feu aux poudres... et Phèdre jouée
comme ça, ce n'est pas ça, ce n'est pas ça, ce
n'est pas ça. »

Ici, le vieillard fit une pause, les yeux à demi fermés et comme sommeillants, pause pendant laquelle la Faustin, croyant qu'il s'endor-
mait, se leva pour sortir.

— « Eh! petite, veux-tu un conseil? — dit le
marquis, après avoir craché sur sa serviette,
et au moment où la tragédienne allait refermer
la porte de sa chambre — trouve vite un mé-
créant d'amant qui te batte... et que tu aimes...
ça te donnera peut-être le *la* du rôle! »

Et la Faustin retraversa les grandes pièces

vides, suivie du valet décrépit, montrant une
figure de petite fille grondée, où la singulière
recommandation du vieil amoureux de l'art
dramatique, mettait une ébauche de rire.

XXI

Il était trois heures. La Faustin, qui devait
jouer, le soir, pour la seconde fois Phèdre, venait d'entrer dans son bain.

La salle de bain de l'actrice, *la chambre de
porcelaine*, ainsi que l'appelait Guénégaud, était
la seule pièce qu'elle n'avait point abandonnée
au tapissier de Blancheron, et qu'elle s'était
amusée à arranger avec son goût personnel, et
une prodigalité d'argent, dont elle n'avait point
eu l'idée pour le reste du petit hôtel. — Elle
disait, — la femme qui passait tous les jours, une
heure dans l'eau, — qu'en le désœuvrement
inerte d'un bain, les yeux avaient besoin d'être
distraits par du joli au mur. Et elle avait fait
exécuter par Bracquemond, l'ingénieux ornema-
niste, vingt-quatre grandes plaques de faïence
qui recouvraient entièrement les murailles de
lambris de porcelaine.

196 LA FAUSTIN.

Le céramiste avait jeté sur les lisses panneaux, les oiseaux élancés des fleuves, des rivières, des lacs au milieu du feuillage lancéolé des rives mouillées, et les vols éclatants de ces oiseaux aux couleurs vitrifiées, traversaient comme des éclairs, une verdure d'un clair émail, se détachant sur le fond gaiement blanc et glaceux. Le pavé de la chambre, — une imagination charmante de l'artiste! — il avait cherché à simuler dessus, la riante jonchée cachant la terre sous les arbres à fleurs, après un grand vent; et les petits carreaux du pavage paraissaient semés à profusion de pétales blancs de cerisiers, de pétales rouges de cognassiers du Japon.

Pour sièges, il y avait des escabeaux de porcelaine de la Chine.

Le plafond était très original : au centre, une rosace de glace, dont l'assemblage se dissimulait sous des bois sculptés, jouait le toit à jour d'un kiosque, et sur la glace étamée couleur de ciel, — un essai tout nouveau — se voyaient peintes des fleurs comme les aimaient les salons italiens du dix-septième siècle. Ces peintures avaient été arrachées à un décorateur de ce temps, tout à fait unique, mais tombé dans l'absinthe : la

Faustin n'avait pu les obtenir, qu'en tenant l'homme, tout un mois, prisonnier chez elle. Et la rosace du plafond avait pour entour, un large cadre carré, à angles profonds, formé de stratifications coulées en cristal de Baccarat, dont les reliefs accidentés et les facettes multiples avaient les lueurs sautillantes d'un miroir à alouettes.

Au milieu de la pièce s'élevait un immense brasero en cuivre, brillant comme l'or, et dans lequel était planté un lilas blanc, un véritable petit arbre, que la Faustin faisait renouveler tout l'hiver et tout le printemps, aussitôt que les fleurs se fanaient.

Mais la pièce digne de l'envie d'une femme élégante, c'était une baignoire de faïence blanche tout unie, décorée seulement sur son rebord d'un serpentement de feuilles de myrthe : une des deux baignoires, que seules avait pu réussir à la cuisson, un faïencier ruiné par la construction d'un four pour ces pièces d'une grandeur exceptionnelle : la seconde est au musée de Sèvres. Au-dessus de la baignoire les robinets d'eau chaude et d'eau froide, deux cols de cygne exécutés en argent bruni, avaient été fondus sur des cires laissées par Possot, ce

17.

sculpteur-bijoutier de génie, mort tout jeune

En tête de la baignoire, sur une chaise longue,
à la natte fine comme un porte-cigarre de Ma-
nille, un peignoir de vieille guipure doublé de
flanelle blanche, recouvrait à demi, d'un pli
tombé à terre, de petites pantoufles en plumes
de colibri.

La Faustin était dans l'eau depuis trois quarts
d'heure, rêvassant, songeant avec la pensée
diffuse et comme liquéfiée, qu'amène un long
bain, à sa visite du matin chez le marquis de
Fontebise. Les applaudissements, les rappels,
l'ovation de la fin, elle avait tout eu, dans la
représentation de l'avant-veille, et cependant
elle se sentait à demi contente d'elle, il lui
semblait qu'elle n'avait pas donné tout ce qu'elle
s'était promise de donner en abordant le rôle.
Oui, elle avait joué avec toutes les ressources
de son talent, mais tout le talent possible, était-
ce vraiment assez pour ce rôle... et sans qu'elle
sût pourquoi, il lui revenait, en ce moment,
dans l'oreille, d'une manière presque taqui-
nante, un cri, un cri poussé dans une mauvaise
pièce de poitrinaire du boulevard, par une
assez médiocre actrice... mais qui était un peu
poitrinaire.

Au milieu de la rêvasserie de la tragédienne, Guénégaud entra, remit à sa maîtresse une carte, en disant que la personne porteur de la carte, était en bas, et demandait le jour et l'heure, où elle lui ferait l'honneur de le recevoir.

La Faustin lut la carte qui portait :

LORD ANNANDALE

« Lord Annandale, fit-elle, je ne connais pas... mais pas du tout. »

— « Madame ne connaît pas le monsieur qui m'a remis cette carte, mais c'est monsieur William Rayne ! »

— « William Rayne ! tu dis, William Rayne... maintenant je me rappelle... Annandale était le nom de son père... eh bien, fais-le entrer tout de suite ! »

— « Madame oublie, sans doute, où elle est ? »

— « Je te dis de l'amener. »

D'une main tremblotante d'émotion, la Faustin atteignit sur une tablette un flacon, le versa tout entier dans le bain, et quand lord Annandale entra, le corps de la femme nue n'était plus qu'une apparence rose, presque invisible, dans une blancheur laiteuse, opaline, qui voilait et habillait sa nudité, d'un nuage.

Le jeune lord en grand deuil, s'avança respectueusement vers la baigneuse, et arrivé à la
baignoire mit un genou en terre, pour baiser
la main mouillée, que la Faustin tendait, ainsi
que devant une apparition, presque peureusement.

— « Oui, c'est moi, moi!... oh! bien des
choses se sont passées dans ma vie... je vous
les dirai un jour... mais j'ai lu toutes vos
lettres, et je sais que vous m'aimez toujours,
Juliette! »

— « Vous, William, est-ce possible? » et la
Faustin suspendant sa phrase, tombait tout entière à le regarder et pour ainsi dire, à s'assurer
de son existence, de sa présence réelle, dans une
joie du visage presque folle. Et quand il voulait
parler, lui mettant, avec des gestes vagues, la
main sur la bouche : « Non, non, murmura-t-
elle, ne me parlez pas, ce que vous me dites :
ça m'occupe, et le son de votre voix : ça me
distrait... et je veux vous voir... encore vous
voir! »

Guénégaud rentra : « Mon Dieu, madame,
c'est M. Blancheron qui a besoin de vous parler... il insiste pour monter. »

Sur les traits de la jeune femme passa comme

la mauvaise humeur d'un réveil, au bout de quoi elle laissa tomber de ses lèvres :

— « Dis à Blancheron que je ne puis le recevoir... que je suis couchée avec Monsieur ! »

Et sur une hésitation de Guénégaud à faire là commission, la Faustin ajouta d'une voix impérieuse : « Dis-lui cela, je te l'ordonne. »

Guénégaud sortie, la baigneuse fit signe des yeux à William, de venir s'asseoir sur un escabeau de porcelaine, tout à côté de la baignoire. Et les bras pudiquement croisés sur sa poitrine, et sa chevelure brune seulement appuyée de côté contre les cheveux blonds de William, dans un dodelinement caressant de la tête, des mots troubles et attendris, coupés par des silences, disaient tout le bonheur ému de l'amoureuse, qui se tut soudainement, en détournant tout à fait son visage de l'homme aimé. William se penchant sur la figure retournée de Juliette, y vit des larmes coulant silencieusement le long de ses joues, des larmes heureuses, que buvaient les coins retroussés de ses lèvres souriantes.

— « Oh mais, voilà du bonheur bien singulier... on dirait que je pleure, — dit la Faustin en se passant le dos de la main sur les yeux. — Quatre heures déjà... William, il faut nous

quitter... Venez me chercher ce soir au théâtre...
Guénégaud va vous donner le coupon de la petite loge grillée... Vite allez-vous-en. »

Et comme William allait passer la porte, la
tragédienne, les bras et la gorge sortis de l'eau,
lui jeta dans l'envoi d'un baiser : . . . . . . »

— « Mon lord, ce soir la Faustin jouera pour
vous, pour vous tout seul, entendez-vous! »

XXII

Quand la Faustin arrivait au théâtre, elle
trouvait déjà formée une queue interminable,
qui, ondoyant le long de la façade de la rue de
Richelieu, contournait l'angle des arcades, et
s'enfonçait dans la petite rue de Montpensier :
une queue houleuse et gesticulante, au-dessus
de laquelle montait le grondement de paroles
passionnées.

Paris s'était pris d'une ardente curiosité pour
cette seconde représentation, à la suite des dis-
cussions lors de la sortie de la première : les uns
mettant la nouvelle tragédienne au-dessus de
Rachel, les autres ne reconnaissant chez elle

qu'une médiocre intelligence, servie par des organes très distingués, un merveilleux instrument dont jouait le vieux marquis de Fontebise, enfin une actrice d'art, mais nullement
une actrice de sentiment. C'était, depuis deux
jours, le sujet de conversation et la discussion
des cafés, des salons, des cercles. Puis, à propos
de ce début, avait commencé à s'engager dans
les journaux, une bataille sur la question de
savoir, s'il était orthodoxe de galvaniser la tragédie morte, au moyen d'effets de drame moderne; de la façon avec laquelle la transfuge de
l'Odéon avait l'intelligence de la jouer. Et le
Tout-Paris s'était donné rendez-vous, ce soir,
au Théâtre-Français, pour juger en dernier ressort l'artiste.

La Faustin montait dans sa loge, et se mettait
à répéter son rôle, avec une impatience, la portant à regarder, à tout moment, la montre posée
sur sa toilette, et l'oreille au murmure lointain
de la salle, s'emplissant et arrivant à elle, ainsi
que le bruissement liquide des flots montants
d'une inondation.

Contrairement à ses habitudes, la tragédienne,
avant les trois coups frappés, était sur la scène —
et l'œil au trou de la toile. Et son regard indiffé-

rent à la salle bondée de monde illustre, aux
sévérités des vieux visages de l'orchestre, à ce
public tumultuant et par avance enfiévré d'elle,
dans toute cette salle, ne cherchait obstinément de sa pupille aiguë, qu'une silhouette dans
l'ombre, et derrière le treillis d'une loge grillée.

Les dernières minutes précédant la représentation, pendant qu'elle fixait longuement le
carré noir, dans lequel elle était sûre qu'il y
avait maintenant quelqu'un, une espèce de tendre faiblesse physique, un doux commencement
d'évanouissement, la faisait, prête à tomber, se
retenir, un instant, du petit doigt au trou de la
toile.

Et quand, entrant en scène, l'actrice avait à
dire :

> N'allons point plus avant. Demeurons, chère OEnone.
> Je ne me soutiens plus ; ma force m'abandonne.

La Faustin murmurait ces vers avec l'abandon-
nement d'un corps, s'en allant dans une défail-
lance d'amour, et avec, dans la voix, ces notes
mouillées, qui, dans une salle de spectacle, font
que les gens qui s'y aiment, se cherchent des
yeux. Et les paroles de Racine ne racontaient

plus au public l'amour de la femme de Thésée, mais racontaient à William l'amour de Juliette, et, avec l'ombre des forêts de la Grèce, elle lui parlait de l'ombre des bois de l'Écosse ; et ce qu'elle disait amoureusement, était si clairement dit à la petite loge obscure, qu'à tout instant, des têtes se retournaient de l'orchestre, des têtes se penchaient sur le balcon, fouillant jalousement ce coin d'ombre, où se tenait un homme inconnu, dont on ne pouvait bien voir la figure.

William était allé complimenter l'actrice dans sa loge, après le premier acte ; elle le renvoya, lui disant : « Ne revenez pas, je ne veux pas de vous au milieu de ce peuple d'indifférents... Vous m'attendrez dans ma voiture après la représentation. »

Au second acte, dans la déclaration amoureuse, un instant, en l'émotion de sa passion à elle, la voix manquait à la Faustin ; mais le public ne perçut dans le mourant des accents de l'actrice, que le spasme d'une âme épuisée de sentiment, et jamais peut-être la fameuse tirade ne produisit sur les spectateurs une si puissante impression.

Durant cet acte et durant les autres, c'était

encore et toujours à William que continuait à
s'adresser le rôle, ainsi que la modulation d'une
éternelle déclaration sur tous les tons de la passion ; c'était à William qu'allaient les amollis-
sements, les transports, les violences de cœur, et
les satisfactions de l'artiste dans la réussite d'un
couplet, jaillissant de l'énamourement de tout
son être.

Les bravos, les applaudissements, le délire
d'une salle remuée dans sa fibre par le jeu sincère d'une vraie passion, la tragédienne n'en
entendait rien, n'en voyait rien, n'en percevait
rien. Toute à un seul, il n'y avait pour la Faustin, ni orchestre, ni premières loges, ni galerie,
ni amphithéâtre, ni parterre ; il n'existait que
deux mains gantées de blanc sur un grillage à
demi baissé.

Ainsi qu'elle l'avait promis à lord Annandale,
la Faustin jouait pour lui, pour lui seul, accor-
dant à son amant la plus grande satisfaction
d'orgueil que puisse donner à un homme l'a-
mour d'une comédienne : l'offrande amoureuse
de son talent, en la présence et dans le dédain
des 2,000 personnes pour lesquelles elle joue, et
qui sont comme si elles n'étaient pas.

La représentation continuait dans l'admira-

tion grandissante de tous, et en même temps
dans la surprise et l'étonnement de ceux qui
avaient assisté à la première. Ce n'était plus la
Phèdre, un peu sauvagement sensuelle de l'a-
vant-veille, la Phèdre d'Euripide, c'était la
Phèdre de Racine, la Phèdre langoureuse, et au
roucoulement de colombe blessée de la cour
polie des vieilles civilisations.

XXIII

— « Ravaud, à la maison, lentement, » avait
dit la Faustin à son cocher.

La Faustin s'était assise à côté de William,
avec le froufrou que fait la soie de la robe d'une
femme heureuse ; et tous deux, pleins de leur
bonheur, restaient silencieux. Ils savouraient la
volupté paresseuse, qui, la nuit, envahit un
couple d'amants dans un coupé étroit, l'émotion
tendre et insinuante allant de l'un à l'autre,
l'espèce de moelleuse pénétration magnétique
de leurs deux corps, de leurs deux esprits, et
cela dans un recueillement alangui, et au milieu
de ce tiède contact, qui met de la robe et de la

chaleur de la femme dans les jambes de l'homme. C'est comme une intimité physique et spirituelle, dans une sorte de demi-teinte, où les lueurs fugitives des réverbères, passant par les portières, jouent dans l'ombre avec la femme, disputent à une obscurité délicieuse et irritante, sa joue, son front, une fanfiole de sa toilette, et vous montrent, un instant, son visage de ténèbres aux yeux emplis d'une douce couleur de violette. Puis encore le bercement de la voiture, qui balance les êtres et les pensées, et jette, à un cahot, une tête qui s'abandonne contre une épaule qui s'offre. Et sans un seul mot d'amour, les deux amoureux se laissaient aller au petit trot de la voiture, William tenant entre ses mains la main de Juliette, dont il tâtait, machinalement, les doigts menus et enlaceurs, la peau fine, lisse, chaudement moite, et cette paume douillette , d'où il lui semblait qu'un peu de la vie de la femme aimée se transfusait en lui.

XXIV

Arrivés au premier étage de l'hôtel de la rue Godot de Mauroi, comme William s'arrêtait, la tragédienne lui dit: Plus haut, ami, nous souperons aujourd'hui dans *la cabine*.

— « Et les gens que Madame a invités pour ce soir? » cria Guénégaud d'une voix désespérée, par la porte entr'ouverte de la salle à manger :

— « Eh bien, qu'ils soupent sans moi !... tu leur diras que je suis partie pour le Havre... que j'ai voulu voir la tempête annoncée pour cette nuit. »

Précédant son amant, la Faustin le fit monter au dernier étage, et l'introduisit dans une chambre, au parquet, aux lambris, au plafond en bois de sapin vernis, et où se trouvait un lit de jeune fille aux rideaux de mousseline blanche.

— « C'est là mon petit coin, où on me laisse tranquille pour répéter, pour chercher mes rôles... et ce lit, c'est le lit dans lequel couche une amie de province qui vient me voir quelquefois.

Devant la cheminée, où flambait un clair feu de bois, il y avait sur une petite table des crevettes, un perdreau froid, une corbeille de raisin de Fontainebleau entre deux grenades, une bouteille de champagne : un souper d'étudiant et de grisette.

— « Dans tout cela, s'écria William, je ne vous ai point encore dit, qu'aujourd'hui vous aviez été la plus grande actrice de la terre ! »

— « Aujourd'hui, ne parlons que de notre amour, » — fit la Faustin, — « mais attendez un moment, » et elle disparut dans un cabinet.

William s'asseyait au coin de la cheminée, regardant la chambrette où, dans la chaleur commençante se dégageait une saine odeur de résine ; et devant le lit aux rideaux blancs, ce lit pur, il éprouvait un sentiment d'aise et de soulagement de ne pas se trouver dans la chambre des amours de la Faustin et de son entreteneur.

La Faustin reparaissait au bout de quelques instants, habillée de la robe de chambre et de la fanchon de dentelle, que lord Annandale reconnaissait pour celles que portait Juliette en

Écosse, en ces nuits, où tous deux, assis sur le perron du château, s'oubliaient à regarder les paons blancs dans le clair de lune.

— « Oh! je les avais gardées ! » — dit la Faustin se dégageant des bras de William, tendus pour l'enlacer.

Elle ajoutait : « Plus tard... soyez raisonnable... je vous sers, mon lord. »

Les deux amants, autour de la toute petite table, et sans le service de domestiques, commençaient ce souper, que le frôlement des mains s'offrant des choses, que les bêtises de sentiment en toute liberté, à propos de tout et de rien, que les gaietés des repas improvisés, que la fraîche émotion de ce tête à tête passionné dans cette espèce de mansarde, faisaient ressembler à un souper des premières amours de la jeunesse.

Tous deux mangeaient en se regardant et en se souriant.

De temps en temps, en ce repas amoureux, la Faustin laissait retomber la fourchette portée à sa bouche, et, après une minute de contemplation qui ressemblait à du ravissement religieux, comme on en voit dans les tableaux, murmurait avec quelque chose de l'admiration

d'un homme pour une femme, et parmi le
souffle profond d'une respiration soupirante :
« Vous êtes bien beau, mon beau lord ! »

Et il était vraiment beau, ainsi que le disait
la Faustin, le jeune lord Annandale, beau de
la douceur mélancoliquement tendre de ses
yeux bleus, beau de la frisure soyeuse de ses
cheveux et de sa barbe, beau de la clarté pho-
togénique qu'a seule la peau anglaise, beau de
la sveltesse élancée d'une taille à la fois frêle et
nerveuse, beau de l'aristocratie des belles races
blondes.

Et c'était curieux et charmant le spectacle de
la gêne, de l'embarras, de la confusion heureuse
de l'homme devant la cour que lui faisait la
femme, — cette femme applaudie par tout
Paris, il y avait une heure.

Et muet, l'amoureux étranger ne trouvait pas
de phrase, pas de mot pour répondre aux gentillesses, aux grâces enguirlandant le sérieux de
ce joli amour français.

Le souper était fini, et comme William avait
peine à allumer une cigarette, Juliette la lui
prit des mains, l'alluma, en tira une bouffée, et
lui mit dans la bouche.

— «Maintenant, mon beau lord, vos aventurés, toutes vos aventures, depuis que nous nous sommes quittés. »

William lui racontait alors que son père prenant peur de son amour pour elle, lui avait fait donner sa démission à la légation de Belgique, lui avait obtenu la place de premier secrétaire particulier du vice-roi des Indes, et cela en l'espace de quelques semaines, et avec l'autorité qu'en Angleterre, dans les familles aristocratiques, le père a conservée sur le fils. Il avait écrit à sa Juliette, mais un domestique qui était à la dévotion de son père avait intercepté sa lettre. Alors il était parti désespéré, et passait là bas des années, dont la longueur lui avait paru éternelle.

— « Et le tigre noir ? »

— « Mais comment savez-vous. » Oh ! ce n'a été qu'une blessure insignifiante, une très grosse égratignure... exagérée par les journaux.

— « La place, que je la voie... montrez-la moi ! » — et les doigts de la Faustin se mirent machinalement à remonter sous la chemise, le long d'un de ses bras.

— « Êtes-vous enfant ! »

Lord Annandale reprenait : « Enfin, au bout de trois ans, une dépêche m'apprenait la mort de mon père... Je revenais en Angleterre... je trouvais toutes vos lettres réunies en un paquet cacheté pour m'être remis... c'était le moment où les journaux étaient pleins de l'annonce de votre début à la Comédie-Française... Mais les affaires de la succession me retenaient en Angleterre.... et je ne pouvais être à Paris que le lendemain de votre première... »

Alors la femme se laissant tomber sur le tapis à ses pieds, et accroupie de côté, et ses bras croisés reposant sur ses cuisses, elle lui dit, les yeux dans les yeux :

— « Mais des femmes de là-bas, je veux que vous m'en parliez ! »

— « Les bayadères ! — fit lord Annandale sur un ton d'admiration ironique, — oh ! de très gentils petits êtres avec leur physionomie de petites filles rusées, le piétinement de leurs pieds nus, la gaze de couleur qui les habille de transparence; leurs pantalons de soie collants, leurs mains chargées d'anneaux et de miroirs, leur front doré, leur nez cliquetant de bijouterie. »

— « Oui, oui, malgré ces nez-là, je suis sûre, mon beau lord, que vous avez beaucoup aimé dans ce pays. »

— « Aimer là, non Juliette, — dit l'Anglais
simplement; — c'était votre portrait que j'aimais... tout oublié que je me croyais par
vous! »

Juliette se souleva d'un coup de reins du tapis, et se renversant sur les genoux de William,
de ses bras retournés derrière elle, ramena à sa
bouche les lèvres de son amant, et lui dit dans
un brusque baiser : « Viens. »

Et déshabillée en une seconde, ses vêtements
semés dans la chambre, elle était déjà au lit,
dans la jolie pose d'une femme, qui, la tête appuyée sur un coude, sourit d'avance au plaisir
de la nuit, la bouche un peu entr'ouverte, et
semblable à une fleur rose, au fond de laquelle
il y a de l'ombre humide.

Toute la nuit, entre les deux amants, ce furent des ardeurs et des langueurs, des étreintes
et des déliements de chairs frémissantes, des
souffles qui haletaient dans des baisers, des soupirs qui avaient l'air de sortir d'un évanouissement : de l'éréthisme et de l'anéantissement
bienheureux.

La passion se dégageait du corps tordu de
la femme, comme une électricité, un foudroie-
ment de plaisir allant jusqu'aux extrémités de
l'organisme de l'homme serré dans ses bras. Et
parmi les emportements sensuels de son amour,
il y avait tout à la fois des tendresses ingénues
de jeune fille et du libertinage de courtisane, et
des retenues et des impudeurs.   .   .   ...   .

.   .   .   .

Parfois en le bégayement jouisseur d'un
spasme, son enfance remontait en elle, et lui
mettait entre ses dents qui s'entrechoquaient,
le mot : « Maman », ce nom qui revient aussi
dans la bouche des femmes qu'on assassine.   .

.   .   .   .

De temps en temps, devant la peur de quelque chose qu'elle tenait renfermé au fond de
sa pensée, elle enveloppait William convulsi-
vement d'elle-même, comme d'une protection
affolée et délirante.   .   .   .   .

Et toujours des baisers, des baisers, et encore des baisers.   .   .   .   .   .   .

Jusqu'au jour durait la mêlée de ces deux
corps fondus dans une longue caresse : la petite
mort de la volupté apportant au visage de
Juliette une transfiguration extatique, et dans

sa bouche de flamme, faisant le bout de sa langue amoureuse, froid comme un glaçon.

Et les érotiques heures de cette nuit, à la pendule de la chambrette, sur laquelle la Faustin avait jeté sa fanchon, sonnaient voilées de dentelle.

XXV

Les deux amants étaient en train de déjeuner, assis à la petite table du souper de la veille, quand Guénegaud entrait, mettait devant la Faustin, une lettre portant un timbre de la banlieue de Paris.

La Faustin ouvrait la lettre, la lisait, les yeux un moment agrandis, s'écriait : « Ah ! je suis enfin tranquille ! » et passait, dans un geste grave, la lettre à William.

Voici la lettre :

Le soir. Station de Viroflay.

« Juliette,

« Tuer lord Annandale, ce n'était pas le moyen de vous ravoir, n'est-ce pas ? eh bien, puisqu'il n'y a plus de Juliette pour moi, c'est

19

moi qui me tue ! Mais je ne veux pas que
l'odieux de ma mort puisse retomber sur vous,
et quand vous recevrez cette lettre, j'aurai été
coupé en deux, dans une chute de wagon, entre deux trains se croisant. Soyez tranquille,
j'ai étudié sur place la question, et vous me
savez un *homme pratique*. Ce sera donc une
mort naturelle très bien faite, et qui ne vous
regarde pas. Oh ! des reproches de moi, Juliette,
n'en ayez pas peur ! J'ai eu une enfance de
pauvre, une jeunesse d'homme laid, d'homme
commun, et, dans l'enfer des affaires, mes seules bonnes années et qui me rendent impossible
la vie des autres privées de vous, je vous les
dois et je vous en remercie. Je n'ai aimé dans
toute mon existence que vous, vous seule, et
un pauvre chien qui vous faisait fête, et que
vous preniez plaisir à caresser. Vous êtes trop
fière pour accepter de ma succession quoi que
ce soit, mais vous ne refuserez pas le legs de
Dick, et tout à l'heure, en mourant, ce me sera
doux de penser, quand je n'y serai plus, que
la bête aimée par nous deux, sera quelquefois
sur vos genoux.

« Adieu.

                                      « BLANCHERON. »

Le regard de William alla de la lettre du suicidé au visage de la Faustin, et il eut une espèce d'effroi du peu de racine que laisse dans le cœur, nouvellement amoureux d'une femme, un vieil amour.

— « Cet homme vous aimait vraiment bien, madame ! — dit avec une note attendrie dans la voix, lord Annandale, il faut envoyer chercher son chien. »

XXVI

A quelques jours de là, précédés du concierge, lord Annandale et la Faustin, visitaient un des grands hôtels de la rue du Faubourg-Saint-Honoré, qui se trouvait à vendre.

A travers l'enfilade des appartements de réception, le jeune lord marchait en avant, regardant à peine, dans une espèce d'enfoncement en soi-même tout britannique, et qui ne prête aux choses extérieures qu'une attention distraite, ennuyée. Et les commentaires du concierge sur la hauteur des plafonds, la qualité des peintures, le fini des lambris sculptés,

n'obtenaient du visiteur qu'un petit soulèvement de côté de sa paupière.

On passa à la visite du premier. Les volets
étaient fermés. En poussant l'un d'eux, de la
branche d'un grand arbre tout rapproché de la
fenêtre, le concierge fit envoler un gazouillement effrayé.

« *Bird* » (1) — fit lord Annandale, un doigt
en l'air, avec un visage à la fois surpris et
charmé, et soudainement éclairé par un rayonnement.

Puis l'Anglais reprit sa flegmatique indifférence, et la visite continua dans le découragement du concierge.

En redescendant, le pauvre homme se hasarda cependant à dire : « Pardon, j'avais oublié de montrer à Monsieur et à Madame cette
pièce », et il les fit pénétrer dans une petite
salle, où se trouvait une grande cuve en marbre,
mais d'un marbre très ordinaire.

« *Bath* » (2) — fit lord Annandale, comme
doucement étonné par la rencontre fortunée
d'un objet inattendu, et qui resta quelques ins-

(1) Oiseau.
(2) Bain.

tants, les mains nouées devant lui, à contempler en souriant la baignoire.

Quand il releva les yeux, il vit la Faustin déjà enfoncée dans le corridor, et marchant, comme si elle se sauvait, le dos remué par de petites secousses bizarres.

Il la rejoignit, presque inquiet :

— « Qu'est-ce que vous avez donc, Juliette ? »

La Faustin, son mouchoir sur la bouche comprimant une envie de rire folle, lui jeta, en se livrant à un gigotement terrible d'un de ses coudes : « Mais ne me dites donc rien... plus tard. »

Il restait à voir les écuries. Le concierge, induit à parler par la bonne impression qu'avait produite la baignoire sur son visiteur, ouvrait la bouche pour détailler le nombre des *boxes*, etc., etc., mais la voix lui manqua devant le mépris monté tout à coup sur la figure du lord anglais. Le regard qu'aurait pu jeter sur une écurie de bourgeois de son temps, le Condé qui a fait construire les écuries de Chantilly, lord Annandale l'eut pour l'écurie de l'hôtel, qu'il se contenta d'entrevoir de la porte, en jetant un coup d'œil à droite et à gauche du bâtiment, et déjà disparu, il laissait, sa casquette à la main, le concierge abasourdi de l'originalité de son personnage.

— « Oh, mon cher, laissez-moi rire », — disait la Faustin dans la voiture, en se rangeant un peu, pour faire place à son amant, — c'est plus fort que moi, j'en serai malade... *bird*, et elle imitait le geste que lord Annandale avait fait devant l'envolée de l'oiseau... *bath*, et elle singeait sa contemplation en face la baignoire... car ce sont les deux seuls mots que vous ayiez prononcés pendant toute la visite... Ah! vraiment, vous avez été trop drôle... Dire que dans ce que vous avez vu là, vous n'avez fait attention qu'à ces deux choses..., et c'est pour l'oiseau et la baignoire que vous allez acheter l'hôtel, n'est-ce pas? »

Et perdant le sérieux qu'elle avait presque retrouvé, et se renversant au fond de la voiture, toute la figure de l'actrice n'était qu'un rire, un rire pouffant d'écolière, qu'encadrait un adorable petit chapeau rond, une espèce d'arc-en-ciel en plumage, façonné dans la queue d'un paon.

L'amant, d'abord un peu déconcerté, se mit, au bout de quelques instants, à rire comme sa maîtresse, et finit par dire de fort bonne grâce :

— « Oui, c'est vrai, ma chère, l'Anglais a un peu repercé chez moi, là-bas... Que voulez-vous !...ᵉ Et puis vous ne savez pas que nous, dans l'achat d'une habitation, même dans une ville, nous ne le comprenons pas sans des arbres, de la verdure, et cet oiseau me disait tout à coup qu'il y avait cela, où j'étais... Quant à la baignoire, ça parlait à la manie de lavage de notre nation... seulement j'ai peut-être un peu trop paru étonné de trouver de quoi se baigner dans une maison française... Mais maintenant il ne s'agit pas de la baignoire et de l'oiseau... et vous avez fini de rire... cette maison vous plairait-elle à habiter ?

— « Comment... je serais diantrement dif-ficile... c'est un des plus beaux hôtels de Paris. »

— « Moi, je la trouve... très convenable, également... mais moi... ce qui me la fera sur-tout acheter, c'est qu'il y a du terrain et qu'on pourra doubler les écuries... et puis une chose me plaît encore... je veux avoir mon portier intérieur comme à Londres... Eh bien ! le per-ron est très vaste... on peut l'enfermer dans une véranda qui fera sa loge... Alors l'hôtel vous plaît, et vous êtes prête à y entrer demain.

— « Demain... Vous savez qu'en France il y a des formalités pour la vente des maisons qui prennent un certain temps. »

— « L'hôtel est à louer ou à vendre, n'est-ce pas?.. je le loue et l'achète... mon homme d'affaire arrangera cela. »

XXVII

Un mois n'était pas passé, que déjà le couple amoureux se trouvait installé, et comme depuis de longues années, dans l'hôtel restauré, remanié, refaçonné pour les habitudes d'une vie londonnienne, et peuplé de la nombreuse domesticité constituant une maison montée à l'anglaise.

Il y avait dans la véranda, nouvellement élevée sur le perron de l'hôtel, le portier intérieur, dont le service unique consiste à toucher les boutons de timbre, communiquant avec les communs, les cuisines, le vestibule.

Il y avait dans l'antichambre, devant une petite table, sur laquelle étaient posés l'écritoire et le plateau d'argent qui sert à porter

les lettres, le *footman*, le valet de pied, avec
ses cheveux non poudrés comme les cochers,
mais passés au blanc d'Espagne, et assis dans
un de ces grands fauteuils, à immenses oreilles, et dont l'origine vient de l'habitude qu'il a
d'attendre son maître revenant des séances de
nuit de la Chambre des Lords. Et sur une con-
sole, l'on voyait toujours le chapeau du maître, montrant sa coiffe blanche, et posé au
milieu de brosses luisantes, et à côté du jonc
et de la paire de gants pour sortir, tendus
et tirés, et ressemblant au moule des deux
mains d'un mort.

Il y avait, à côté de l'antichambre, le *par-
lour*, le parloir, un salon sérieux, sans rien
aux murs, pour recevoir les gens non considé-
rés comme les égaux du maître, les marchands,
les hommes de lois, les médecins, les vétéri-
naires.

Il y avait pour le service de table tout
un régiment de domestiques aux attributions
spéciales, et sous le commandement du *butler*
(sommelier), une espèce de maître d'hôtel, dé-
tenteur des clefs de la cave, ne faisant que
donner des ordres, et qui ne porte pas de livrée.

Il y avait l'intendant chargé de toutes les affaires d'argent avec les domestiques, une sorte de secrétaire subalterne:

Il y avait le valet de chambre privé, le serviteur de fondation dans la maison, et qu'on ne change qu'à la suite de graves révolutions intérieures, le domestique parlant deux ou trois langues, et toujours l'italien et l'allemand, et rarement le français, l'homme de toutes les missions de confiance, et faisant le service de courrier dans les voyages, et chargé de s'assurer s'il y a des *tub* dans les hôtels où l'on descendra.

Il y avait le *boy*, un garçonnet de seize ans, remplissant l'office d'une espèce de page près de la Faustin, et à qui l'on donnait à remplir les commissions élégantes.

Il y avait tout un monde féminin sous la direction de la *house-keeper*, la matrone en noir, et une lingère; et une seconde femme de chambre doublant la Guénégaud, et un essaim de *chamber maids*, au petit bonnet-papillon, chargées du service des chambres; et dans la cuisine grouillaient encore une demi-douzaine de robustes créatures aux beaux bras blancs.

Enfin c'était l'écurie, établie dans des communs absolument séparés, l'écurie avec son chef d'écurie, un puissant personnage, chargé de l'achat des chevaux et de la discipline intérieure, ayant une voiture et un cheval pour son service, puis le cocher de Monsieur, vivant en dehors de la maison avec sa famille, et ne conduisant que Monsieur, et revenant les volets relevés, dès que Monsieur était descendu; puis le cocher de Madame, ne menant que Madame; et au-dessous de ces trois dignitaires, toute une populace de gens d'écurie, à la toque écossaise, aux gilets à manches de lustrine, et sifflant toujours, — et invisibles pour tout le personnel de l'hôtel depuis Mylord jusqu'au dernier des serviteurs.

Le portier avait été choisi parmi les hommes de la plus grande taille.

Le *footman* de l'antichambre avait été choisi parmi les garçons de la plus jolie figure.

Le chef d'écurie avait été choisi parmi les bipèdes, doués des jambes les plus torses.

Toute une domesticité dont chaque individu cloîtré dans une spécialité, comme l'est, dans l'Inde, un bourreur de pipe, et avec en soi quelque chose d'un desservant automatique et rigide d'un culte plein de rites. et où le changement des verres et des assiettes à table ressemble à la célébration d'un mystère; toute une domesticité mettant dans son service le silence, la gravité compassée, la froide solennité d'étiquette, qui entourait au coucher de Louis XIV, la cérémonie de la présentation de la chemise royale.

Le passage de sa vie bourgeoise en ce milieu de fastueuse existence aristocratique, n'apporta à la Faustin ni éblouissement, ni transport de vanité au cerveau, ni même une très grande jouissance. Il existait chez la tragédienne l'habitude des palais de théâtre, en même temps qu'elle était un peu de la race du gamin de Paris, plutôt disposé à se moquer des faveurs de la grande fortune qu'à s'en étonner. La femme se divertit de cela comme d'un changement de décor prodigieux, d'une nouveauté réjouissante, d'une révolution farce. Il lui semblait, selon son expression, vivre dans une *chinoiserie* très amusante.

XXVIII

Alors les deux amants afficherent leurs amours au Bois, aux courses, en des équipages cités; les étalèrent aux premières dans les avant-scènes de tous les théâtres; les promenèrent, en leur bonheur indiscret, dans les bals et les fêtes de bienfaisance ; en firent la montre un peu ostentatoire dans tous les lieux du Plaisir cher, au milieu du bruissement de curiosité jalouse, qui se fait dans les multitudes autour des amours heureuses, apparaissant parmi les splendeurs de la richesse.

Mais cette publicité de leur amour était tout extérieure, leur vie redevenait un tête à tête, une fois rentrés à l'hôtel. A Londres, un homme qui a une liaison illicite, n'accueille personne chez sa maîtresse, ne se montre jamais en public avec elle. Cet homme habitant la France, devenu un *continental*, s'enhardit à sortir avec la femme aimée, mais garde, des habitudes de sa patrie, une certaine résistance.

à introduire ses amis, ses relations, dans un intérieur qui n'est pas l'intérieur conjugal. Lord Annandale ne recevait donc pas, et toute la nombreuse domesticité de l'hôtel, tournoyait dans le vide de l'immense salle à manger, autour de la femme et de l'homme, seuls assis à table. Et la porte de l'hôtel ne s'entrebâillait guère qu'après déjeuner, à cette heure, dans laquelle le maître de la maison en Angleterre, fait à ses visiteurs, les honneurs de ses écuries, et où l'amant de la Faustin ne pouvait résister au désir de montrer ses chevaux anglais à ses compatriotes, et au plaisir de dire un peu de mal des chevaux français « ces chevaux toujours en l'air ».

XXIX

C'était donc, entre l'homme et la femme, un tête-à-tête du matin au soir, et qui se continuait au milieu de la foule de leurs sorties, tant ils étaient l'un à l'autre, un tête-à-tête dans lequel la femme qui aimait, ne trouvait pas un moment d'ennui, et où l'homme de race étrangère était, tout le temps, comme énivré par le montant du corps et de l'esprit de la grande courtisane de Paris: la donneuse du plaisir amoureux le plus parfait qui existe sur la terre.

XXX

La Faustin était de taille moyenne, et plutôt petite que grande, et toute élégante, en sa mignonne personne, des minceurs et des sveltesses longuettes d'une apparente maigreur. C'était une de ces fausses maigres, à la gorge pouvant remplir, ainsi que disait le dix-huitième siècle, les deux mains d'un honnête homme, aux hanches d'une femme grasse, et dont tout le reste du corps avait conservé le délicat et juvénile modelage d'un corps de fillette. Elle possédait, — une charmante distinction physique en train de disparaître, — des épaules abattues et joliment tombantes, et quand elle était décolletée, on voyait dans la courbe suave de son dos, près de l'attache des bras, deux petites fossettes qui riaient. Et sa peau d'une pâleur animée, et presque imperceptiblement rosée au visage, devenait

sur son torse, sur ses membres, la blancheur
mate des brunes quand elles sont blanches, la
chaude blancheur exsangue peinte par le Titien
sur la poitrine de sa maîtresse. Et encore des
cheveux châtain-foncés ondulant sur des tempes
ramifiées de veinules bleues, et un front lumineux, bossué de protubérances intelligentes, et
un petit nez spirituel qui n'avait rien de tragique, et une bouche aux coins moqueurs, une
bouche douce et ironique, restant parfois entr'ouverte dans un sourire figé de statue : un ensemble de traits peu réguliers, tout modernes,
tout parisiens, mais dont le dessin disparaissait
dans des jeux de physionomie, dans l'enchantement fascinant des yeux de la femme.

La Faustin, avait des yeux gris, ou plutôt
d'une nuance indéfinissable, des yeux de la
couleur d'une vague, avec dedans, la nuit ou la
transparence que met le passage d'un nuage
ou d'un coup de lumière en de l'eau de mer :
des yeux à la fois obscurs et clairs, des yeux que
la mauvaise humeur faisait noirs et presque
méchants, des yeux que la joie, la sympathie,
l'amour, faisaient bleus, et tout doux.

Elle avait ce regard, la Faustin ! et une taille,
où, au milieu de la tenue la plus distinguée et

de l'harmonie de gestes sculpturaux, frémissait toujours un rien de la vie remuante, que conservent, même au repos, les reins des danseuses de corde.

XXXI

Mais ce qui faisait surtout le charme de la femme, c'était l'originalité de sa nature. Elle plaisait, elle ravissait par l'imprévu de sa féminilité. Elle recevait du contact des choses et des humains des impressions particulières, dont l'expression se traduisait d'une façon inattendue, insolite, différente des autres femmes. Elle voyait, elle sentait, elle aimait d'une manière toute personnelle. Parmi les femmes de naissance et d'éducation bourgeoises, l'être féminin, du grand au petit, et de haut en bas, est toujours, pour ainsi dire, le même être, et la sensitivité des unes et des autres semble fabriquée sur un patron identique. Sous l'action des choses extérieures, la femme bien élevée ou à peu près bien élevée, a des répulsions, des tendresses, des commisérations, voire même des attaques de nerfs qui paraissent avoir été prévues et

20.

décrites dans un programme dressé pour la classe
entière et cela dans une mesure, une pondération, un convenu qui ne sont jamais dépassés.
Chez toutes, les premiers mouvements de l'âme
sont des seconds mouvements, des mouvements
corrigés, amendés et rendus bienséants, et chez
toutes, sauf de petites nuances apportées par un
tempérament, par une nervosité exceptionnelle,
tout se passe de même sous le despotisme d'un
certain comme il faut, atténuant et effaçant la
personnalité. Ces femmes, même les plus intelligentes, ont également des idées faites d'a-
vance sur toutes choses au monde, d'après des
clichés reçus, un formulaire courant de la distinction, un catéchisme de la pensée des gens
bien. Elles n'osent rien montrer au dehors de
ce qui se rébellionne, s'insurge, fait le diable
dans leur cervelle, de ce qui pourrait paraître
singulier, anormal, excentrique, enfin dissem-
blable de ce que leurs semblables pensent. Ainsi
refaçonnées par l'éducation, ainsi matées dans
la production de premier coup de leurs sensations et de leurs pensées, ces femmes sont d'une
uniformité désespérante, et n'apportent aux riches ennuyés des vieilles civilisations, à leurs
maris, à leurs amants, rien qui révolutionne

leur apathie, la secoue, l'amuse, la distraie violemment. — Et vous avez là, l'explication de
bien des liaisons d'hommes de la couche d'en
haut avec des femmes de la couche d'en bas.

Chez la Faustin, au contraire, il y avait la sa-
veur âpre, et *sui generis* qui se dégage d'une
créature du peuple, dont elle était restée, et dont
elle aimait la nourriture de crudités et de char-
cuterie, et au milieu duquel elle se plaisait à se
retrouver parmi les feux d'artifice, les fêtes po-
pulaires, les foires des environs de Paris. Et de
cette origine, elle avait gardé des mouvements
de l'âme moins disciplinés, des impressions plus
rapprochées de la nature, des sensations plus extérieures, et un entrain, et un montant, et une
gaieté de pauvre diable conservée dans l'existence heureuse, et une vie au pouls précipité,
une vie agissante, remuante, tourbillonnante,
qui n'était pas le fouettement maladif des femmes du monde, mais bien un peu la bruyance
et le tapage d'un sang, où serait restée de l'enfance : une vie si vivante, que sa fréquentation
avait je ne sais quoi de capiteux pour les autres,
et les faisait parlants, causants, spirituels.

Et si, comme toutes les femmes, elle avait de
certains jours ses nerfs, et plus violemment que

d'autres, c'étaient de courts accès dont elle sortait bien vite par une folichonnerie.

Mais pour être une créature du peuple et être demeurée peuple par certains côtés, la Faustin était en même temps la créature d'élection douée aristocratiquement, et se témoignant soudainement en ces élégances supérieures de l'âme et du corps non apprises, et trouvées on ne sait comment, et par quelle intuition, et que ne rencontrent pas toujours les gens nés dans les milieux de ces élégances. D'une gaminerie elle passait à un rire mouillé, d'une grosse fâcherie à une caresse d'une gentillesse de son invention, d'une vivacité risquée au suprême bon ton, corrigeant un mot ou un goût *canaille*, par une grâce, une recherche, une exquisité à elle, et s'il lui prenait envie, comme chez sa sœur, de boire un verre de coco, elle le buvait dans un verre de Venise, — montrant enfin, à toutes les heures du jour et de la nuit, un être divers et multiple, dans lequel, tour à tour, la duchesse alternait avec la grisette.

Et c'étaient des transformations, des métamorphoses, de subites transfigurations, où la femme, se renouvelant, pour ainsi dire, se faisait aimer toujours et toujours sous une forme

nouvelle. Et encore des folies, et des drôleries
et de la sensibilité là où on ne l'attendait pas,
et de l'ironie se moquant spirituellement de sa
propre personne, et des trouvailles dans les in-
géniosités de la délicatesse aimante, et des
pensées pas éduquées, et des mots tout neufs,
et une succession-extraordinaire de rapides et
de fugaces sensations, exprimées à la bonne
franquette, et telles qu'elles traversaient la
femme. Toute cela mêlé d'une ignorance de
petite fille, d'une ignorance qu'elle avouait
avec une ingénuité si charmante, qu'elle donnait envie de l'embrasser.

C'est ainsi qu'un jour, la Faustin écrivant
une lettre à son directeur, sous les yeux de
William, et celui-ci la lisant par dessus son
épaule, et lui ayant fait remarquer deux ou trois
fautes d'orthographe, et la priant de la recommencer, la tragédienne disait, sur un petit ton
adorablement mutin : « Non, je vais l'envoyer
comme cela, c'est plus nature! »

Et la femme qui écrivait si mal, qui écrivait
comme une femme du siècle passé, s'exprimait divinement, et personne au monde n'a-
vait dans l'accueil un charme pareil au sien,
et ne s'emparait des gens, et les faisait siens,

par un plus joli et plus impérieux commandement, se dégageant des grâces de son corps.

XXXII

La Faustin avait en outre, près des hommes
qui vivaient dans sa société intime, une séduction particulière ; elle possédait un tact de
femme artiste qui lui faisait découvrir chez ces
hommes, un mérite, un charme, une distinction, que très souvent eux-mêmes, ils igno-
raient, et dont ils lui restaient reconnaissants
de la découverte, comme s'ils avaient été réel-
lement dotés par elle, de ce mérite, de ce charme,
de cette distinction. Elle était en effet douée
d'une délicate perception qui allait tout de suite
à la qualité cachée, à la particularité rare, au
beau non en vue, que recèle tout individu, à
ces riens captateurs, qui sont bien souvent les
secrets atomes crochus de l'amour. C'était une
vibration de la voix, un esprit du sourire, une
beauté de la main, un façonnement de je ne
sais quelle partie de l'être, que l'amie ou l'a-
mante mettait tout à coup en relief. Et sur sa
découverte d'un gentil détail physique ou psy-

chique chez ceux qu'elle aimait, la Faustin s'a-
nimait, s'échauffait, s'enthousiasmait, comme
on s'anime, on s'échauffe, on s'enthousiasme à
propos d'un tableau ou d'une statue, et cette
admiration devenait dans sa bouche, un thème
à petites phrases chatouilleuses, et avec toutes
les choses entrantes et pénétrantes, que les
caresses d'une voix de femme un peu grisée,
et qui ne dit rien de bête, déposent au fond de
la vanité d'un homme. Et son *montage* de tête
pour les élégances, dans les plus petites choses,
allait quelquefois si loin, qu'elle aurait été capable, en un jour d'entraînement, de persuader
à quelqu'un accommodant d'une manière super-
lative à sa table une salade de truffes, qu'il
était un monsieur exceptionnellement doué.

Cet empire de la Faustin sur les hommes,
par ces aimables flatteries, elle le devait à la
sincérité, à la franchise de son admiration, où
l'on ne sentait ni une préméditation, ni une
rouerie, ni un calcul, mais qui était l'expansion
spontanée et toute naturelle d'une sorte d'amour
d'amateur pour le charmant, le distingué, le
réussi dans l'espèce humaine, et qui se formu-
lait chez la femme dans une exaltation et une
parole enthousiastes.

XXXIII

Dans le siècle passé, il existe un amour
d'Anglais pour une courtisane française, amour
dont la tendresse passionnée, une douce nuit
d'été, trouva cette jolie phrase aimante : « Ne
la regardez pas tant, ma chère, je ne puis pas
vous la donner! » C'était une étoile que regardait sa maîtresse.

On aurait dit qu'il y avait dans l'amour de
lord Annandale, un peu de la passion de cet
autre temps, et, qu'en cet attachement de nos
jours, revivait quelque chose de la chère union
des deux amants du dix-huitième siècle, et du
tendre ensorcellement de lord Albermale par
Lolotte.

En la paix du grand hôtel, au milieu de la
mort odorante de fleurs, dont la chute molle
des feuilles sur le marbre des consoles, scandait
l'insensible écoulement du temps, tandis que
tous deux étaient accotés l'un à l'autre, la chair
de leurs mains fondue ensemble, des heures
remplies des bienheureux riens de l'adoration,

passaient dans un *far niente* de félicité, où parler leur semblait un effort.

Et c'étaient de douces pressions, des échanges de sourires paresseux, une volupté de cœur toute tranquille, un muet bonheur, d'où au bout d'un long temps, la reconnaissance de l'homme ne sachant comment se témoigner, montait à ses lèvres dans cette interrogation, faite avec la voix solliciteuse du souhait.

— « Vous ne désirez rien, Juliette? »

— « Non. »

Et le silence revenait dans l'odeur des fleurs plus odorantes, dans la caresse plus rapprochée des corps, dans l'expression plus languide des sourires et des regards : silence coupé, au bout d'un autre long temps, par une nouvelle interrogation, qui sous des paroles différentes était toujours la même.

— « Vous n'avez envie de rien, Juliette? »

— « Non. »

Et ces deux demandes de l'homme et ces deux *non* de la femme, étaient tout le dialogue de leurs amours.

XXXIV

L'amour anglais est peu bavard, peu loquace, peu éloquent ; il ne se témoigne point par des mots, ne se répand ni en propos charmeurs, ni en phrases gazouilleuses, ni en petits noms de caresse. Le puritanisme a chassé de la langue, les jolis couplets de Roméo et de Juliette, la phraséologie galamment tendre des siècles catholiques ; et l'Anglo-Saxon protestant, n'a « pour exprimer sa flamme » que le langage qu'il parle aux prostituées du Strand, et dont les vocables dépassent en salauderie les expressions sales de tous les peuples de l'univers, ou bien le langage à la Tennyson, ce langage moitié mystique, moitié pot-au-feu, réservé pour l'austère amour du ménage britannique. L'Anglais n'a pas le vocabulaire d'amour. Et quand il le rencontre chez un Français, sa sévère éducation, et l'habitude de son mâle verbe, lui en font trouver les termes, les mots, les grâces, quelque chose d'émasculé, d'enfantin, de *troubadouresque ;* en même temps que l'ironie à la Swift, qui est toujours cachée au fond de l'Anglais, le pousse à se moquer intérieurement « de cette bigoterie du parler » et le porte même au mépris pour la race qui l'emploie.

Il y a encore chez l'Anglais le dédain de la parole inutile, et comme une pudeur, très distinguée d'ailleurs, à ne pas souligner les marques de son amour avec du verbiage.

Dans ses rapports avec la courtisane française, il est aussi plus fermé que le Français, se livrant moins à sa maîtresse, ne lui communiquant, pour ainsi dire, rien de ses pensées, de ses émotions, de son dedans intime, — enfermé dans un tête-à-tête avec soi-même d'observateur à froid.

Mais l'Anglais rachète ce manque de conversation, ce défaut d'expansion, par un aspect de déférence, par une admiration touchante en sa naïveté, par de la soumission d'adolescent près de sa première conquête, par un ton de la grande politesse des seigneurs d'autrefois avec les impures ; enfin, par des riens qui chatouillent la femme tombée, dans ses vanités les plus secrètes, en la replaçant sur le pied des autres. Ainsi la Faustin avait voué à lord Annandale une reconnaissance sans égale de cela, tout bonnement de cela : c'est qu'il ne la tutoyait

jamais en public, ainsi que cela se passe, entre
mari et femme dans un ménage supérieur, regardant le tutoiement comme le langage de la
chambre à coucher.

Maintenant chez l'Anglais, qui, même au
milieu d'un très vif attachement, a toujours
pour la créature qui n'est pas une épouse légi-
time, un tantinet de mépris, et qu'il n'a presque jamais le pouvoir de dissimuler, il se passe
un fait particulier et tout personnel à la nation
anglaise, à l'égard des femmes dans la position de la Faustin. Les grandes danseuses, les
grandes chanteuses, les grandes comédiennes,
les grandes tragédiennes, sont considérées par
la noblesse de la Grande-Bretagne, comme une
espèce d'humanité d'un ordre supérieur, un
monde féminin au delà et comme ressorti du
monde de l'amour vénal ; et elles sont acceptées
par la société comme des *ladies*, et elles sont
reçues dans les châteaux avec la pompe, et tout
le *fla fla* des grandes livrées, et de la façon
dont on recevrait un duc d'York. Il arrive alors
que la passion pour ces femmes prend chez les
hommes de là-bas un caractère spécial. C'est de
la galanterie presque divinisée, une liaison sensuelle dans le bleu, de l'amour physique en de

l'idéalité, et qui se passe au milieu d'un baise-main perpétuel et de pantomimes amoureuses tenant du menuet.

Seulement l'Anglais, sous son masque de froideur et de spiritualité, étant de sa nature très libertin, il arrive assez souvent que dans ces liaisons érotico-sentimentales, et sans que cela entame le moins du monde la passion de l'amant pour la femme conjugalement adorée, quand il lui passe par la cervelle quelque fantaisie lubrique, l'homme va voir les filles ; — et lord Annandale, en cela, imitait ses compatriotes.

XXXV

Un jour de représentation de la Faustin, dans l'intervalle assez long qui s'écoule avant l'entrée en scène de Phèdre, au cinquième acte, après le récit de Théramène, la tragédienne se trouvait dans sa loge.

En ces années, les loges du Théâtre-Français étaient d'une grande simplicité. Un divan pour étendre et coucher la fatigue d'un rôle tuant, trois ou quatre mauvais fauteuils, quelques pho-

tographies de costumes de l'actrice dans des
pièces à succès, accrochées sur du papier à
dix-huit sous le rouleau, parfois un buste de
plâtre, ceint d'une couronne fanée de fleurs
artificielles, remportée de quelque triomphante
tournée provinciale : voilà tout le mobilier
et l'ornementation de la grise et pauvre petite
pièce.

Le temps n'était pas encore venu de la loge
tournant au boudoir, au cabinet de curiosités,
à l'atelier, comme la loge de Mlle Croizette
avec le haut goût de ses somptueuses tentures, comme la loge de Mlle Lloyd avec la riante
exposition aux murs de ses assiettes de Chine,
comme la loge de Mlle Samary avec son original plafond fabriqué d'éventails japonais,
comme la loge de Mlle une telle et une telle, et
leur rococo, et leurs terres cuites, et leurs esquis-
ses de peintres impressionnistes, et leurs croqua-
des de Forain.

La Faustin commençait cette révolution intérieure des loges du Théâtre-Français, aidée
de l'amicale collaboration du petit Luzy, grand
acheteur et fureteur d'antiquailles, et qui lui
avait donné une partie des objets d'art garnis-
sant le petit salon, et fait acquérir l'autre par-

tie à de merveilleuses conditions. Pour le plafond, il lui avait découvert dans une course en Italie, un petit Tiepolo, la maquette d'une de ces grandes et lumineuses apothéoses de Venise d'un palais de là-bas, dans les jolies proportions de ciel de lit du plafond de Versailles, peint par Lemoine, que l'on voit dans l'embrasure d'une fenêtre au musée du Louvre. Quant à la tenture, il avait fait la trouvaille, rue de Lappe, d'une ancienne toile de Jouy, aux dessins découpés et réappliqués autrefois, dans l'encadrement d'un *point d'épine* : une tenture sortant de tout ce qu'on voit, et la chose la plus rare du monde. On aurait dit l'enveloppement des murs par une étoffe inconnue, où l'azurement d'un léger bleu d'empois se répandait dans une teinte café au lait, une étoffe brillantée du plus joli et du plus harmonieux éclairage aux lampes, et cela dans le détachement, le relief du point brodé, et qui était d'un effet tout particulier. Puis rien ne peut donner une idée de l'aimable gaieté des peintures représentant des escaliers monumentaux de jardins, des terrasses à balustres, des colonnades perdues dans la floraison blanche, rose, rouge-ponceau, jaune de soufre, des roses trémières.

Enfin le petit Luzy avait déterminé la Faustin à acheter chez Vidalenc un grand meuble, remplissant tout le fond du petit salon de sa loge, un meuble aux trois panneaux de glace, dont les compartiments de côté se rabattaient ainsi que les panneaux d'un triptyque, et permettaient à la femme de se voir, sous toutes ses faces, et comme dans un cabinet de glace, — un véritable morceau d'ébénisterie d'art, en racine d'acajou plaqué de bronze doré, et fabriqué par Jacob pour l'Impératrice Joséphine.

Ce soir-là, le petit salon était plein ; et lord Annandale, qui, les jours où jouait la Faustin, passait toute la soirée dans la salle ou dans sa loge, se voyait assis au coin de la cheminée sa tête appuyée à un bras posé sur le marbre, la main pendante. . . . .

Les amis se pressaient si nombreux, qu'à l'entrée d'un nouvel arrivant, un visiteur était obligé de sortir de la loge, et que sur le petit tabouret tout proche du fauteuil de la Faustin, sur le siège des favorisés, c'était une succession de gens qui ne pouvaient y rester assis que quelques minutes. Le conférencier des dames, rentré en grâce près de la tragédienne, s'y trouvait dans le moment, à l'effet

d'obtenir qu'elle assistât à sa prochaine conférence : « Vous savez, chapeau simple et manteau de loutre réglementaire, c'est la toilette ! »
— disait-il à l'actrice en se levant, et faisant
place à un directeur de grand journal, en train
d'organiser une fête de bienfaisance, et qui
venait solliciter d'elle, qu'elle voulût bien tenir
une boutique dans la vente de charité. Et sur
le tabouret, le directeur de journal était aussitôt remplacé par le petit Luzy, que lord Annandale détestait absolument comme s'il avait été
l'amant de la Faustin.

Dans cette loge, la femme n'était plus la
femme du faubourg Saint-Honoré et de partout
ailleurs, la femme dont le regard, le sourire,
l'expression amoureuse du visage, appartenaient à son amant seul. Là, dans ce tiède
recoin, dans ces entrailles, pour ainsi dire, du
théâtre, il revenait en elle un peu de l'ancienne
Faustin, et de cette coquetterie générale que
l'actrice a pour tout le monde. Ses yeux s'ar-
maient involontairement de provocation, son
sourire prenait un rien de prometteur, ses gestes d'amitié s'enveloppaient de caresse tendre.
Il se glissait en sa personne tout ce avec quoi,
une femme galante de haut parage, parle dis-

crètement et d'une manière voilée, au désir de
l'homme, et se livre à son métier de faiseuse
d'amoureux. Là, dans cette loge, tout à coup
la Faustin sortait de l'apaisement de sa tenue,
du calme de son maintien, de son sérieux ac-
tuel, pour entrer en de l'amabilité fébrile, en
un travail de grâce excitante et d'esprit d'attaque. Enfin, c'était en quelque sorte chez la
femme, une sorte de transfiguration *courtisa-
nesque*, qui, sans qu'il en dît un mot, mettait au
supplice son amant.

C'est alors qu'un gros homme suant et soufflant, fit irruption dans la loge. Il avait des
gants jaunes que faisaient éclater ses grasses
mains, la chaîne de sa montre passée dans la
boutonnière de son habit, une cravate longue de
couleur, dont les deux pointes retombaient sur
un gilet blanc à la Robespierre, et sa proémi-
nente tripaille tendait entre ses jambes un pantalon noir, où se voyait le métal d'un bouton
prêt à sauter. L'infect *cabot* bousculant tout le
monde et le faisant fuir, allait à la Faustin, en
lui jetant de sa voix de basse, dans l'expansion
et le rire épais d'un bonheur de peuple : « Tu
vas bien, me reconnais-tu ? »

Et l'ancien compagnon des petits théâtres de

la banlieue commençait avec la tragédienne une conversation intime, où au milieu d'énormes familiarités, revenait à chaque phrase le *tu*.

A un de ces *tu*, lord Annandale, qui était en train de tourner entre ses doigts nerveux une petite tasse au clissage en fil de bambou, au revêtement intérieur en porcelaine coquille d'œuf, la brisa tout à coup.

— Oh! le maladroit!... il m'a cassé ma jolie tasse... une tasse qui venait de la vente de Mlle Clairon... J'y tenais tant! » dit la Faustin, venant à la cheminée, et qui regardait les débris avec la désolation muette d'un enfant contemplant un joujou cassé.

— « Je vous en donnerai une autre, ma chère... une plus belle! » — fit lord Annandale.

— « Ah! voilà bien les gens riches... ils croient que tout se remplace avec de l'argent... Vous m'en donneriez une en or! »

Et la tragédienne se mit à ramasser précieusement les fragments dans un pan de la tunique de Phèdre, où sa main passée dessous faisait le creux.

— « Oh, je vous en veux, tout de même... et je vous défends maintenant de toucher à ce qui est à moi, » jeta la femme sur un ton moitié pleurard, moitié fâché.

Le cabotin s'obstinait à rester là, pendant l'explication, il se permettait même d'indiquer un raccommodeur de faïence, quand lord Annandale lui jeta un regard froid qui, du bout de ses bottes, remonta jusqu'à son visage, un regard tel que le gros homme, soudainement déconcerté, après avoir promené sur lui sa vue de haut en bas, avec le trouble d'un mortel surpris déboutonné dans un salon, prit silencieusement son chapeau tromblon, et disparut sans prendre congé de la Faustin

— « Oui, mon beau seigneur, vous êtes bien maladroit, et avec cela peu aimable aujourd'hui ! » — reprit, au bout d'un instant, la Faustin, mise un peu mal à l'aise par la visite de son ancien camarade de planches, et cherchant une diversion dans une de ces scènes, mêlées de tendresses, que les femmes savent si bien faire en pareille occasion.

— « Juliette... je ne sais pas... mais ici, votre visage, votre voix pour les autres... »

— « Eh bien, qu'ont donc mon visage... ma voix. »

— « Puis, quand j'entends un homme vous

dire *tu*.... c'est plus fort que moi... il me prend envie de le tuer ! » continua lord Annandale, sans répondre à sa maîtresse.

C'était dit d'une voix très douce, mais avec un visage sur lequel, tout à coup, était montée l'aiguë cruauté des blonds.

— « Alors, mon ami, ça été vraiment une malheureuse idée chez vous, d'aimer une femme de théâtre ! »

A ce moment, la tête de pitre de Ragache passa par la porte entre-bâillée de la loge, bredouillant cette phrase, dans une intonation de M. Prudhomme : « Belle dame, on peut pénétrer chez vous ? »

Lord Annandale se leva, repoussa la porte brutalement en disant : « Pardon, je cause affaires avec madame. »

Cela fait, dans un mouvement d'irritation dont il n'avait pas été le maître, le lord anglais, l'homme bien élevé, laissa échapper deux ou trois : Oh! oh! — comme il l'aurait fait devant l'inconvenance d'un autre, et se tournant vers sa maîtresse : « Madame, faut-il le rappeler... Désirez-vous que je lui fasse des excuses ? »

L'actrice eut un mouvement d'épaules, indi-

quant sa parfaite indifférence à l'endroit de l'individu, revint à son amant, lui prit les poignets,
en lui disant, penchée sur lui :

— « Mais, mon ami, vous devenez fou ?

— « Je suis simplement jaloux. »

— « Jaloux de qui ? »

— « De tout le monde ! »

— « Du public même, peut-être ? »

— « Du public ! » — laissa tomber sérieusement de sa bouche, l'amant de la Faustin.

— « Alors, demandez-moi tout de suite de
quitter le théâtre ! »

— « Juliette je ne vous demande rien... si je
souffre, ça me regarde, moi tout seul. »

La sonnette d'avertissement coupa la réponse
de la Faustin.

XXXVI

La Faustin est couchée sur une chaise longue, sans être habillée, dans le négligé, l'abandon d'une femme mal en train, souffrant des
nerfs. Soucieuse, préoccupée, elle ne répond
pas aux demandes affectueuses de lord Annandale, qui, à la fin, déploie un de ces grands

journaux anglais, où il y a de la lecture pour une semaine.

— « Mais vous ne savez donc pas ? — dit inopinément la tragédienne, en donnant un coup du dos de sa main dans le journal qui tombe à terre, — vous ne savez donc pas que le théâtre est tout pour moi... c'est-à-dire que je ne comprends pas comment je pourrais vivre dans la journée, si quelque chose ne me disait que je joue le soir... Chez vous autres, on ne se doute pas de ce que c'est, que la passion d'un artiste pour son métier... et vous trouveriez tout simple que j'abandonne ma carrière, de la façon dont on quitte un bureau de tabac ? »

— « Moi, je ne vous ai jamais fait cette demande, Juliette ? »

— « Il ne manquerait que cela que vous me l'ayez demandé en termes formels... Ah ! mon cher, malgré tout l'amour que j'ai pour vous, j'aurais été obligée de vous dire : Non, mille fois non !... Une grande actrice comme moi, ça ne démissionne pas comme ça !... En effet, vous ne me l'avez pas demandé positivement ; mais... »

— « Je vous l'ai si peu demandé... et je comprends si bien que mon amour ne peut combler le vide, que ferait dans votre existence, votre sortie du théâtre... que, si vous aviez envie de le quitter, je ferais tout pour vous y retenir. »

— « Oui, c'est très bien, vous feriez tout pour m'y retenir... les hommes sont vraiment étonnants... mais si, chaque fois que je joue, je vous trouve une figure d'enterrement !... »

— « Bon, c'est encore l'histoire de l'autre jour. »

— « Si parce que je suis un peu aimable avec quelqu'un, je vous vois, ainsi que ça se dit dans les tragédies, agité par les tourments de la jalousie ! »

— « Voyons, ma chère... »

— « Si, quand on me tutoie, vous me cassez mes affaires ! »

— « Ma petite Juliette. »

— « Si, lorsqu'enfin le public m'applaudit... car vous m'avez dit que vous souffriez de tout cela... l'avez-vous dit ou ne l'avez-vous pas dit ? »

— « J'ai eu tort... mais je vous promets que vous ne m'y reprendrez plus. »

— « Et vous croyez que c'est amusant d'avoir dans sa vie, à côté de soi, un monsieur qui souffre... et dont la souffrance est comme un reproche perpétuel... et qui, tout le temps, a l'air de

vous dire que votre amour n'est pas capable
d'un sacrifice... et là, en deux mots, qu'on est
une *sa s-cœur*... c'est tout à fait désagréable,
mon cher ! »

Et, avec la mauvaise foi, qu'ont les femmes,
quand elles ont leurs nerfs, la Faustin, en tortu-
rant les réponses de son amant, trouvait le
moyen de leur faire dire tout le contraire de ce
qu'elles exprimaient ; puis elle fit le procès aux
mouvements de sa physionomie, aux gestes de
son corps, et, prolongeant la discussion à l'aide
de choses à côté, et d'admirables petites chi-
canes, elle tracassa longtemps le silence de
l'homme par le ferraillement de son humeur
agressive et batailleuse.

XXXVII

— « Et qui ça ? » — jeta la Faustin à un compatriote de lord Annandale, en train de laisser
retomber le pied d'un cheval, qu'il examinait
avec la plus grande attention, tout en causant
avec le propriétaire de l'hôtel.

C'était l'heure de la visite des écuries, dont

la toilette venait d'être faite avec le luxe de
soins, qui caractérise le coquet appropriement
d'une écurie anglaise. Trois nattes superposées
de nuances différentes : la première de paille
tressée en son ton naturel, la seconde teintée
du vert rappelant la livrée de la maison, la troisième galonnée de rouge, débordant de dessous
la litière, s'étageaient et se dégradaient dans une
gaie et claire harmonie. Et toute l'écurie re-
couverte de sable à poudrer, était encadrée dans
une frise de sable de couleur, et montrait au
milieu du sol, également dessinées en sable coloré, les armoiries de l'antique famille, ou plutôt le *crest*, des armoiries plus modestes et d'intérieur, et dépouillées de leurs lambrequins, de
leurs manteaux de pair, de leurs supports héral-
diques, et réduites à l'écusson et à la devise.

— « Qui ça vous demandez ? » — fit l'Anglais en se retournant vers la Faustin, et il lui
nomma l'actrice qui passe pour la plus spirituelle de Paris. Il ajouta : « Oui, comme je le disais à mon ami... devenir son amant était certainement une chose désirable pour moi... et
pourtant ce n'était qu'un détail... ce que je vou-
lais : c'était avoir un enfant avec elle... un produit participant de tout l'esprit de petit diable

français qu'il y a dans la cervelle de la charmante femme, et de ma « pondération » à moi, homme de la Grande-Bretagne... Vous concevez, ça devait donner un produit très particulier... très curieux... très extraordinaire... L'idée, vous la trouvez peut-être bien anglaise, n'est-ce pas ?... La difficulté, c'est qu'elle voulait bien que je fusse son amant..., mais qu'elle ne se souciait pas du tout que je fusse père. »

— « Eh bien, vous n'êtes pas parvenu à la persuader ? »

— Si à la fin... avec beaucoup de peine, de diplomatie et d'argent.., mais il n'est pas venu d'enfant... Je regrette, oh ! très fort, très fort... que l'expérience n'ait pas réussi. »

La Faustin laissa les deux amis avec les chevaux, alla dans le *stable-yard*, enfermant une collection de chiens de toutes les espèces, où elle prit dans ses bras Dick, le petit chien de Blancheron, que tout joyeux et tout jappant, elle emporta dans ses bras au salon, communiquant maintenant par une galerie vitrée avec les écuries.

Et là, tout en caressant le chien, d'une main distraite, elle ouvrait de l'autre, la tragédie

d'*Andromaque*, dans laquelle elle devait reprendre prochainement le rôle d'Hermione.

Lord Annandale rentrait dans le salon ; la
tragédienne continuait à lire.

— « Il vous a paru pas mal original, mon
ami ? » — laissait échapper l'amant de la Faustin.

La Faustin ne répondait pas d'abord, enfin
au bout de quelques moments, elle fermait son
livre, et comme si elle n'avait pas entendu l'interrogation, elle disait :

— « Vos compatriotes n'aiment donc que des
femmes de théâtre ? »

— « En effet, c'est assez général chez nous. »

— « Et vous croyez qu'ils aiment la femme ? »

— « Comment cela ? »

— « Qu'ils aiment la femme pour elle-
même ? »

— « Mais... pour mon compte... »

« Non, je vous le dis, — s'écria tout à coup la
maîtresse de lord Annandale, en s'animant et
jetant le chien à terre, et se mettant à marcher
avec violence dans le salon ; — je vous le dis,
ce n'est pas la femme qu'ils aiment, c'est son talent... ah *ouiche*, son talent ! — et la Faustin eut
un haussement d'épaules superbe, — ce qu'ils

aiment dans leur maîtresse... ce sont les applaudissements de la foule, les réclames des journaux, les louanges des salons... le bruit qu'elle
fait... mais la femme ? »

— « Moi, je crois aimer la femme, » — fit lord
Annandale.

— « En êtes-vous bien sûr ? » — s'écria la tragédienne en allant à lui, et le regardant presque
durement dans les yeux.

Puis là-dessus, après un silence, elle laissa
tomber d'une voix lente :

— « Vous comme les autres... si je quittais
le théâtre, au bout de six mois vous ne m'aime-
riez plus ! »

— « Mais le théâtre, encore une fois, vous ne
le quittez pas, Juliette... et alors pourquoi... »

— « C'est vrai... vous avez raison, fit-elle en
se calmant soudainement, mais toujours avec le
nuage d'une pensée fixe sur le front. —Au fait,
sortons... faisons quelque chose... vous savez que
je suis libre... menez-moi dîner au cabaret...
votre grand hôtel m'ennuie aujourd'hui... j'ai
besoin de sortir des *nombrils* dorés, comme disait
cet autre dans la *Forêt-Périlleuse*... puis nous
irons ce soir à un petit théâtre... pas des boule-
vards... un théâtre de la banlieue... tiens il me

prend une envie d'aller à celui de Grenelle...
c'est si drôle comme on joue là ! »

XXXVIII

Pendant une quinzaine de jours, ce fut chez
la Faustin une contradiction du matin au soir, à
propos de tout, au sujet du temps qu'il faisait,
de l'équipage dans lequel on sortait, de la nourriture du déjeuner ou du dîner, de toute chose
quelconque dite par lord Annandale.

Cela commençait ainsi : d'abord l'allée et la
venue d'une bottine colère, remuée dans le vide,
puis deux ou trois mouvements de resserrement
des coudes contre le corps, et du gris montant
sous le rose de la peau du visage, et le tortillage
nerveux d'une bouche qui se ferme pour s'empêcher de parler, et malgré ce cadenassement de
tout son être, au bout de quelques secondes, de
la femme jaillissait pour son amant une parole
aigre, méprisante, empoisonnée, dite avec l'ironie sifflante d'une imprécation à la Camille,
parole sur laquelle ses lèvres se refermaient, et
sa bottine se mettait à rebattre le vide.

La tragédienne attendait une réponse. La réponse ne venait pas.

Alors, pour faire sortir son amant de son calme, pour le mener à l'emportement, pour se faire donner la réplique dans la scène dont son irritation intérieure avait besoin, c'étaient des taquineries, des piqûres, des harcèlements à lasser la patience humaine : on eût dit qu'elle avait parié de se faire battre. Lord Annandale, la prenant en pitié, à la façon d'un enfant, et finissant, au lieu de raisonner avec elle, par se donner absolument tort, aussitôt la femme, dépitée, se levait brusquement et se retirait dans sa chambre, écrasée sous les airs malheureux et opprimés d'une victime, tout en faisant violemment claquer les portes derrière elle.

Puis, revenant quelques instants après, comme si rien ne s'était passé, son amour pour son amant se refaisait tout caressant, et comme mouillé d'attendrissement.

Et, au bout d'une heure, l'enragement de la femme recommençait.

Au milieu de ces sautes d'humeur, de cette inégalité fantasque de caractère, de ce déséquilibrement maladif de l'être, de tous ces signes extérieurs d'une lutte et d'un combat de l'âme,

la femme se montrait, certains matins, sous
l'allure décidée, le petit air crâne d'une volonté
de femme qui a pris un parti ; d'autres matins,
dans le brisement de corps et les perplexités
lâches de l'irrésolution sur toute sa personne.

Au théâtre, lord Annandale était témoin des
mêmes variations chez sa mobile et changeante
maîtresse. Elle se fâchait et se raccommodait
tous les soirs avec le directeur. Elle se disputait
quotidiennement avec quelqu'une de ses camarades, à laquelle elle envoyait un cadeau le lendemain. Elle déployait, à l'égard du premier
venu, une coquetterie presque de fille, puis
aussitôt il survenait, chez elle, de la réserve,
une froideur glaciale qui congelait l'enflammement du monsieur. Si bien qu'à la Comédie-
Française, tout le monde se demandait ce que la
tragédienne pouvait avoir, à l'heure actuelle,
dans la cervelle.

XXXIX

— « Vous êtes un peu en retard, ma chère,
ce soir ! » disait lord Annandale à la Faustin
rentrant du dehors.

— « Un peu... même beaucoup, » — fit la Faustin, un regard jeté sur la pendule, et se débarrassant au plus vite de son chapeau et de son mantelet, qu'elle envoyait sur un canapé.

— « Oh ! mais Juliette, comme vous êtes en beauté ce soir... Cette toilette vous va à ravir... Puis il y a sur votre figure du joli bonheur... quelque chose de bon et de gai... les Indiens ont une expression pour rendre cela... on dit chez eux : Un visage qui a la beauté d'une bonne action. »

— « Tiens, tiens, mon visage est si indiscret que cela... Mais, allons tout de suite dîner, j'ai faim... Nous causerons de ma journée plus tard. »

On passa dans la salle à manger.

— « Eh bien ! qu'est-ce que vous avez là-bas, à me regarder ainsi... tout comme un enfant, qui serait en face d'une tartine de beurre. »

— « Je vous trouve charmante ! »

La tragédienne, en effet, apparaissait charmante. Elle était vêtue de noir, sa couleur d'affection, mais d'un noir envolé dans de la dentelle, d'un noir léger, aérien, flottant, et qui mettait de la nuit transparente sur des places roses de sa peau. Et dans ce noir, son corsage ouvert en cœur laissait entrevoir un peu de l'entre-deux

de ses seins, au milieu desquels elle avait placé
un œillet jaspé de pourpre, faisant ressortir la
blancheur mate de sa poitrine.

— « Voyons, ma bonne Juliette, dites-moi ce
que vous avez fait aujourd'hui ? — lança au milieu du dîner, lord Annandale.

— « Plus tard... plus tard je vous ennuierai
de cela... mais je boirais bien aujourd'hui un
verre de champagne! — fit la Faustin, en tournant un rien la tête vers le *butler*.

L'impassible *butler*, immobilisé devant le
buffet, dans une pose de statue en habit noir,
ébaucha à la cantonade un geste éteint, un
geste par lequel fut transmis dans la cave, à un
sous-sommelier, le caprice de l'actrice.

Et entre deux bouchées, de temps en temps,
la Faustin sentait l'odeur de son œillet, en bais-
sant la tête, et en faisant plus creux le creux de
sa gorge, et elle murmurait : « C'est bon, cette
odeur poivrée... je l'aime tant... il y a eu une
année... quand j'ai commencé à travailler pour
le théâtre... je faisais en même temps des fleurs
artificielles... Eh bien, je mettais toujours un
clou de girofle dans mes œillets... Mais vous
avez fini ? »

Les deux amants, sortis de la salle à manger,

étaient dans le salon, tous deux assis au coin de la cheminée, lord Annandale interrogeant sa maîtresse d'un regard qui disait : « Eh bien ? » et sa maîtresse souriant de sa curiosité qu'elle s'amusait à prolonger. Soudainement elle se leva, alla à son amant, lui passa les bras autour du cou, lui donnant, de tout près, à sentir l'œillet de l'entre-deux de ses seins.

— « Sentez ; que sentez-vous ? » dit-elle à lord Annandale.

— « Mais l'œillet, » reprit-il, en le savourant avec ses lèvres.

— « Encore ? »

— « Votre peau ! »

— « Bête... vous ne sentez pas une autre odeur... vous qui vous vantez d'avoir un nez de sauvage ? »

— « Ah, si... c'est comme une odeur de bois de santal.

— « Eh bien ça... c'est quelque chose pour vous qui est sous l'œillet, prenez-le. »

Du bout de doigts amoureux, lord Annandale tira une lettre qu'il ouvrit, pendant que la Faustin, redevenue sérieuse, lui disait : C'est la copie de la lettre que j'ai envoyée ce matin au directeur de la Comédie-Française... et qu'à l'heure qu'il est, les journaux du soir doivent avoir publiée. »

— « Comment pour moi, vous avez fait...
vous avez fait cela, ma Juliette! » s'écria lord
Annandale, après avoir, d'un coup d'œil, par-
couru la lettre.

— « A ce qu'il paraît! » fit la Faustin sur une
intonation gamine.

— « Vous avez donné votre démission de sociétaire... vous quittez le théâtre... vous aban-
donnez cette vie de succès... mais c'est absurde...
Avez-vous bien réfléchi? »

— « Non... la réflexion, ce n'est pas d'un
bien bon conseil pour les choses de cœur. »

— « Oui, oui... un coup de tête qui me fait
encore plus vous aimer, mais... »

— « Peut-être, mais un coup de tête sur
lequel je ne reviendrai pas. »

— « Ah! c'est que j'ai peur, vous m'entendez
bien, Juliette, j'ai peur que vous n'ayez pas jusqu'au bout le courage du sacrifice... que vous
vous repentiez un jour. »

— « On ne sait jamais... Mais si cependant
jusqu'à ce jour, qui ne sera pas demain... je
vous sentais heureux, tout à fait heureux...
égoïstement heureux, comme demandent à l'ê-
tre... les hommes! — et elle soupira cette

phrase, un sourire dans les yeux et de la mélancolie dans la voix — eh bien, vrai, ce temps
de votre bonheur, ça me payerait de bien des
regrets de plus tard. »

Là, il y eut un silence, au bout duquel
l'homme se leva grave, et dit d'une voix profonde à la femme :

— « Juliette, alors... c'est que vous consentez
à devenir ma femme. »

« Votre femme, William! » bégaya la Faustin, — un instant soulevée au-dessus de la
chaise où elle se tenait assise, et qui retomba
aussitôt, les yeux à demi fermés, les lèvres entr'ouvertes comme par le dessin d'un baiser, et
ayant sur les traits, le vague heureux, que met
le mol bonheur d'un rêve sur le visage d'une
femme qui dort.

— « Vous consentez, n'est-ce pas? » reprit
lord Annandale.

— « Non, mon ami, » fit-elle au bout d'un
instant.

— « Pourquoi? »

— « Pourquoi... parce que ce n'est pas possible. »

— « Mais, si je le veux, madame! »

La Faustin affaissée sur elle-même ne répon-

dit pas ; seulement ses mains eurent des crispations anxieuses, semblables à celles que produit
la douleur physique dans un corps qui souffre.

— « Je vous en prie à genoux! » dit alors
son amant, en lui couvrant les mains de ses
baisers.

— « Oh! laissez-moi, je vous en supplie...
par pitié, ne me forcez pas à parler... il y a des
choses que je ne veux pas, que je ne peux pas
dire... Si je n'avais été que la maîtresse de
Blancheron! »

— « Tout m'est égal, tout! » jeta dans un cri
passionné, son amant.

— « Et pas à moi! » — reprit la Faustin.
— Vous ne savez pas ce que c'est que notre
existence à nous, pauvres filles du peuple
entrant au théâtre,.. et obligées quelquefois, à nous faire du rouge avec de la brique
pilée!... Non, vous ne pouvez avoir une idée,
dans ces temps de nos besoins, de nos misères,
de notre dépendance près des directeurs de théâtres et des autres!.. et sans qu'il y ait quoique se
soit qui nous protège, qui nous défende, qui
nous préserve... et rien tout autour de nous que
de la vie à la chien!... Oh! de grâce, ne me
faites pas ressouvenir!... Puis, faut être franche

dans ce métier où on a toujours la fièvre... le
diable au corps vous prend parfois, et alors...
Tenez, à ce portrait qui est là, — et elle lui
montra un dur et hautain portrait de son père
accroché au mur, — demandez-lui ce qu'il
pense de la proposition que me fait son fils...
Votre femme! avez-vous dit... Non, je ne veux
pas que, s'il vous naissait des enfants de moi...
Oh! des enfants! — et elle partit d'un éclat de
rire qui faisait mal — des enfants!... mais ne
suis-je pas frappée de la stérilité des courtisa-
nes!... Voyez-vous, mon ami, — continua-t-elle
sur un ton de doux navrement, — nous ne
sommes pas nées pour faire des femmes légi-
times, nous ne pouvons être que des maîtresses,
et je serai la vôtre pour toujours... du moins
pour tant que vous voudrez. »

Et se jetant sur son amant et le serrant contre sa poitrine, dans une espèce de violence
faite à ses larmes prêtes à jaillir, la Faustin
reprit avec une voix qu'elle cherchait à rendre
naturelle :

— « Soyez gentil... ne parlons plus de cela
et causons un peu de nos affaires. Nous voilà
avec un procès sur les bras et du papier timbré
qui me donne la *petite mort* dans le dos, rien

que de le voir... mais il n'y a pas que cela, je vais être assaillié d'intermédiaires officieux, qui vont, le jour et la nuit, vouloir me faire revenir sur ma détermination... Il faut décamper de Paris... nous en aller passer quelques mois à l'étranger... Là-dessus, puisque vous allez ce soir à l'ambassade anglaise... moi je vais faire une petite visite à ma sœur que vous m'avez fait pas mal négliger ces temps-ci... Vous savez je compte toujours pour demain. »

Et elle se disposa à sortir, laissant, enfoncé dans un fauteuil, lord Annandale, si triste, si triste, qu'au moment de passer la porte, elle revint l'embrasser.

— « Où voulez-vous aller... à l'étranger? »

— « Où vous voudrez. »

XL

La sœur de la Faustin, en robe de chambre de cachemire bleu, aux larges parements, aux petites poches de cachemire blanc, et au milieu des flots d'une mousseline rayée de l'Inde, se répandant autour de ses poignets en bouillons argentés, était occupée à donner, la figure dans l'ombre, les fils cassés d'un petit écheveau de vermicelle à son poisson rouge.

A l'entrée de la tragédienne dans sa chambre à coucher, de dessus le bocal lumineux, où sous les coups de queue gourmands du poisson, tournoyait le malheureux Deburau en verre filé, Bonne-Ame leva un visage ironique, et apostropha ainsi sa sœur :

— « C'est toi... tiens... on en apprend de drôles sur ton compte... tu coupes encore dans l'amourette... à ton âge... et tu quittes le théâtre pour cet *englishman*... Est-ce serin les femmes d'imagination... Oh! je ne doute pas qu'il ne soit très gentil sous le linge, ton monsieur... et pardieu il a la tête d'un de ces jolis professeurs de langues étrangères, qui troublent le sommeil des pensionnats de demoiselles. Mais... »

— « Tu sais, ma petite Maria, chacun fait de sa vie ce qu'il lui plaît, — dit sèchement la Faustin en coupant la tirade de sa sœur. — Et Carsonac? »

— « Sorti... à Bruxelles... en train de remonter pour les Belges une de ses anciennes machines. »

— « Mais tu étais déshabillée... tu étais peut-être au moment de te coucher? »

— « Non, j'attends celui que j'aime ! »

— « C'est toujours cet infortuné Gargouillard ? »

— « Gargouillard... Il y a des éternités que c'est cassé... On l'a envoyé dans les pays chauds... oui, il est en Italie... le climat de Paris est trop humide... Il ne pouvait pas y absorber assez de mercure ! Ah ! tu sais, il a été giflé en plein théâtre... mais cette année les hommes ne marchent pas fort... c'est peut-être qu'il fait froid ! »

— « Qu'est-ce que tu as donc ce soir ? »

— « Rien... c'est mon *heure du berger*, à moi ! »

Et Bonne-Ame s'approchant de la cheminée, dans laquelle brûlait un ardent feu de charbon de terre, s'assit *à l'officier* sur une chaise, découvrant jusqu'au-dessus du genou, une jambe serrée dans un bas de soie noir, et où brillait, parmi la peluche cerise d'une jarretière, une boucle en marcassite. De sa chaise, prenant sur la tablette de marbre un flacon de toilette, elle en jeta l'essence, à toute volée, sur les charbons enflammés, d'où monta aussitôt dans la chambre un nuage de fumée de benjoin à entêter un régiment. Et tout en fourgonnant, avec une es-

pèce de rage froide, l'incendie odorant, elle dit :
« Moi j'aime les parfums canaille, » puis reprit
d'une voix âpre :

« Non, ce n'est plus Gargouillard... je suis
passée à d'autres amours... je me suis mise à
aimer les *rien du tout*... les inférieurs, quoi !...
Avec un homme propre — continua-t-elle, le
visage tendu à l'âcre fumée — il y a toujours
un reste de pudeur, une préoccupation de pose
de femme bien... et un souci de son plaisir, à
lui... tandis qu'avec ceux que j'aime maintenant, on leur commande l'amabilité comme on
leur ferait fendre son bois... Vois-tu, pour les
gros ouvrages de l'amour, il n'y a que les inté-
rieurs. »

Et se levant de la chaise, et ébouriffant, de
mains colères, ses cheveux qu'elle venait de
potasser le matin, elle se mit à tourner par la
chambre comme une bête fauve dans une cage :
le noir que prenait le bleu de ses yeux en ses
pensées mauvaises, le rutilement de sa tignasse
tout fraîchement teinte sous les lueurs de la
lampe, lui mettant au front quelque chose du
caractère, de la farouche grandeur de la pros-
tituée de l'Apocalypse.

Tout à coup elle s'arrêta brusquement, et,

de tout ce qui bouillonnait en elle, sortit.:

— « Moi... si c'était moi qui étais dans ta peau... Oh ! les hommes, les hommes! »

Elle n'en dit pas plus, mais il monta à son visage l'expression d'une implacable haine, un instant, réjouie par la perspective de féroces vengeances de femelle contre les mâles de la société.

Puis revenant à la cheminée, où la pelle qu'elle y avait laissée en travers, était toute rouge, elle se mit encore à y verser du flacon de toilette, promenant frénétiquement, par toute la chambre le flambement, et le répandant sur les tapis et les meubles, pendant qu'elle jetait à sa sœur : « Décidément, va-t'en... tu me gênes... je ne veux pas que tu te rencontres avec mon voyou. »

Et au milieu de l'embrassade d'adieu, partant tout à coup d'un méchant éclat de rire fou, Bonne-Ame dit à sa sœur :

— « Au fond, tu sais... c'est toi qui es la fichue bête... et moi la femme... que tu verras mariée! »

XLI

« Vous m'accompagnez, n'est-ce pas, mon ami, » disait la Faustin en s'adressant à lord Annandale, le lendemain de la visite à sa sœur, au moment où la femme de chambre lui apportait son chapeau et ses gants.

— « Je suis tout à vos ordres. »

La Faustin prenait sur une table une mince brochure verte, et l'on montait en voiture, et le landau gagnait un quartier retiré de Paris, et s'arrêtait devant une ancienne maison qui avait des affiches sur ses murs, deux sergents de ville à sa porte, et des deux côtés du trottoir, un attroupement de vieux ménages et de petites ouvrières en cheveux, regardant les gens entrer, avec une curiosité distraite.

C'était l'exposition du mobilier après décès d'une grande actrice, d'une tragédienne comme la Faustin, et qui avait été dans son temps encore plus connue, plus célèbre, plus illustre, que la femme qui venait voir sa vente.

Lord Annandale et la Faustin montaient l'escalier, aux larges repos, et se trouvaient dans

24

une grande salle éclairée par le jour froid d'une
cour, passant à travers des carreaux sales, et
qui mettait aux choses une couleur de vieille
toile d'araignée. Là, à un porte-manteau, fraîchement cloué, et faisant tout le tour, en des
poses d'affaissement et avec des plis morts, étaient
suspendues toutes les hardes de la défunte. Hardes de femme, hardes de reine de théâtre : les
sorties de bal de satin blanc piqué et les robes
de Phèdre, les robes d'Hermione, les robes de
Roxane, et toutes les reliques dramatiques de ce
corps, et tous les costumes de cette gloire, que
l'on voyait accrochés au mur, en grappes sor-
dides, ainsi qu'à la muraille d'une Morgue, et
avec un peu l'aspect d'enveloppes fantomatiques
et de vêtements de minuit, immobilisés en leur
flottement, dans un premier rayon du jour.

De ces nippes orgueilleuses et flétries, sortaient des têtes de marchandes à la toilette, des
têtes de regrattières, en train de retourner tout
ce chiffon dans tous les sens, et qui semblaient
vouloir s'assurer, si le coup de glaive du frère
de Camille n'avait pas laissé un accroc dans la
tunique de sa sœur.

Et là dedans tombait à tout moment un :
« Passez, messieurs et mesdames ! » jeté par la

voix glapissante d'un crieur, poussant par les épaules la badauderie d'une foule indifférente, ahurie, irrespectueuse.

Dans une autre pièce étaient réunis, assemblés, agglomérés les diamants, un reliquaire de bijoux dessinés sur les bijoux étrusques du Vatican et du *Museo Borbonico*, une parure de *zingara* du vieux temps, faite de pierres inconnues, montées par quelque Gillès l'Égaré du royaume de Thun. Et dans les fouillis des objets, des nécessaires de voyage, à la garniture d'or, étaient étalés parmi des piles de volumes habillés d'économiques demi-reliures, et entre les pièces d'un service de table de Sèvres moderne! Il s'y trouvait encore l'argenterie, les seaux à champagne, ces témoins de soupers inoubliables et inoubliés, que deux orfèvres-fondeurs soupesaient de la main, en en estimant les marcs approximativement.

Et sempiternellement dans le gros des curieux, le : « Passez, messieurs et mesdames! »

C'était enfin la chambre à coucher, et son petit lit de bois noir, et ses rideaux bleus, et l'éparpillement sur tous les meubles de morceaux de dentelle, de manchettes de Malines, de mouchoirs de Valenciennes, au milieu desquels se

trouvait blottie, une vieille, toute jaune, couvant
de son œil allumé, cupide, juif, cette chère toile
d'araignée. Et dans la chambre, en face du lit,
un bourdonnement de paroles rappelant les
noms de tous les amants de la femme, et n'ayant
plus la mémoire d'aucun des rôles de l'actrice.

« Passez, messieurs et mesdames ! » glapissait
toujours la voix du crieur.

— « *È tutto,* » fit en se rasseyant dans la voiture, la Faustin, rêveusement triste.

« Pourquoi êtes-vous venue voir ça... vous
aviez envie de donner commission pour quelque chose? »

— « Pour quoi que ce soit au monde! »

— « Alors... au fond c'était assez lugubre
ce spectacle... et vous semblez en être toute
remuée. »

La Faustin eut un sourire, prit la main de
lord Annandale entre les deux siennes, et
dit : « Les hommes vraiment, ça ne comprend
rien... pourquoi je suis venue... mais c'est pour
aider à la mort de la tragédienne... chez moi...
Oui, j'ai voulu que la vue de ça... ce fût le
tout dernier souvenir que j'emporterai de Paris
à l'étranger. »

XLII

A quinze jours de là, les deux amants étaien!
installés à Lindau, dans la villa Isemburg, sur
le lac de Constance. Leur amour habitait au
milieu de montagnes bleues, au bord d'une
petite mer qui a la brise du soir d'un océan, d'un
océan en miniature, que les Allemands appellent
la mer de Souabe, et sous les verdures des
arbres penchés et des plantes grimpantes des
rivages, et dans un paysage tout illuminé des
reflets de l'étendue d'eau ensoleillée, ainsi que des
reflets d'un miroir incendié.

XLIII

La villa, où s'étaient établis le jeune lord anglais et la Faustin, avait été, des années aupara-
vant, le nid des amours d'un comte Isemburg
et d'une princesse Frédérique Wilhelmine de
Hohenlohe, fille de l'électeur de Hesse, une
charmante femme rendue très malheureuse, et
finalement abandonnée par son mari.

C'était une vaste habitation au parterre mourant dans l'eau du lac, et ornementé, à la mode allemande, d'étoiles formées de petites plantes grasses de diverses couleurs, et d'astragales de fleurs, imitant les surtouts des antiques desserts, et où, un jardinier octogénaire continuait à entrelacer les lettres initiales du comte et de la princesse. De ce parterre vieillot et suranné, se levaient sur la rive, à une extrémité de la propriété, une chapelle gothique, à l'autre extrémité, un embarcadère pour une gondole vénitienne, surmonté de deux pages en zinc, émaillés en couleur, et portant au poing des lanternes.

Derrière l'habitation s'étendait un petit bois, aux allées tortueuses d'un parc anglais, aux arbres buissonnants, et poussant, les racines dans l'eau, à la façon de grosses touffes de roseaux, au feuillage tendre, léger, toujours frissonnant. Çà et là, en des places à ciel ouvert se voyaient ce qu'on appelle, en Allemagne « des établissements », des endroits pour prendre le café ou le thé, de petites enceintes garnies d'une table, de chaises, sous un parapluie au toit de chaume; et dont l'un sur une éminence, en plein midi, portait le nom de : *Sorrente*.

Dans la partie boisée, une allée de hêtres

pourpres, côtoyant un ruisseau tout vert de la cressonnière qui poussait dedans, menait à une grande volière, anciennement peuplée d'oiseaux rares, et qui était devenue maintenant un poulailler.

Elle était amusante par sa décoration originale, cette allée de hêtres pourpres. Dans ce pays où l'on ne mangeait autrefois que dans de la vaisselle d'étain ou dans de la porcelaine du Japon, des tessons d'assiettes cassées par deux générations, un Isemburg avait pavé l'allée, qui était tout or, tout vermillon, tout azur; et la Faustin, le long du ruisselet vert, marchait sur le sol baroque, avec l'ombre étrange d'un feuillage de carmin au-dessus de la tête.

XLIV

Pour les gens de théâtre, la vie en plein air est un bonheur tout particulier : une sorte de jouissance capiteuse.

Ces hommes et ces femmes, vivant le jour dans les ténèbres des répétitions, et qui n'ont pour soleil que le gaz du soir, et pour herbe sous les pieds que le vert d'un tapis, et pour ombre de forêt sur leurs têtes que le portant d'une coulisse, et qui ne respirent que des senteurs de colle, d'huile de quinquet, de pissat de chat, et dont enfin toute l'existence se passe dans une création de toile peinte, avec des tonnerres faits au moyen de remuement de casseroles, et de la neige fabriquée avec de petits morceaux de papier, — ces hommes et ces femmes, la Nature, la vivace nature les grise, pour ainsi dire, les emplit d'une ivresse intérieure, de l'ivresse riante et brisée des enfants, qui ont bu un doigt de vin de trop.

Ah! de l'air du bon Dieu; ah! du soleil qui hâle la peau, que cela leur paraît bon! Et les voilà, les gens de théâtre, quand ils sont sous le firmament des campagnes, à humer le ventilement des matins bleus, à aspirer cet air frigide, qui est comme le souffle de lèvres amies sur des tempes mouillées d'eau de Cologne. Les voilà, marchant à petits pas, par les étroits sentiers, avec toutes sortes de choses vagues, douces, et flottantes dans la cervelle, et s'arrêtant de temps en temps, pour taquiner, du bout d'une canne ou d'une ombrelle, la promenade d'un insecte. Les voilà, à l'heure de midi, couchés

sur la mousse, dans un repos doux et ensommeillé, à écouter le silence bourdonnant des
dessous de bois, ou à regarder, par une percée,
les grands horizons poudroyants, l'infini lointain des bois, des prés, des champs, où s'élève
tout là-bas un pauvre clocher. Les voilà encore
dehors, à l'heure de l'allongement des ombres,
et de l'endormement du jour dans le crépuscule. Et de l'ensoleillement de ces journées, des
aromes des arbres, des fragrances des herbes, de
la tonicité de l'air, de tous ces effluves géné-
reux, de tous ces cordiaux versés par le ciel et
la terre sur ces créatures de la vie artificielle,
naît chez eux, avec une élévation du pouls, une
allégresse un peu fiévreuse, dans un heureux et
tranquille ramassement sur soi-même

Il pleuvait le lendemain de l'arrivée de la
Faustin à Isemburg. La tragédienne commença, de sa fenêtre, à faire la mine au mauvais temps. Cela dura une demi-heure. Enfin
elle n'y put tenir. Elle prit son ombrelle et
descendit. C'était une de ces pluies orageuses
d'été aux grosses gouttes qui mouillent si bien.
Un moment sur le perron elle hésita à sortir, puis soudainement s'aventura dehors, s'a-
britant de son mieux de l'ombrelle, et se met-

tant sous un arbre quand l'averse augmentait.
Mais bientôt, cette tiède et gaie pluie rayant
l'air lumineux, l'appela, la sollicita ; et quittant
le dessous des arbres, et jetant son ombrelle sur
l'épaule, elle se mit à marcher bravement sous
l'eau qui tombait.

Et, trempée jusqu'aux os, elle allait parmi
l'ondée redoublante, avec de petits rires fris-
sonnants, et de temps en temps, de ses deux
omoplates rapprochées et resserrées, elle s'amusait à retenir, un instant, en son chatouilleux
cheminement, la goutte d'eau coulante dans le
creux de son dos.

XLV

Lindau, villa Isemburg, un jour de juillet.

« Petite Maria,

« Enfoncée la tragédie ! enfoncée dans le
troisième dessous ! — et ta sœur fait aujour-
d'hui un pied de nez à tous ces vieux Chinois en carton de l'histoire ancienne. Plus
tard on ne dira pas de moi, que, ma dernière
heure arrivée, j'ai pris un fiacre pour aller,

dans un chien de mauvais temps, contempler dévotement la façade du Théâtre-Français. Je te le dis : l'actrice est bien morte et enterrée chez moi. Ce n'est pas faute d'avoir eu peur au commencement. En arrivant ici, les premiers jours, je me tâtais, en me disant : « Ça va-t-il me repousser, ma maladie du théâtre ? » Mais rien ! rien ! et ça ne perce pas, et ça ne me chatouille nulle part. Oui, certes, bonne sœur, il est tout à fait agréable d'être applaudie, mais ce que ça coûte, tu le sais, et n'est-ce pas vraiment payé trop cher ! Au fond, la gloire, ça pourrait bien être tout simplement des bêtises : une exploitation de notre bonheur par une vanité imbécile ! Une idée de campagne, de plein air, quoi ! Aimer, vois-tu, pour nous autres femmes, c'est meilleur que tout. Toi, tu ne connais pas cela, tu n'as jamais eu que des caprices, des toquades, des fantaisies de mauvais sujet d'homme. Mais, pour moi, aimer, véritablement aimer, aimer à fond, c'est encore plus doucement amusant que de *produire des effets*. Par exemple si j'ai pris gaillardement ma retraite du théâtre, il y a ici une personne qui n'a pas fait comme moi. C'est ma vieille Gué-

negaud. Tu n'as pas l'idée de la tristesse de
sa figure, et de la désolation de ses robes sur
l'ennui de sa personne. Ah ! la malheureuse !
dans ce pays-ci, elle semble tout à fait traves-
tie en « une qui s'embête ». Je voudrais que
tu la visses, montrant les crocs aux autres
domestiques, faisant grise mine à lord Annandale, qu'elle déteste comme le *chourineur* de
mon talent dramatique, et toujours seule dans
un coin, et son terrible pince-nez à cheval sur
la figure, à épeler, à réépeler d'anciens comptes
rendus sur moi, glanés dans les journaux qui
ont servi à empaqueter mes affaires. Mais tout
ce silence grognonnant du jour, toutes les
paroles ravalées par elle dans la société des
Anglais et des Allemands, il faut entendre
cela, voir cela, débonder le soir, quand elle
me couche. Alors, c'est une suite de bavards
rappels de la vie d'autrefois, de notre caboti-
nage à deux, une série d'interminables : « Madame se rappelle-t-elle comme... » (mets ici
une admiration amoureuse de pompier, de col-
légien, d'un quelconque). « Madame se souvient-elle que... (mets là l'apport d'une couronne de lauriers bronzés, par une députation
de provinciaux crottés, ou ce que tu voudras

dans le même genre). La chère fille! tu comprends bien que je n'ai pas le courage de la faire taire, de lui gâter la seule bonne demiheure qu'elle ait dans la journée, et de brutaliser ces : « *Madame se souvient-elle?* ces *Madame se rappelle-t-elle?* » qui lui font tant de plaisir, et qui ne font pas monter en moi le plus mince regret de la détermination que j'ai prise.

« C'est tout plein gentil ici. Il y a partout autour de l'habitation une eau, une eau particulière, comment exprimer cela, tiens, une eau comme l'eau d'une cuvette où tournoie un morceau de savon, et les maisons sont presque entièrement enveloppées de grandes, d'immenses plantes grimpant jusque sur les toits, dont je ne te dirai pas, bien entendu, les noms. Mais, mon Dieu! quels légumes! Les pois ont sur leurs cosses des grands poils comme il y en a dans les oreilles de Carsonac. Et quels fruits! Figure-toi des poires qui sont du vert des poireaux de chez nous. Quant aux gens, ce sont tous des voleurs, si voleurs, que tout est enfermé, mis sous clef, scellé, et qu'on dit qu'ici la maîtresse de maison délivre elle-même à la cuisinière la pincée de sel. Et ça

te suffit, n'est-ce pas, ces renseignéments topo-
graphiques et autres finissant également en
iques?

« Quant au seigneur et maître, que te dire
de lui, sinon que je l'aime encore plus follement que jamais. Non, mon lord n'a pas
l'amour parleur, démonstratif à la française,
mais c'est un particulier qui est toujours aux
aguets de ce qui peut vous faire un petit ou
un grand bonheur, et la pensée de l'homme
est à tout instant occupée, presque sournoise-
ment, de l'agrément de l'être qu'il aime. Et
il travaille sans faire de bruit, et comme un
vrai filou, non seulement à vous la faire plai-
sante l'existence, mais à vous la faire sereine,
à y prévenir tout ennui, à la balayer de la plus
petite, de la plus minime contrariété, et cela
coûte que coûte. Je lui dis quelquefois, en
plaisantant, que, dans la vie d'une femme, il
est le faiseur d'un chemin de sable, où ses souliers de chevreau ne rencontrent jamais un
petit gravier. Tu connais mon procès avec le
Théâtre-Français et la ridicule indemnité
qu'on m'a demandée. J'étais convenue avec
mon avoué qu'on me laisserait tranquille ici,
et que le procès suivrait son cours, sans qu'on

m'ennuyât des incidents. Mais il y eut une signature à donner, et la vue de ce papier d'affaires, je dois l'avouer, me porta sur les nerfs toute une journée. Puis je n'y pensai plus, et le papier fut oublié plusieurs jours. Quand je le renvoyai, je reçus une lettre de Paris qui m'annonçait qu'on n'en avait plus besoin, que lord Annandale avait donné des ordres pour que l'indemnité fût intégralement payée. Et il ne m'en avait pas soufflé un traître mot. Je sais bien que ce procès, il m'était fait à cause de lui, mais je trouve que payer 100,000 francs, au lieu de 40, de 30,000 peut-être, et cela pour m'éviter à l'avenir le petit agacement de la vue d'un papier timbré, je trouve cela pas mal *gentleman*, et méritant de l'amour.

« Enfin, je suis parfaitement heureuse, et je mange comme un loup, et je dors comme un loir. Tiens, à propos, il faut que je te raconte un rêve, que j'ai fait cette nuit, après une course de tous les diables à cheval et deux verres de porto à dîner. Je me sentais, je me voyais ma cervelle, je ne sais pas comment, dans un panier à salade, que le beau bras, la belle main de l'assassine qu'on voit moulés chez les marchands de plâtres, secouaient à toute volée. Et ce bras et cette main n'appartenaient à rien. Est-ce insensé ce qu'on rêve, quand on a bu un peu trop de porto !

« Là-dessus, envoie-moi des nouvelles de Paris et ne crains pas de m'envoyer des nouvelles de théâtre. Le petit Luzy se marie, n'est-ce pas ? Je parie que c'est contre la danseuse de l'Opéra aux si beaux yeux, au si grand nez, et que tu as baptisée : « l'enfant de l'Amour et de Polichinelle. » Au fait as-tu été au cimetière ? As-tu vu si le jardinier avait arrangé les fleurs autour du monument de Blancheron, comme il en était convenu avec moi ? Je ne l'ai guère adoré, le pauvre garçon ! j'ai même été bien dure pour lui ; eh bien, je veux que sa tombe ait au moins l'apparence, de la tombe d'un homme qui aurait été un peu aimé sur la terre.

« Ta sœur affectionnée,
« JULIETTE. »

Te désempotes-tu, selon ton expression ? Sors-tu de ton chez toi, cet été ? Vas-tu à Hombourg ? Dans ce cas, tu devrais venir passer ici quelques jours avec ton gamin.

XLVI

Une vie active, allante, courante, du matin au soir, emportée à l'extérieur par de légers équipages, de rapides chevaux de selle ; une vie flagellée d'air et de vent, fouillant, au galop d'une chasse, les environs à sept ou huit lieues ; une vie d'exercice violent, nourrie avec les viandes saignantes, les vins alcoolisés qu'aime la vieille Angleterre, et mettant comme une joie dans les fonctions de l'organisme : telle était l'existence à Lindau des deux amants.

En cette existence matérielle, la circulation précipitée du sang, le bonheur intime du corps, la plénitude de la santé, faisaient, de jour en jour, la femme singulièrement belle. Ce n'était plus la Faustin de la Comédie-Française, l'actrice parisienne, laissant voir sur son piquant minois, sur son intelligente physionomie, le pli de la vie inquiète et nerveuse des capitales, l'ombre du souci, que posé au front de ses ouvrières le travail du théâtre, le masque vieillot se plaquant, certains jours noirs, sur la figure

25.

des artistes. C'était une autre femme. Il ne se
voyait plus rien de la grise fatigue des traits,
plus rien de la pâleur exsangue des attaches du
cou ; le bistre du dessous de ses yeux avait disparu, et tout ce qui commence à accuser l'âge
chez un être féminin, s'était nettoyé, éclairci,
fondu par miracle. Même un peu de l'ironie
habituelle à ce visage s'en allait petit à petit
dans une jolie béatitude de bonheur physique.
Et la sécheresse de l'élégant corps de la tragédienne s'enveloppait maintenant partout d'une
petite rondeur ferme, tendant le fil des coutures
de ses robes, et qui mettait du gras et du juvénile à ses attitudes, à ses remuements, à ses
gestes. Des fraîcheurs et des rigidités étaient
venues à sa chair, exhalant cette odeur naturelle de framboise, qu'ont les chairs des adoles-
centes de la campagne bien portantes.

Dans cette villa Isemburg, il remontait, sur
le visage de trente ans de la Faustin, la jeunesse
d'une fillette, et l'incarnat frais de ses joues, et
la blancheur lactée de ses carnations, et le rayonnement humide de ses yeux et le rose rougis-
sant du bout de ses oreilles.

XLVII

Les bords des lacs de l'Allemagne et de la Suisse offrent aux excursionnistes des recoins charmants : ce sont ces débarcadères de bateaux à vapeur, montrant, dans de petites criques riantes, des estacades, des balcons, des balustrades, que peuplent, au milieu de plantes grimpantes, des voyageuses accoudées dans des mouvements de grâce ; ce sont les légères architectures de bois, aux pieds mouillés, portant des femmes et des fleurs, et qui ressemblent aux images d'un album japonais déroulant la vie au bord de l'eau de l'Extrême-Orient.

Un jour que Juliette s'était laissée entraîner par lord Annandale dans une lointaine excursion à cheval, un moment les deux amants s'étaient arrêtés devant un de ces débarcadères.

Un délicieux tableau de genre, un tableau digne de la touche spirituelle d'un Knaus. Dans un angle, s'étageant contre une vieille calèche, au velours rouge passé, une montagne de malles, de sacs de voyage, de colis de toute sorte, d'objets pittoresques aux petits tons pétillants ; et au bas une ligne de chaises à porteurs, sur lesquelles étaient renversées, en des poses gamines, des filettes, en robe blanche, les mollets à l'air. Çà et là, debout et au poing le bâton à la corne de chamois, de jeunes voyageuses, dans le harnachement de cuir attachant à la ceinture, la lorgnette, l'album, l'éventail, l'ombrelle, et qui se détachaient élancées et sveltes, et tout aériennes, pour ainsi dire, en le voltigement de leur voile de gaze autour de la figure. Et parmi le fouillis et le désordre des choses du départ, un groupe de Suissesses au corsage de linge blanc, silencieuses, les bras croisés sur la poitrine, assemblées en cercle, et se regardant avec des regards vagues et exaltés — les regards que les femmes ont à l'église.

Tout à coup du milieu de ces femmes muettes, s'élevait un chant, un chant triste comme une mélancolie de montagne. Et sans s'occuper de ceux qui étaient là, et comme pour se faire plaisir à elles-mêmes, longtemps, ces femmes émotionnaient l'âme des assistants avec la plainte musicale de leurs douces et sévères voix.

Ces chants produisaient une grande impression sur Juliette, qui, non contente de vider sa
bourse et celle de son compagnon de voyage,
faisait cadeau, aux plus jeunes de la troupe, de
deux ou trois bijoux sans valeur qu'elle portait
sur elle.

Comme lord Annandale lui témoignait quelque étonnement, non de la générosité, mais de
la manière fiévreuse dont cette générosité avait
été faite par elle, la Faustin lui dit dans un
sourire grave :

— « C'est que j'ai chanté comme ces femmes,
moi ! »

L'émotion de la rencontre persistait, et semblait avoir ramené chez la femme un monde de
souvenirs, et fait remonter en elle, tout son
passé.

Elle ne parlait plus, et, poussant follement sa
monture, elle s'enivrait de vitesse.

A sa rentrée à la villa, trop fatiguée pour
souper, elle prenait un bouillon et se cou-
chait.

Dans la nuit, William était soudainement
réveillé par le bruit de paroles prononcées tout
haut. Il apercevait la Faustin qui avait quitté le
lit, et qui, en chemise, au milieu de la chambre,

dans un rayon de lune, déclamait la tirade
d'Hermione :

> Où suis-je ? Qu'ai-je fait ? Que dois-je faire encore ?
> Quel transport me saisit ? Quel chagrin me dévore ?
> Errante et sans dessein, je cours dans ce palais.

. . . .

La Faustin, dans l'étude d'un rôle, était su-
jette à de petits accès de somnambulisme, qui
brusquement la soulevaient de son oreiller, et
lui faisaient répéter, en plein sommeil, quelques vers, mais jamais lord Annandale ne
l'avait vue ainsi échappée des draps, et jouant
comme sur les planches d'un théâtre.

Elle était superbe dans cette lumière spec-
trale, disant les beaux vers d'une voix bais-
sée d'une octave au-dessous du ton, une voix en
mineure avec laquelle elle avait l'habitude d'es-
sayer ses intonations, une voix qui donnait à la
tirade une concentration tragique, enveloppait
le rôle d'une espèce de terreur sacrée, faisait
l'effet d'un morceau de tragédie déclamé par
une ombre.

La Faustin jouait ainsi toute la scène première, attendant à la seconde scène, un long
temps, la réplique de Cléone, que dans son som-

meil, elle s'impatientait de ne pas voir venir, s'éveillait, était quelque temps à se reconnaître... se précipitait dans les bras de William, disant : « Ce n'est pas ma faute... ce n'est pas ma faute... j'ai cependant tout fait pour ne l'être plus... tragédienne... »

XLVIII

A partir de cette excursion, la pensée de la Faustin ne se tint plus tout entière enfermée dans la villa, et la femme amoureuse ne vécut pas complètement de son présent. Un peu du passé rentra dans sa mémoire. Elle se surprit à redire, tout bas, un vers autrefois applaudi par le public, à sourire, dans une rêverie orgueilleuse, à la réminiscence d'un glorieux feuilleton. Tous ces revenez-y involontaires à sa carrière, tous ces retours de sa pensée au théâtre, elle les chassait cependant, mais elle avait beau les renfoncer au fond d'elle-même, ils revenaient aux heures de la molle détente du vouloir, aux heures troubles de la bienheureuse inconscience de la vie, aux heures où la femme s'endort, où la femme s'éveille.

Le soir sur son oreiller, ces images tremblo-tantes se succédant sous les paupières fermées, à la façon de dessins ignés sur le sombre métal d'un miroir, lui montraient de noirs coins de coulisses, où passaient des morceaux de chla-mydes, des pans de *peplum* lumineux.

Le matin, elle sortait de la nuit, la tête tout envahie, toute travaillée d'intentions pour un rôle, un rôle, qu'un rêve de minuit lui avait promis, et à l'existence duquel son demi-som-meil croyait, jusqu'à ce que la tragédienne eût ouvert les yeux au grand jour, à la réalité.

Le jour même, dans ce qu'elle entendait, dans ce qu'elle voyait, la Faustin cherchait, malgré elle, l'effet théâtral, et ses petits pas sautillants dans les allées du parc, s'assemblaient parfois dans la marche dramatique d'une cer-taine entrée de cinquième acte, restée populaire à l'Odéon, et parmi des tintements d'oreilles d'un instant, il lui semblait bruire les grands noms sonores de la famille des Atrides.

Tout cela ne touchait pas à l'amour de la femme pour lord Annandale, au parfait bon-heur qu'elle goûtait à Lindau, mais c'était la rentrée sourde dans sa cervelle de choses aux-quelles elle n'avait pas songé depuis deux mois,

et auxquelles elle voulait se défendre de penser.
Et devant cette obstination entêtée de tout son
être, à lui rappeler par tous les sens, et à tout
instant, son ancien métier, l'actrice, à la suite
d'impatiences muettes, se mettait tout à coup
à crier avec des piétinements colères, comme
si elle s'adressait à une autre créature qu'elle-
même : « Non ! non ! puisque je vous dis que
c'est fini, fini, à tout jamais fini ! »

La Faustin ne lisait plus les journaux français, de peur que ses yeux n'allassent tout droit à
l'article « Théâtres », et elle avait jeté dans le
lac un volume qu'on lui avait envoyé de Paris,
le livre d'un illustre critique récemment mort,
et, où se trouvaient republiées des analyses
enthousiastes de son jeu, de son talent, de
sa beauté dramatique.

XLIX

Une vie à deux, et sans distractions que des
promenades à cheval et en voiture au dehors.
L'amour un peu jaloux de William continuait
à avoir peur du monde, et dans la grande villa,

parmi cette installation princière, les deux
amants vivaient seuls, en compagnie d'une pa-
rente sans fortune de lord Annandale, d'une
vieille fille à peu près folle, ou plutôt à l'état
d'une douce imbécillité riante.

Une personne de la plus extraordinaire lai-
deur qui se puisse imaginer, et toute enveloppée
de pudibonderies mignardes, avec des mains
immenses, attachées à ses bras par des poignets
de gorille. Les quelques phrases qu'elle prononçait en français, étaient précédées d'un *aoh*,
qui, au milieu d'un décrochement singulier de
la mâchoire, se prolongeait en une série d'intonations caverneuses et drôlatiques, paraissant
ne jamais devoir finir et se terminant par une
toute petite chose flûtée incompréhensible.

Du reste, la bizarre créature n'apparaissait
qu'aux repas et pour la confection du thé du
soir, et aussitôt elle disparaissait, s'enfermant
dans une chambre qu'on lui avait choisie le
plus loin possible des appartements habités.

Là, sans repos, sans relâche, avec un entêtement de femelle britannique, elle jouait du
piano seize heures par jour, ne possédant pas
la plus petite aptitude musicale et la moindre
oreille, mais faisant avec un doigté de fer, une

implacable musique, où ne se sentait rien d'un
être humain qui joue, mais une musique qui
semblait sortir d'un moulin à bruit, conduit
par une machine à vapeur, et qui aurait fait
donner congé à tout un quartier de paisibles
gens. Et pendant ce strident charivari, la pia-
niste enragée avait, sur sa figure de caricature,
l'extase de sainte Cécile voyant s'entrouvrir les
cieux.

Sous le tapotage et les placages de ses terri-
bles grands doigts, le piano était si souvent mis
à mal, qu'elle avait pris le parti d'attacher à sa
personne, moitié comme secrétaire, moitié
comme valet de chambre, un vieil accordeur
auquel elle donnait de l'ouvrage, tous les jours.

Mise comme un épouvantail à oiseaux, l'excentrique vieille fille n'avait qu'une coquetterie;
celle des bonnets de nuit dont elle avait une
collection des plus coquets et des mieux enru-
bannés, — faisant entendre au milieu de ses
aoh d'habitude, et d'un gros rire presque spirituel, qu'elle était si laide au lit, qu'elle crai-
gnait, si le feu prenait à la maison, que les
pompiers qui viendraient à pénétrer dans sa
chambre, ne se sauvassent, croyant voir le
diable.

L

Le seul homme qu'on recevait à la villa, et qui y faisait assez souvent des séjours d'une huitaine de jours, était un secrétaire de la légation d'Angleterre en Bavière.

Celui-ci était le type du diplomate pêcheur à la ligne.

Il aurait refusé le plus beau poste du monde, en un pays, où dans les rivières ne se seraient pas trouvées des truites. Ce qui se passait dans le royaume près duquel il était accrédité, les questions politiques, militaires, religieuses, commerciales, quelconques enfin, il ne s'en occupait, ne lisant jamais un livre, un journal, un carré de papier allemand, ne sachant rien du coin de terre qu'il habitait, que ce que la conversation de la légation lui apprenait huit jours après, et au fond plus touché par la perte d'une *cuiller-amorce* emportée par un brochet, qu'il ne l'aurait été par une déclaration de guerre de l'Allemagne à sa patrie. Sa pensée tout entière appartenait aux poissons.

Et le soir, après sa journée passée sur le lac, on le trouvait toujours silencieusement penché sur une petite table, dans un coin du salon, et les doigts occupés à fabriquer la mouche de saule (*Sallow Fly*), ou une éphémère jaune de mai (*May Fly*), ou un cricri d'eau (*Water Cricket*); ou bien il nouait des *dessous*, ou bien il découpait du fer-blanc en forme de petits poissons. Il faisait cela avec des doigts religieux et qui semblaient toucher à des choses sacro-saintes. Un jour, il arriva même au diplomate anglais de s'élever à la confection d'un rat, d'un rat très susceptible de tromper les yeux d'un poisson, et c'était presque fantastique de voir dans le cercle de lumière projeté par la lampe, les longs cils roux de l'homme faisant comme un battement d'ailes de guêpe au-dessus de son regard clair, en l'effort de l'attention qu'il apportait pour arriver à la parfaite imitation de l'amorce vivante. Et la connaissance de l'histoire naturelle avec laquelle il construisit le carcasse de la bestiole, et l'art avec lequel il l'englua, et la légèreté de main avec laquelle il appliqua le poil, et comme adroitement il fixa deux imperceptibles yeux d'émail, et comme petit à petit il le fit vivant son rat! —

et comme il fut heureux au mouvement de peur,
que laissa échapper la Faustin, quand il le lui
jeta sur les genoux.

Puis, lorsque onze heures sonnaient, l'Anglais
songeant à son réveil matinal du lendemain,
ramassait prestement les bouts de crin, les petits morceaux de métal, les outils délicats, avec
lesquels il façonnait ses œuvres de patience, et
les remettait dans sa grande boîte de pêche,
qu'il ne refermait qu'après avoir donné un regard amoureux à chaque compartiment. Cette
boîte, il n'avait trouvé rien de mieux pour
égayer les premières soirées de son mariage,
que d'en faire l'inventaire à sa femme. Et ça
avait été une série de graves et de solennelles
conférences, où le mari dépaquetant chaque
menu objet empaqueté, le frottait une seconde
avec une peau à couteau, en expliquait l'usage,
le réempaquetait immédiatement, et faisait ainsi
passer sous les yeux de sa très jeune femme,
expliquée et agrémentée par de doctes commentaires, toute sa petite boutique.

LI

A quelque temps de là, la villa eut un autre commensal, dont lord Annandale annonça la visite à sa maîtresse comme la visite d'un compatriote un peu original, lui disant qu'il lui serait reconnaissant de lui passer ses bizarreries.

On le trouva, un jour, en revenant d'une promenade, installé dans la maison, et en train de se rafraîchir, en attendant le dîner, avec de l'eau-de-vie, qu'il buvait à pleines lampées dans un verre à pied, porté à sa bouche d'une main tremblotante.

Le nouvel arrivé se mettait aussitôt à parler, sur un mode enthousiaste, des chants des Scaldes, des vieux poèmes du Nord, des traces qu'ils avaient laissées dans la mémoire des habitants de l'Islande qu'il venait de visiter, et, quoiqu'il s'exprimât dans un français assez incorrect, il étonnait la Faustin, qui avait cru d'abord avoir affaire à un ivrogne de grande maison.

On dîna — et tout en buvant, tout le temps,

de l'eau-de-vie au lieu de vin, et ne mangeant
que d'un potage à la queue de bœuf à faire
venir des ampoules sur la langue, et d'une
salade de concombre dont il vida le ravier, —
« l'honorable » Georges Selwyn fit les frais d'une
conversation sur la situation politique de l'Allemagne, les diplomates anglais du continent, les
salons de Vienne, le théâtre de Racine et de
Corneille, formulant des ugements d'homme
d'État, racontant des anecdotes, laissant échapper des mots profonds, tirant de sa mémoire des
citations interminables, montrant une connaissance extraordinaire de toutes les littératures
de l'Europe, et cela sans un symptôme d'ivresse,
et dans une langue française, se débrouillant
d'heure en heure, et devenant incisive, méchante, et parfois atrocement gouailleuse.

L'honorable Georges Selwyn intriguait la
curiosité de la Faustin, il y avait vraiment de
quoi. Cet homme on le sentait encore jeune,
mais sous des traits vieux comme le monde, et
il avait une peau qu'on aurait dite boucanée,
et que seules tannent ainsi, les existences mauvaises, fatales, criminelles. Il était prétentieuse-
ment mis avec des vêtements tachés, et portait
à la boutonnière une fleur rare, horriblement

odorante, dont la queue baignait dans un flacon plat, caché sous le revers de son habit.

Ses mains desséchées d'une manière curieuse, se terminaient aux deux petits doigts par de grands ongles à la chinoise enfermés dans un onglier d'or. Et en dehors de l'excentricité de l'individu, qui ne portait pas de cravate, et dont le décolletage descendait jusque sur la poitrine, il y avait encore en lui un tas de riens indéfinissables qui déplaisaient, malgré la séduction de son intelligence ; c'était surtout au-dessous d'un front d'hydrocéphale, une figure qui ne semblait pas de son sexe, une figure de vieille femme, dans laquelle allait et venait un ricanement perpétuel, pareil à un tic nerveux. L'homme prenait encore un caractère étrange, de ce qu'au milieu de ses cheveux, très noirs, une mèche blanche — la mèche, disait-il, qu'avaient tous les membres de sa famille, — était arrangée et mise en évidence avec une certaine affectation.

Au salon, l'honorable Georges Selwyn continuait à causer de tout en spécialiste, et des choses les plus diverses, et, entre autres des pastilles ambrées du maréchal de Richelieu, dont il aurait obtenu la recette de Cadet Gassicourt,

recette qui, dans un voyage en Orient, lui avait
permis de voir un tas de choses, que les autres
chiens de chrétiens n'avaient jamais vues, grâce
à la reconnaissance de vieux pachas, rajeunis,
ressuscités, par cette importation de la cour de
Louis XV.

Et tout en causant, comme il avançait machinalement la main vers le flacon de sels de la
Faustin placé sur la table, un flacon taillé dans
une gemme et que la Faustin lui poussait sous
les doigts, il le repoussa par un mouvement
saccadé, en disant : « Non, je le casserais! » et
sur l'étonnement monté à la figure de la femme,
il ajouta :

— « Oui, je jouis d'une maladie particulière,
tout à fait particulière... Quand je prends dans
la main une chose précieuse, et que j'ai le sentiment qu'elle est précieuse... il se passe chez
moi un phénomène bizarre... l'action réflexe du
cerveau transmettant sa volonté aux muscles
adducteurs et préhenseurs, se transforme en
une négation du mouvement qui leur est commandé... Il y a chez moi une impotence fonc-
tionnelle, qui me fait lâcher la chose... et
paf!.. elle est en mille morceaux par terre...
C'est, disent les médecins, la prépondérance

du cerveau annihilée par l'influx nerveux de la moelle... remarquez que si la chose, je ne la crois pas précieuse, je la tiens très bien... non, mon ami, ça n'a rien de commun avec la *crampe de l'écrivain*, c'est, pour ainsi dire, tout le contraire... dans ce cas, la contraction exagérée, tétanisée, arrive à la *contracture*... tandis que chez moi, il y a paralysie musculaire momentanée... Enfin je suis un cas pathologique... j'intéresse au plus haut degré mon ami le docteur Burnett, et il doit me faire l'honneur d'un paragraphe, dans son prochain livre sur les *Troubles nerveux.* »

LII

Aux heures du soir, dans le coin de la cheminée de la villa Isemburg, maintenant bien souvent, il n'y avait de la Faustin que sa présence physique : rien que son corps; l'esprit de la femme n'était plus là, il était rue de Richelieu.

La tragédienne se revoyait, sautant du coupé conduit par le vieux Ravaud, dans la criée des

journaux imprimant son nom tous les soirs. Elle
passait devant le concierge, lui souriant, en faisant tourner respectueusement sa casquette
entre ses doigts. Elle montait, rapide, l'escalier
dans une ascension qui avait de petits repos
méditatifs sur les paliers. Elle se penchait sur la
profonde cour noire, aux fenêtres sans volets,
sans rideaux, flamboyantes de haut en bas de
lumières dans lesquelles allaient et venaient des
ombres de gens, et où se voyaient tout au fond,
des jambes de pompiers pantalonnés de blanc,
à côté d'un lit de camp chargé de fourniment
d'un municipal.

Elle était dans sa loge, répétant avec sa sœur
ou le souffleur du théâtre, et prise de l'émotion
à la fois douce et anxieuse et toujours nouvelle
de chaque soirée. Elle se regardait, dans les
plis tombants de la robe de tragédie qui enveloppait son corps d'une grâce sérieuse. Elle touchait de ses pieds le plancher de la scène, ce
plancher d'où se levait pour la femme sa vraie
vie vivante. Elle regardait par le trou de la toile
la grande salle lumineuse. Elle retrouvait dans
la cinquième loge de droite la vieille duchésse
de Taillebourg, la fidèle assistante à toutes ses
représentations. Elle revoyait à l'orchestre, tou-

jours dans la même stalle, contre la petite porte
de sortie, la perruque du marquis de Fontebise.
Elle se sentait doucement envahir par l'orgueil,
de tout ce grand, illustre, intelligent monde,
venu là, pour ce qu'elle, elle seule, savait
remuer dans l'âme humaine. Elle apparaissait
en scène au milieu de ce battement pressé des
cœurs, de ce silence oppressé des respira-
tions, de la muette et haletante admiration
qui accueille et salue les grandes artistes. Elle
jouait, elle jouait dans le bruit des applaudissements, dans ce bruit dont son existence avait
besoin, et qui lui faisait défaut, — et qu'elle
cherchait quelquefois, comme étonnée de ne
plus l'entendre, parmi les voix de la nature.

Et le visage de la Faustin, quand sa pensée
était là-bas, avait cette fièvre, ce gonflement des
narines qu'on dirait hennissant, d'une comédienne qui foule les planches.

— « Vous ne dites rien ce soir, Juliette... à
quoi pensez-vous? »

C'était la voix de son amant.

— « A rien, mon ami!... ah! il est neuf
heures trois quarts! »

Et l'heure marquée sur le cadran de la pendule allemande, ne lui rappelait que l'heure,

27

où elle faisait son entrée dans le deuxième acte de *Phèdre*.

Alors la Faustin tirait à elle un de ces ouvrages de femme, dans l'occupation duquel on dit aux interrogations, que l'on compte des points, et qui lui permettait de revenir à sa songerie, et d'y vivre sans être dérangée, tout le temps d'une représentation du soir de Paris.

Malgré sa résistance, ses efforts, ses luttes, ses combats, la passion maîtresse était rentrée dans la Faustin. Elle était reprise par les griffes de la vocation, de l'habitude, par la toute-puissante servitude imposée à l'avenir par de longues années passées dans le culte d'un travail aimé. Le théâtre se la ramenait à lui par les séductions de cette carrière de gloire, par les attaches de cette profession de vanité quotidiennement satisfaite, par tous les charmes inconnus et les enlacements secrets de ce milieu si singulièrement captivant, que les directeurs de spectacles vous diront : que même les ouvriers, des mécaniciens, des menuisiers qui ont une fois travaillé au théâtre, ne veulent, ne peuvent plus travailler que là, quelque mal payés qu'ils y soient.

En dépit de son bonheur, de son amour, la

Faustin se mourait du vide, de l'inactivité, du calme de sa vie.

Chez cette femme faite par la nature pour le théâtre, dont chaque inflexion de voix, dont chaque attitude, dont chaque rien qui s'échappait d'elle, était théâtral et spontanément — chose plus rare qu'on ne le croit même chez les actrices de valeur, — c'était comme une exaspération de tous ces dons, de toutes ces facultés originelles, par ce long repos, ce sommeil de plusieurs mois. Il y avait comme de son talent à la géhenne, qui voulait, de force et violemment, sortir d'elle, et de grands gestes tragiques couraient tout à coup dans les petits plis de ses robes étroites, et par moments, il lui semblait que les accumulations de vers enfouis dans sa mémoire, et condamnés au silence, allaient se faire jour, à travers sa bouche fermée, dans un rebellionnement furieux.

Même dans les yeux de l'amoureuse, était rentrée l'impérieuse, la froide, l'insensible vue de l'actrice : la vue qui observe ; et avec cette vue, la tension presque douloureuse d'une attention inquiète des manifestations comiques ou dramatiques des figures autour d'elle, la poussait, sans qu'elle en eût la conscience, à la recherche des éléments passionnels de grandes et nouvelles créations.

Décidément elle se sentait vaincue, oui, bien vaincue. Dans ces derniers temps, à plusieurs fois, et pendant nombre de jours, avec une insistance qui ne se décourageait pas, et des tendresses infinies, et un amour toujours plus grand, lord Annandale était revenu à la question du mariage, et lui avait encore demandé de devenir sa femme. La Faustin avait refusé comme elle avait déjà refusé à Paris. Mais quand elle s'interrogeait bien au fond, elle était obligée de 'avouer que la délicatesse de son honnêteté, n'était pas, cette fois, l'unique et absolue cause de son refus, et que dans son refus d'aujourd'hui, il se glissait l'arrière-pensée de revenir au sthéâtre, le jour où elle ne serait plus aimée.

Et elle venait d'écrire à Paris, à propos de ses costumes de théâtre, que dans le premier instant de sa démission de sociétaire, et dans une idée de l'abandon irrévocable du théâtre, elle avait laissés sur des porte-manteaux, on les mît, on les serrât dans des coffres qu'elle avait chargé sa sœur de faire fabriquer.

LIII

Un matin, que l'honorable Georges Selwyn se promenait avec la Faustin, avant le déjeuner, dans l'allée de hêtres pourpres, il l'arrêta devant la volière du fond, où le jardinier avait enfermé sept ou huit coqs pour les engraisser.

— « Vous apercevez, madame, ces deux coqs qui se tiennent tout en haut du perchoir, tandis que les autres sont en bas ? »

— « Oui ! »

— « Regardez-les bien… faites attention comme leur crête est molle, allongée, décolorée ? »

— « En effet, ! »

— « Ne remarquez-vous pas qu'ils ont quelque chose de triste et de comique à la fois dans leur galbe d'oiseau mâle ? »

— « Je ne vois pas bien ! »

— « Vous savez qu'ils ne descendront de là-haut, ces deux coqs, que lorsqu'ils mourront de faim ! »

— « Pourquoi ? parce que les autres les battront ? »

— « Non... parce que, lorsqu'ils descendront, les autres les traiteront, comme s'ils étaient des poules ! »

— « Vous trouvez cela vraiment si réjouissant, monsieur Selwyn ? »

— « Moi je trouve cela, je trouve cela... antiphysique... voilà tout ! » — fit l'Anglais, qui se mit à reconduire la Faustin à la maison, avec de petits rires ironiques très étranges.

LIV

— « *Order ?* »

Un mot mâché, comme un grognement, par la voix sans timbre d'un homme épais, soudainement immobilisé, sa casquette à la main, vant la porte refermée derrière lui.

C'était le cocher de Madame qui venait prendre ses ordres.

La Faustin levait la tête devant la massive apparition aux cheveux roux, faisait un «Ah !» français.

Puis elle disait avec une intonation dolente : « *Oh yes, yes, wait* » (1).

_____

(1) Oui, attendez.

La femme cherchait, pendant quelques instants, ce qu'elle pouvait bien faire dans la journée, la course aux environs qu'elle n'avait pas tentée, une promenade de nature à lui apporter une distraction, et elle ne trouvait rien, et sa pensée du matin s'en allait ailleurs.

L'homme dans son immobilité pétrifiée, et sans jamais répéter sa demande, attendait, collé contre la porte.

A un moment de sa rêverie, les yeux errants de la Faustin retrouvaient son taciturne cocher, qu'elle avait complètement oublié.

Devant ce cauchemaresque rappel à la réalité, à l'occupation de sa journée, elle se mettait à chercher de nouveau, mais elle se sentait une lâcheté à sortir, à se remuer, à se secouer de son apathie, puis involontairement elle songeait à son vieux Ravaud, au cocher de son coupé de Paris, la menant toujours, si pleine d'entrain, à des endroits qui l'amusaient.

Et quand du souvenir de cette bonne et vivante figure française, ses regards tombaient une seconde fois sur les fibres impassibles de la physionomie de l'autre, éternisé dans la même position ; tout à coup prise d'une subite impatience, elle lui jetait, avec le geste d'une reine

des temps anciens, revenant dans ses habitudes
bourgeoises, un : « Sortez » tout à fait théâtral.

Cette scène était à peu près la scène qui se
passait, tous les matins, entre le cocher anglais
venant prendre les ordres de sa maîtresse
française, et sa maîtresse lui disant ainsi qu'elle
restait à la maison.

LV

Le jardin de la villa prenait sa fin dans une
immense terrasse, bâtie en gros blocs de granit,
dessinant un bastion ruineux qui avançait dans
le lac. Tout autour, à l'intérieur, régnait un
banc de pierre d'où l'on voyait, en se penchant
un peu au-dessus, la claire profondeur de l'eau.

C'était là que la Faustin, ayant pris en dégoût tout exercice, passait une partie de ses
journées. Abritée de son ombrelle, et indolem-
ment couchée dans un angle du banc de pierre,
une jambe repliée sous elle, sans rien faire, la
pensée vide, et avec le rose reflet de la soie
transpercée de lumière sur l'ennui de sa figure,
elle regardait fixement, des heures, cette belle

eau verte qui ne coulait pas, et regardait encore une troupe de grands poissons noirs, flottant
ensommeillés à la même place, tout le temps
qu'il y avait du soleil, — et dont l'immobilité
morte, parmi cette eau stagnante, l'entretenait
tout bas de son existence inerte, de sa vie figée.

LVI.

— « Au fond, décidément, qu'est-ce que c'est
que votre ami Selwyn ? »

Cette phrase était adressée par la Faustin,
à lord Annandale, après la sortie de son ami,
venant de partir pour Munich, où on ne savait
ce qu'il devenait pendant deux ou trois jours
de chaque semaine.

Lord Annandale, occupé à allumer son
cigare, en tira lentement une bouffée, regarda
sa maîtresse en plein visage, et dit :

— « Georges Selwyn... c'est un *sadique.* »

Et sur une muette interrogation des yeux de
la Faustin, il ajouta :

— « Oui, un homme aux amours... aux appé-
tits des sens déréglés, maladifs... Mais qu'est-ce
que vous... qu'est-ce que nous fait sa vie ? »

Et il se mit à se promener dans le salon, en laissant tomber de sa bouche :

« Une grande... une très grande intelligence... un savoir immense... et un vieil ami de jeunesse. »

Puis là-dessus un silence.

— « Sortez-vous aujourd'hui, Juliette ? » fit-il au bout de quelques instants.

— « Non. »

Sur ce « non » lord Annandale se dirigea vers les écuries.

La Faustin pensait à la répulsion instinctive qu'elle avait éprouvée, à la première vue, pour cet inconnu, à la contrariété qui lui était venue de l'installation dans la villa de cet homme, tombé on ne sait d'où, au commencement de jalousie ressentie par elle de l'influence qu'il prenait tous les jours sur son amant. Elle lui en voulait même à cet homme, pour l'empreinte qu'il laissait de lui au fond de la songerie des gens avec lesquels il vivait, pour la sollicitation de leur curiosité, pour la hantise de leur cervelle par l'énigme de son trouble personnage. Elle se demandait quels pouvaient bien être les liens, les attaches, les rapports dans le passé de cet individu avec lord Annandale. Elle cher-

chait dans sa tête et s'étonnait que son nom
n'eût jamais été prononcé devant elle. Et ses
souvenirs allaient en remontant jusqu'à la première période de sa liaison avec le jeune noble
anglais. Alors, dans le lointain de sa mémoire,
lui revenait une nuit d'Écosse, une nuit dans
une promenade éclairée par un clair de lune,
qui faisait du grand parc aux vieux arbres, le
paysage d'un monde céleste. Là, dans la can-
dide nuit de lumière, à propos de rien, et sans
qu'elle sût pourquoi, tout à coup son amant
s'était jeté à ses pieds, avait embrassé ses genoux, la remerciant, en une humble adoration,
du précieux don de son amour, et cela avec des
tendresses mouillées de larmes, de la joie folle,
des paroles délirantes, qui disaient, dans un tu-
multe désordonné de l'âme, que cet amour avait
retiré sa jeunesse d'un milieu de salissantes dé-
bauches, de l'étreinte de redoutables passions
inspirées par des lectures et des amitiés funes-
tes, impies. Et le mot de tout à l'heure de lord
Annandale : « Un vieil ami de jeunesse » lui
faisait tout à coup apparaître Selwyn comme un
des mauvais génies de l'adolescence et des premières années d'homme de son amant. N'avait-
elle pas d'ailleurs saisi des bribes de sa conver-

sation ! A ses oreilles, quand elle allait retrouver,
dans quelque coin de parc ou de chambre, les
deux amis, n'était-il pas parvenu un peu de
l'âcre piment de sa parole, lorsqu'elle barbot-
tait dans des détails sensuels, et des lambeaux
de son éloquence en rut, et des morceaux de
tableaux férocement érotiques, et des théories
sur l'amour, où il y avait de l'assassin? Quelquefois, en l'entendant indistinctement de loin,
devant la gouaillerie méchante de tous ses
traits, devant la jubilation raillarde de sa bouche, sous l'aigu vibrant de sa voix de fausset en
joie, ne s'était-elle pas sauvée de l'homme,
comme d'un apôtre satanique du mal, des passions mauvaises ! Et maintenant, depuis que ce
Georges Selwyn était là, son amant ne lui arri-
vait-il pas dans les bras, à la suite des interminables causeries d'après dîner, comme si le
verbe enflammé de son ami lui eût versé dans
les veines un aphrodisiaque ! Et n'avait-elle pas,
à l'heure présente, un peu peur de cet amour,
de sa frénésie, de sa rage inassouvie et même
du visage aimé, que la volupté faisait autrefois
si doux, et où aujourd'hui, il lui semblait se
glisser une expression étrange, presque cruelle !

LVII

Avec l'automne qui était venu, et les dernières fleurs mourantes et les premières feuilles tombantes, et les grands vents d'ouest dans les arbres gémissants, et le gris de l'eau immense, et le blafard de la vaste construction parmi l'éclaircie des arbres et le dessèchement des plantes grimpantes sous une pâle lumière, la Faustin avait été prise d'une singulière tristesse, d'une tristesse anxieuse, où il y avait comme une peur, une épouvante pour l'avenir, des lieux qu'elle habitait. Le moyen âge artificiel de certaines parties des constructions, la décrépitude hâtive des bâtiments à l'italienne, sous un ciel allemand, donnaient à la villa, certains jours, le caractère d'un décor tragique. Des pierres, sans qu'on puisse dire pourquoi, se dégageaient pour une personne dans une disposition nerveuse, de sombres pressentiments. Puis la Faustin savait maintenant que la petite chapelle gothique qu'elle avait d'abord prise pour une fantaisie architecturale de l'ancien propriétaire, était

28

un caveau, et que la femme aimée avant elle dans ce coin de terre, y était enterrée avec l'enfant qu'elle avait mis au monde. Et elle revoyait la jeune et amoureuse princesse, ainsi qu'elle avait été exposée et déposée dans sa sépulture, ensevelie sous les fleurs, et tenant de ses deux mains croisées sur sa poitrine, son enfantelet mort. Et cette grande propriété maintenant avait pris à ses yeux l'aspect d'un de ces logis, où est arrivé un grand malheur, et où, en dépit du changement des hôtes, du soleil entrant par les fenêtres rouvertes, de la joie toute neuve qu'on y apporte, reste éternellement enfermée une morne désolation.

Et encore, dans cette villa, les individus avec lesquels elle vivait : la vieille Anglaise, le diplomate, l'honorable George Selwyn lui apparaissaient comme des êtres troublants, alarmants, comme une humanité drôlatique ou macabre, un peu effrayante. Même l'automatisme de ces grands laquais de six pieds, à figure de personnages de cire, se levant tout d'un ressort à son passage dans l'antichambre, lui faisait naître parfois dans le cerveau l'idée qu'elle vivait non en un milieu réel, mais dans un monde vilainement fantastique, et mettait une sorte d'in-

quiétude morale d'un instant dans la Parisienne,
dans la femme ayant vécu jusqu'alors en des
appartements riants, avec des hommes et des
femmes constitués humainement.

Dans ses jours de désœuvrement, la Faustin
parcourait les chambres inhabitées, se cognant,
dans la pénombre des persiennes fermées, à un
berceau d'enfant, à des reliques de famille,
comme abandonnées dans la fuite précipitée
d'une habitation maudite.

Au milieu de ces objets hétéroclites, il y avait
un petit meuble, une sorte de chiffonnier devant
lequel une puissance invisible la ramenait
toujours. La princesse Frédérique avait eu un
goût passionné pour les dentelles, et le chiffonnier, sur des étiquettes collées sur les tiroirs,
portait écrit de sa main, en de délicates pattes
de mouches : *Malines, Valenciennes, Chantilly,
Alençon, Angleterre.*

Poussée par une impulsion bizarre, la Faustin ouvrait tour à tour chacun de ces tiroirs,
dont elle regardait le vide... restant, des temps
infinis, immobile devant le meuble, à rêvasser,
à penser que la maison habitée par elle, était
une maison qui portait malheur, une maison
fatale.

LVIII

Un domestique, au moment où les habitants de la villa Isemburg prenaient le café à « Sorrente », remettait sur un plateau d'argent une lettre à l'honorable George Selwyn.

L'honorable George Selwyn, après l'avoir ouverte, la passait à son ami, en disant : « J'ai le regret de vous quitter ce soir ; il y a du monde qui m'attend chez moi. »

— « Oui... c'est de la petite maison sur les côtes de la Bretagne... dont tu m'as parlé, » reprit lord Annandale, en balayant des yeux la lettre écrite en chiffres.

La Faustin avait jeté involontairement les regards sur la feuille de papier à lettre, et s'écriait : — « Oh! la jolie petite chaumière qui est en tête ; » et, se penchant dans un mouvement de curiosité enfantine pour déchiffrer l'exergue courant autour de la gravure, elle lisait tout haut : la *Chaumière de Dolmancé*.

Elle ajoutait : « C'est le nom de l'endroit, hein ? »

— « Oui, parfaitement, » faisait lord Annandale, pendant que la femme, soudainement décontenancée, rencontrait, sur les lèvres de l'honorable George Selwyn, un terrible sourire énigmatique.

LIX

Vers ce temps, dans une lettre qui chargeait sa sœur d'emplettes de toilette, la Faustin finissait par ce post-scriptum :

« Tu ne m'as pas envoyé, ainsi que je t'en avais priée, tous les journaux sur le début de madame Jenny-Lafon dans *Phèdre*, et tu ne m'indiques pas, parmi mes rôles, ceux qu'elle annonce l'intention de jouer. Ah! s'il m'était donné de rentrer seulement quelques mois au théâtre, je demanderais à jouer les confidentes dans les pièces où elle fait les reines, et je la mangerais! »

LX

Et la vie tête-à-tête avait recommencé dans la villa Isemburg, entre les deux amants : une

vie dans laquelle le départ de l'Anglais Selwyn
avait mis chez la Faustin la délivrance de secrètes inquiétudes, et où un projet, qui était à
la veille de se réaliser, apportait presque une
distraction, au retour entêté de sa pensée vers
le théâtre. Lord Annandale avait proposé à sa
maîtresse de passer l'hiver en Italie, et tous
deux étaient dans les occupants préparatifs et
l'allègre envolée d'imagination, qui précède
un voyage, et prend, pour ainsi dire, l'avance
dans le pays lointain.

C'était bien décidé, on ne se fixerait nulle
part, et, voyageant dans sa voiture et avec ses
chevaux, on irait un peu à l'aventure, et on
s'arrêterait où l'on se plairait, et on brûlerait
les villes et les endroits où l'on s'ennuierait. Et
penchés sur une carte, les deux têtes l'une contre
l'autre, et mêlant leurs cheveux, et leurs deux
index se promenant côte à côte sur la grande
feuille, ils dressaient les étapes de leur futur
voyage, au milieu des ignorances réjouissantes
de la femme, de ses interrogations enfantines, et
des réponses de l'homme possédant à fond le
pays. — « Là, disait-il, en mettant le bout du
doigt de sa maîtresse sur le petit rond noir, —
là, il lui achèterait une bague d'un certain or

travaillé que les autres États de l'Europe ne fabriquent pas.... Là, il la mènerait voir une vieille église qui n'est pas indiquée dans les guides... Là, il lui ferait manger un petit poisson qui ne se mange que là... » Puis il avait fait de la photographie dans l'Inde... et il était en train de faire venir un appareil... elle l'aiderait et elle verrait comme c'est amusant... et ils rapporteraient des vues.... des vues faites par eux deux... de tous les coins où ils auraient laissé de leur bonheur, de leur amour.

Déjà la vieille Anglaise était embarquée pour l'Angleterre où elle devait passer tout le temps du voyage des deux amants, et les malles étaient commencées, et le départ fixé pour les premiers jours de la semaine qui venait.

LXI

Dans l'air lourd de volupté de la chambre à coucher du lit où, une nuit, à ses côtés, dormait sa maîtresse, lord Annandale se leva, pour faire entrer un peu de la fraîcheur du matin, blanchissant à travers la transparence des rideaux.

Il alla à la fenêtre avec des pas mous, essaya de l'ouvrir, jeta d'une voix faiblissante : « Juliette, à moi... à moi ! »

Du fond de son sommeil las, réveillée par cet appel, la dormeuse vit son amant cramponné des deux mains à la poignée de la fenêtre, et essayant de retenir l'équilibre d'un corps prêt à tomber. Aussitôt en bas du lit, la Faustin courut à lui, l'entoura de ses bras.

L'homme, soutenu par la femme, fit un mouvement pour regagner son lit, mais les jambes manquèrent sous lui, et la Faustin sentit peser sur ses épaules l'évanouissement de son grand corps.

Elle criait, elle implorait du secours, mais on ne l'entendait pas ; et ses bras ne pouvant se desserrer autour de lui, elle ne pouvait sonner.

Alors elle réunissait toutes ses forces, et soulevant son William dans un effort désespéré, elle portait, écrasée sous le poids mort, et avançant lentement, lentement, la tête tendue vers son pâle visage, le regard montant à ses yeux tout grands ouverts, et emplis du fixe effroi, que met chez le vivant en pleine santé, une soudaine et inattendue interruption de la vie.

LXII

Lord Annandale n'avait pas repris connaissance, depuis que la Faustin l'avait recouché.
Il était étendu, en une immobilité de cadavre,
avèc, dans les yeux, son effrayant regard fixe.
De l'apparence et de la circulation de la vie, il
n'y avait chez lui qu'une respiration brève, stri-
dente. Par moments seulement sa bouche devenait bruissante de la sonorité de paroles avortées,
et brisées, qui commençaient à s'échapper dans
de confus éclats de voix, et qui se résolvaient en
des soupirs d'enfant. Parfois même, — était-ce
une illusion ? — il semblait à la maîtresse,
quand elle se penchait sur lui, pour lui faire
avaler de petits morceaux de glace de la gros-
seur d'une tête d'épingle, il semblait que dans
une éclaircie souriante, ses yeux avaient sur les
siens un appuiement obstiné d'une seconde, qui
était une reconnaissance, mais aussitôt leur
expression était emportée comme dans du lointain.

Et dans cette station au pied du lit, où la

fèmme ne voulait être ni remplacée ni relayée;
se succédaient des jours avec leur joyeux et
irritant réveil du matin parmi les lueurs de la
bougie mourante, et des nuits longues de troubles heures qui n'en finissaient pas : des jours
et des nuits, où revenaient les visites soucieuses
du médecin et sa figure déconcertée par l'étrange
et inexplicable maladie.

LXIII

En plein bonheur d'une existence à deux, la
brusque perspective, dans quelques jours, peut-
être dans quelques heures, de la séparation éternelle, et la brutale entrée de l'idée de la mort ! Et
c'était au commencement d'un amour que tous
deux s'étaient promis éternel, et qui n'était pas
encore vieux d'une année, d'un amour qui avait
les tendresses, les ardeurs, la chaude et insépa-
rable mêlée de l'un à l'autre d'une passion.
Était-ce, mon Dieu, vrai ? Tout à coup, comme
ça, quand elle se promènerait, elle n'aurait plus
son bras pour s'appuyer dessus ; et, quand elle
mangerait, elle n'aurait plus son visage en face

d'elle ; et, quand elle dormirait, elle n'aurait
plus son sommeil lié au sien ; et elle n'aurait
plus sa parole pour dire la même pensée que
celle venue au même moment dans sa tête ; et
elle n'aurait plus ses yeux pour voir, pour voir
à deux... Non, plus rien désormais dans sa vie
que l'épouvantable solitude, en un monde vide,
aux jours n'ayant plus de soleil, aux choses
n'ayant plus de joie pour elle. Si encore elle
avait été préparée à la terrible prévision par de
longs mois de maladie, par le lent changement
de l'alité, par l'inquiétude des visages, par des
mots dits à voix basse, par tous les présages cruels
qui habituent la pensée, la familiarisent avec
ce à quoi redoutable, auquel elle se refuse d'a-
bord de croire obstinément de toutes les forces
d'un cœur qui aime... mais non, une mort, une
mort qui était comme un coup de foudre.

Et parmi la durée non fixe et non précise de
ce temps qu'on passe au chevet d'un mourant,
la Faustin demeurait là stupide, ainsi qu'une
personne qui aurait reçu un grand coup sur la
tête, les idées brouillées dans la cervelle, l'attention diffuse, les oreilles comme emplies du
sourcillement d'eaux lointaines, avec de temps
en temps, remontant du fond d'elle, un muet

soulèvement contre Dieu et la Providence.

En ces heures, l'éveil de la vie chez la femme avait quelque chose du malaise ensommeillé d'un cauchemar, et de la sourde douleur qu'il apporte dans d'obtuses sensations.

Et toujours dans le cerveau endolori de la Faustin, l'allée et la venue de la déchirante incertitude.

Parfois soudainement, par d'inconscients mouvements de bras jetés en avant, et avec des paroles qui n'étaient que pensées, elle cherchait à écarter l'idée obsédante : « Le médecin n'avait point jusqu'à présent dit une parole qui fût sa condamnation définitive... tous les jours on en voyait revenir d'encore plus loin... et il était si jeune. » Mais aussitôt, ses mains revenaient se reposer autour de son front. De tous les coins de la triste chambre, il semblait à l'amante, se lever de petites voix qui venaient battre ses tempes, de ces battements bourdonnants des mouches contre les carreaux, et dont le murmure lui disait tout bas : la mort, la mort, la mort !

LXIV

La chambre où lórd Annandale se trouvait couché dans un grand lit, aux matelas recouverts de soie rouge, était une froide, haute et immense pièce, meublée de meubles aux formes raides du moyen âge, et de ce gothique moderne, qui fait sur les théâtres du boulevard, le mobilier des drames du passé.

Sur une toilette à la glace en ogive, parmi de petites cuillers poisseuses, il y avait une rangée de fioles et de médicaments débouchés, et, à travers une porte vitrée, on apercevait deux gigantesques laquais à demi sommeillants sur les fauteuils d'un salon.

Au dehors, c'était la tristesse morne et un peu inquiétante des grandes étendues d'eaux mortes, et de temps en temps, par une fenêtre ouverte, entraient, comme des vols de chauves-souris, de petits souffles balayant la flamme à demi couchée de la lampe, et qui mettaient, à tout moment, dans la chambre désolée, de brusques alternatives de clartés et de livides ténèbres.

29

Assise au pied du lit, la Faustin pleurait, la
tête enfoncée dans les couvertures, pleurait
au-dessous du malade, au corps immobile,
mais dont les pâles doigts, affreusement crispés,
ramassaient, sur sa poitrine les draps en petits
paquets.

Quand elle releva la tête, il y avait auprès
du lit, le médecin qu'elle n'avait pas entendu
entrer, un vieillard aux longs cheveux rejetés
à la Jenner, derrière les oreilles, et habillé de
la rédingote ecclésiastique d'un ministre protestant, et qui marmottait entre ses dents : « Oui,
elle commence ! » en sous-entendant le mot.

— « Ah mon Dieu ! vous dites... » et la Faustin s'arrêta au milieu de son interrogation.

— « Du courage, madame ! » laissa tomber
le médecin.

Et il s'assit à côté d'elle, fixant l'agonisant de
l'œil froid de la science étudiant la mort.

La Faustin avait pris les mains de William,
et sous des caresses pareilles à celles avec lesquelles les mères cherchent à calmer la nervosité colère des menottes de leurs tout petits
enfants, elle s'efforçait de pacifier les inquiètes
mains, et de faire cesser cet affreux tortillage
des draps.

Le médecin, lui, contemplait toujours la figure du mourant, avec une fixité singulière et une attention, qui, à un moment donné, eut comme un étonnement. Il se pencha à droite, à gauche, pour mieux voir, fit un : « Pas possible », tira de sa poche un foulard, dont il essuya longuement le verre de ses lunettes, se leva enfin, remonta l'abat-jour de la lampe, dont la lueur éclaira en plein la figure du jeune lord.

Et tout debout devant le lit, sa rigide silhouette projetée sur les draps et répétant ses gestes de stupéfaction, le médecin disait dans des phrases entrecoupées :

— « Non, ce n'est pas une illusion, non... un cas, comme il s'en présente une fois par hasard... Voyez-vous, madame, les jeux bizarres du muscle *risorius* et du grand zygomatique ?... un cas qui n'a jamais été observé scientifiquement... Les livres de médecine allemands, anglais, français, la nomment cette agonie... et vraiment la nomment-ils ?... mais aucun livre d'aucun pays ne la décrit... et nous n'avions la certitude de son existence que par la mention qu'en fait, d'après le récit de Tronchin, madame d'Épinay, une de vos compatriotes qui a laissé des mémoires dans le siècle dernier...

» Mais regardez-donc, le dessin du rire commence à être parfaitement indiqué ?... Ah ! chère madame, vous allez assister à un spectacle bien douloureux... apprêtez-vous à être témoin d'une *agonie sardonique*... Je ne vous quitte que pour un moment, et reviens aussitôt après ma visite à la villa Kallenberg... Je veux noter les phénomènes qui vont se produire. »

Restée seule dans cette chambre, la femme fut prise d'une terreur indicible. Elle voulut aller fermer la fenêtre à ces souffles de la nuit qui faisaient, par moments, la pièce plus effrayante, elle n'osa pas ; elle voulut appeler les domestiques qu'elle voyait dormir de l'autre côté, elle ne s'en trouva pas le courage ; — et incapable de se sauver de là, devant le visage du mourant, où la mort riait, elle se voila les yeux de ses deux mains.

Les heures de la nuit passaient, et le médecin ne revenait pas, et les heures devenaient plus noires, plus silencieuses, plus pleines de l'approche menaçante de minuit pour celle qui veille au chevet d'un mourant, et la Faustin enfoncée dans sa peur et clouée à la même place, restait les mains sur les yeux, n'osant pas voir.

Au bout d'un long, d'un très long temps, elle

se hasarda cependant à regarder entre ses doigts un peu desserrés, regarda une seconde fois, regarda encore; soudainement prise d'une sauvage curiosité, au milieu de laquelle elle sentait s'en aller d'elle, et sa terreur et quelque chose de son chagrin.

Puis tout à coup elle se trouvait impuissante à détacher ses yeux du visage à l'agonie étrange.

Et ses mains abandonnant sa figure et tombant sur ses genoux, elle regardait immobile, elle regardait malgré elle.

Et à force de regarder, peu à peu, ainsi que dans une salle d'hôpital il s'établit un courant contagieux de crises nerveuses entre les malades, la bouche, les lèvres de la tragédienne, sans qu'elle pût ne pas le vouloir, se mirent à faire tous les mouvements de la bouche et des lèvres du mourant, à répéter le poignant et l'horrible de ce rire sur des traits d'agonisant.

Car ce n'était plus le sourire informulé et contestable du commencement. C'était, cette fois, bien le rire, oui un rire montant et descendant en même temps que le râle dans une gorge, un rire retroussant d'une manière atrocement ironique des lèvres violacées, un rire courant dans le sinistre *rictus* des dernières

convulsions de la vie sur une face humaine,
un rire — le rire, cette si douce enseigne, sur
un visage, du bonheur et de la joie, — devenu
une sorte d'épouvantable caricature satanique ;
enfin la plus étonnante chose qu'il fût donné
à un artiste dramatique de voir.

Et ce spectacle, tuant pour un moment l'a-
mante, faisait rentrer de force l'actrice dans la
femme.

Et insensiblement, de l'imitation nerveuse,
involontaire, et contre son gré de tout à l'heure,
la Faustin était despotiquement amenée à une
imitation étudiée, comme pour un rôle, pour
une agonie de théâtre à effet ; et le rire qu'elle
surprenait sur les lèvres de son amant, bientôt
elle arrivait à chercher, si c'était bien celui-là
qu'elle avait sur ses lèvres à elle, en se retournant et le demandant à l'ogive de la glace ver-
dâtre de la vieille toilette, placée derrière
elle.

Toute à son travail de comédienne, la Faustin entendit soudainement un formidable coup
de sonnette dans le fond du lit, et aussitôt la
tète détournée de la glace, elle rencontra les
yeux du mourant, où la connaissance était
venue comme par un miracle.

Les deux domestiques étaient entrés dans la chambre.

— « *Turn out that woman !* (1) » — dit le jeune lord d'une voix, dans laquelle s'était réveillée toute l'implacabilité de la race saxonne.

La Faustin se jetait la bouche sur les mains de son amant. Il la repoussait brutalement, et avec ces mots :

— « Une artiste... vous n'êtes que cela... la femme incapable d'aimer ! »

Et, s'enfonçant, pour mourir, le visage dans la ruelle, lord Annandale jetait, une seconde fois, par-dessus son épaule, et plus impérativement encore :

« *Turn out that woman !* »

(1) « Mettez dehors cette femme ! »

FIN

4948-82 — CORBEIL. Typ. et stér. CRÉTÉ.